U0115778

一种学问，总要和人之生命、生活发生关系。凡讲学的若成为一种口号或一集团，则即变为一种偶像，失去其原有之意义与生命。

辰隈

一般学术著作大多是知识性的、理论性的、纯客观的记叙，而先生的作品则大多是源于知识却超越于知识以上的一种心灵与智慧和修养的升华。……我之所以在半生流离辗转的生活中，一直把我当年听先生讲课时的笔记始终随身携带，唯恐或失的缘故，就因为我深知先生所传述的精华妙义，是我在其他书本中所绝然无法获得的一种无价之宝。古人有言"经师易得，人师难求"，先生所予人的乃是心灵的启迪与人格的提升。

叶嘉莹

顾随

顾随先生身为中国韵文、散文领域的大作家、理论批评家、美学鉴赏家，讲授艺术家，禅学家，书法家，文化学术研究专家，贯通古今，融会中外。这些方面，他都是一位出色罕见的大师，超群绝伦的巨匠……顾随先生也是一位哲人。其识照、其思想、其学力、其性情、其胸襟，博大精深，弥伦万有。其治学精神，以诚示人，以真问道。忧国爱民，为人忘己。精进无有息时，树人唯恐或倦。反此诸端，皆我民族文化之精魂，于先生立身治学而体现分明。

中國古典文心

WENXIN

顾 随　讲

叶嘉莹　笔记

顾之京　高献红 整理

北京大学出版社

PEKING UNIVERSITY PRESS

图书在版编目(CIP)数据

中国古典文心/顾随讲;叶嘉莹笔记;顾之京,高献红整理. —北京:
北京大学出版社,2014.8
ISBN 978-7-301-23920-9

Ⅰ. ①中… Ⅱ. ①顾… ②叶… ③顾… ④高… Ⅲ. ①古典散文-散
文评论-中国 Ⅳ. ①I207.62

中国版本图书馆 CIP 数据核字(2014)第 022675 号

书   名:**中国古典文心**
著 作 责 任 者:顾 随 讲 叶嘉莹 笔记 顾之京 高献红 整理
策 划 编 辑:王炜烨
责 任 编 辑:王炜烨
标 准 书 号:ISBN 978-7-301-23920-9/I·2717
出 版 发 行:北京大学出版社
地   址:北京市海淀区成府路 205 号 100871
网   址:http://www.pup.cn
新 浪 微 博:@北京大学出版社
电 子 信 箱:zpup@pup.cn
电   话:邮购部 62752015 发行部 62750672 编辑部 62750673
          出版部 62754962
印   刷 者:北京汇林印务有限公司
经   销 者:新华书店
          965 毫米×1300 毫米 16 开本 22 印张 206 千字
          2014 年 8 月第 1 版 2023 年 1 月第 14 次印刷
定   价:45.00 元

顾随先生和他的部分学生们(右二为叶嘉莹,右五为刘在昭)。

目　录

开场白

卷一　《论语》

附录　文话

开场白

胡适云：

　　不作言之无物的文字。

　　　　　　　　　（《建设的文学革命论》）

　　言中之物——实，内容；物外之言——文章美。

　　凡事物皆有美观、实用二义。天下没有纯美观、无实用而能存在之事物，反之亦然。故美观越到家，实用成功也越大。纯艺术品到最优美地步似无实用，然其与人生实有重要关系，能引起人优美、高尚的情操，使之向前、向上，可以为堕落之预防剂，并不只美观而已。故天地间事物，实用中必有美观，美观中必有实用，美观、实用得其中庸之道即生活最高标准。

　　实际说来，文章既无不成其为"物之言"，又无不成其为"言之物"。

卷一

《论语》

第一讲

"君子"与"士"

"君子"一词，含义因历代而不同。字是死的，而含义现装。讲书人有自己主观，未必为作者文心。

一切皆须借文为志达，好固然好，而也可怕——写出来的是死的。生人、杀人皆此一药，药是死的，用是活的。用得不当，人参、肉桂也杀人；用得当，大黄、芒硝也救人命——而二者药性尚不变。而文字则有时用得连本性都变了。

"君子"向内方面多而向外的少，在《论语》上如此。向内是个人品格修养，向外是事业之成功。此是人之长处，亦即其短处。

佛教"度人"，即儒家所谓"己欲立而立人，己欲达而达人"（《论语·雍也》）。而佛教传至中国成为禅宗，只求自己"明心见性"。再看道教，老子原来是很积极的，老子"无为"是无不为。① "水善利万

---

① 《道德经》三十七章："道常无为而无不为。"四十八章："为学日益，为道日损，损之又损，以至于无为，无为而无不为矣。"

"君子"向内方面多而向外的少，在《论语》上如此。向内是个人修养品格，向外是事业的成功。佛教的"度人"，即儒家所谓"己欲立而立人，已欲达而达人"。道家的老子原来是很积极的，他的"无为"是无不为。图为明代佚名《三教图》。

物而不争"(《道德经》八章),但什么都受它支配;"天下莫柔弱于水,而攻坚强者莫能之先"(《道德经》七十八章)。可是现在所说黄老、老庄①,只是"清静无为",大失老子本意。

君子不仅是向内的,同时要有向外的事业之发展。向内太多是病,但尚不失为束身自好之君子,可结果自好变成"自了",这已经不成,虽尚有其好处而没有向外的了——二减一,等于一。宋、元、明清诸儒学案便只有向内,没有向外。宋理学家愈多,对辽、金愈没办法,明亦然。

只有向内、没有向外,是可怕的。而现在,连向内的也没有了——一减一等于零了。《官场现形记》②写官场黑暗,而尚有一二人想做清官。《阅微草堂笔记》③记一清官死后对阎王说,我一文钱不要,"所至但饮一杯水"。阎王哂曰:

> 植木偶于堂,并水不饮,不更胜公乎?
>
> 　　　　　　　　　　(卷一《滦阳消夏录一》)④

---

① 道家思想从战国初期形成到战国中期发展为黄老学派与老庄学派两个分支。黄老学派尊黄帝和老子为创始者,以"黄老之言"为指导思想,故名;老庄学派则以老子与庄子为代表人物,其核心思想是"道"。

② 《官场现形记》:清代谴责小说,李宝嘉著。小说以19世纪中下叶中国官场为表现对象,集中描写封建社会崩溃时期官场各个层面的种种腐败、黑暗与丑恶情形。

③ 《阅微草堂笔记》:清代文言短篇笔记体志怪小说,纪昀著。小说多记各种狐鬼神仙、因果报应、劝善惩恶等之乡野奇谈,或亲身听闻之奇情逸事。

④ 《阅微草堂笔记》卷一《滦阳消夏录一》:"北村郑苏仙,一日梦至冥府,见阎罗王方录囚。……有一官公服昂然入,自称所至但饮一杯水,今无愧鬼神。王哂曰:'设官以治民,下至驿丞闸官,皆有利弊之当理。但不要钱即为好官,植木偶于堂,并水不饮,不更胜公乎?'官又辩曰:'某虽无功,亦无罪。'王曰:'公一生处处求自全,某狱某狱,避嫌疑而不言,非负民乎?某事某事,畏烦重而不举,非负国乎?三载考绩之谓何?无功即有罪矣。'"

刻一木人，一口水不喝，比你还清。而那究竟还清。其实只要给老百姓办点儿事，贪点儿赃也不要紧；现在是只会贪赃，而不会办事——向内、向外都没有。这是造成亡国的原因。老子"无为"是无不为。

曾子①在孔门年最幼，而天资又不甚高，"参也鲁"（《论语·先进》）。曾子虽"鲁"而非常专。"鲁"，故专攻，固守不失。然此尚为纸上之学、口耳之学，怎么进来，怎么出去，禅家所谓稗贩、趸卖，学人最忌。曾子不然，不是口耳之学，固守不失；而是身体力行，别人当做一句话说，而他当做一件事情干。他是不但记住这句话，而且非要做出行为来。他的行为便是老师的话的表现，把语言换成动作。所以颜渊②死后只曾子得到孔子的学问。

何以看出曾子固守不失、身体力行？有言可证：

> 曾子曰："士不可以不弘毅，任重而道远。仁以为己任，不亦重乎？死而后已，不亦远乎？"
>
> 《论语·泰伯》

此曾子自讲其对"士"的认识。"士"乃君子的同义异字。我们平常用字、说话、行事，没有清楚的认识，在文字上、名词上、事情上，都要加以重新认识。曾子对"士"有一个切实的认识，不游移；有一个清楚的认识，不模糊；有一个深刻的认识，不浮浅。而且还不只是认识，是修、行。

---

① 曾子（公元前505—前436）：曾氏，名参，字子舆，春秋时期鲁国人，"孔门七十二贤"之一，以孝道著称，后人尊为"宗圣"。

② 颜渊（公元前521—前481）：颜氏，名回，字子渊，春秋时期鲁国人，"孔门十哲"之首，以德行著称。

　　（一）认识，（二）修，（三）行。

　　"修"，如耕耘、浇灌、下种，是向内的。若想要做好人，必须心里先做成一好人心。如人上台演戏，旦角，男人装的，而有时真好。如程砚秋①一上台，真有点大家闺秀之风，心里先觉得是闺秀。狐狸成人，先须修成人的心，然后才能成为人的形。人若是兽心，他面一定兽相。至于"行"，不但有此心，还要表现出来。

　　读经必须一个字一个字读，固然读书皆当如此，尤其经。先不用说不懂、不认识，用心稍微不到，小有轻重，便不是了。

　　《史记·孔子世家》引《论语》往往改字，而以司马迁的天才，一改就糟，就不是了。《论语·述而》曰：

　　　　三人行，必有我师焉。

　　《史记》改为：

　　　　三人行，必得我师。

　　是还是，而没味了。"士不可以不弘毅，任重而道远"若改为：

　　　　士必弘毅，任重道远。

　　是还是，而没味了。

　　曾子所谓"弘毅"。"弘"，大；"毅"，有毅力，不懈怠。"任重而道远"，不弘毅行么？此章中曾子语气颇有点儿孔夫子味：

　　　　……不亦重乎？……不亦远乎？

---

　　① 程砚秋(1904—1958)：原名荣承麟，字御霜，北京人，京剧表演艺术家，"四大名旦"之一，程派艺术创始人，代表剧目有《文姬归汉》《荒山泪》《春闺梦》《锁麟囊》等。

讲牺牲,第一须破自私,人是要牺牲到破自私,而人最自私。想,容易;做,难。坐在菩提树下去想高深道理,易;在冬天将自己衣服脱给人,难。而这是"仁",故曰:"仁以为己任,不亦重乎?"而若只此一回,还可偶尔办到,如"慷慨捐生易";而"死而后已,不亦远乎",至死方休,故须"弘毅"。曾子对士之认识,修、行算到家了,身体力行。

任←重—弘

道←远—毅

合此二者为仁,道远亦以行仁。

仁(道),君子(人),以道论为仁,以人论为君子。

朱注①:"仁者,人心之全德。"这太玄妙,无从下手,从何了解?从何实行?朱子之"心之全德"恰如《楞严》之"圆妙明心"。——弄文字学者结果弄到文字障里去了,弄哲学者结果弄到理障里去了也。本求明解,结果不解。故禅宗大师说"知解边事"不成。

知解乃对参悟而言。如云桧树为何门类,枝叶如何,此是知解;要看到桧之心性、灵魂,此是参悟,虽不见其枝叶无妨。禅之喝骂知解,正是找知求解,参悟正是真知真解。禅欲脱开理障,其实正落入理障里了;不赞成知解,正是求知解。

儒家此点与宗教精神同,知是第二步,行第一。《论语·雍也》云:

知之者不如好之者,好之者不如乐之者。

---

① 朱注:朱熹所作《论语集注》。朱熹(1130—1200),字元晦,号晦庵、晦翁,别号紫阳,徽州婺源(今江西婺源)人,南宋理学家、文学家。

　　即此意也。因好之、乐之，故肯去办，肯去行。人总不肯行远道、背重任，不肯去背木梢、抬十字架。"好""乐"是真干，只"知"不行。人不冤不乐，绝顶聪明的人才肯办傻事，因为他看出其中的乐来了。

　　先生讲尽心尽力，学生听聚精会神。这是知解，连参悟都不到，何况"行"？人若说，我不"好"、不"乐"，怎能"行"？其实行了就好，就乐，互为因果。

第二讲

"低处着手"与"犯而不校"

　　余要使人看出曾子之学问、精神、思想——合为其真面目。曾子之所以为曾子,在此;其所以能表现孔门精神,亦在此。而前所说"任重而道远"太笼统、太高,现在讲低的、细的功夫。

> 　　曾子曰:"以能问于不能,以多问于寡,有若无,实若虚;犯而不校。昔者吾友尝从事于斯矣。"

> 　　　　　　　　　　　　　　　　　　　　(《论语·泰伯》)

　　高处着眼,低处着手。浅近,是着手练习,不是满足于此浅近。理想了现实,现实了理想,浅近是高远之准备,并非停顿于此、满足于此。浅近并非简单。

　　《论语》文字真好,而最难讲,若西洋《圣经》文字。

　　曾子"以能问于不能"诸句,图解为:

以能问于不能 —— 有若无
以多问于寡 —— 实若虚　　＞ 犯而不校

句型如：　── ── ──

　　"犯而不校"，一句支住。其好不仅在词，词意合一，内外如一。辞是有形之意，意是无形之辞。不是在辞上能记住，是在意上，"犯而不校"就有力。（"犯而不校"，不但儒家，宗教精神亦然。）而其文之前后，又并非只为这样写着美，其意原即有浅、深、轻、重之分，由浅入深，由轻入重。无论在辞上，在意上，皆合逻辑。

　　"以能问不能"，"以多问寡"，不是开玩笑。

　　玩笑是不好的，但看用在什么时候。人敢跟死开玩笑——除了穷凶极恶之人不算，那是无意义的——但其大无畏勇气已可佩服。敢跟有势力的人开玩笑，跟暴君开玩笑，你是皇帝，我没看起你。因有意义，玩笑往往成为讽刺。犬儒学派（Cynic）[①]是讽刺。亚历山大（Alexander）[②]谓某哲人将说其坏话，哲人说，我还不至于无聊到没话可说非说你坏话不可。中国人开玩笑先相一相对手，口弱的他便骂，力气小的他便打，这是阿 Q。鲁迅先生说话真了不得，除非他说的话你不信，你若信便无法活。中国的笑话有许多是残忍的，如讥笑近视眼、瘸子。人多爱向有短处人开玩笑，这是不对的、残忍的。又，开玩笑必须心宽才成，跟死开玩笑而非穷凶极恶，跟人开玩笑说

---

　　①　犬儒学派：古希腊四大哲学学派之一，代表人物是安提斯泰尼（Antisthenes）、第欧根尼（Diogenes）。该学派反对柏拉图"理念论"，要求摆脱世俗利益，强调禁欲主义，克己自制，追求自然。后期走向愤世嫉俗，玩世不恭。

　　②　亚历山大大帝（公元前 356—前 323）：古代马其顿国王。即位后率军征讨四方，建立起地跨欧、非、亚三大洲的帝国。

话幽默，而绝非无心肝，这便因其心宽大，但宽大绝非粗。（其实，他的乐真是"哭不得所以笑了"。）可是现在人心是小而不细。人在极端痛苦中很难说出趣话，若能而尚非无心肝、穷凶极恶，这便可观了。

曾子虚心到极点，强中更有强中手，能人背后有能人。普通说自己不能，自谦，是为自己站住脚步，是计较利害，连知解都谈不到。是不是知解，利害是计较。计较利害，学文、学道最忌此。怕自己跌倒，怕能人背后有能人，不是曾子精神。曾子之虚心也许是后天的，但用功至极点，则其后天与先天打成一片。

学道最忌诳语、骄傲，骄傲之对面是虚心。慢说"能""多"，便是"不能""寡"，也不肯"问"，这样人永远不会长进。会的不想再长进，不会的也不求补充，这样人没出息。曾子虚心是后天功夫与先天个性合于一。

智者千虑，必有一失；愚者千虑，必有一得，故须"下问"。愚人之知，有时虽圣人有所不知也。

"能""不能""多""寡"，是从表面看，实际也许多还不如寡。

"有若无，实若虚"，岂非虚伪？不是。"有"是表面，内心感觉着是"无"。富人装穷人，对金钱有此功夫。而对学问则不成。人对学问、对道，往往是"无"而为有，"虚"而为丰，这是俗人。曾子压根儿就没觉得够过，没觉得有过，这是虚心。然但虚心不成，还要猛进。虚心是猛进的一个原因，肚子饿则需要食物之情绪更浓厚。学道、学文必先虚心，然后才能猛进。而猛进有进取之精神，又往往爆发，猛进则爆发而不能收敛，有进取之心则往往于人、于事多有抵牾。所以曾子赶快拿"犯而不校"补上，"犯"正是抵牾。

　　学道最忌诳语、骄傲、骄傲之对面是虚心。曾子虚心是后天功夫与先天个性合一。图为宋代《书画孝经册》(第一幅)，孔子讲学，曾子长跪问孝。

"昔者吾友尝从事于斯矣"，曾子真是虚心，不肯说自己。汉儒、宋儒皆指吾友为颜渊。未必是，也未必不是，总之都是孔门高弟。

"犯而不校"，朱注："校，计较也。"何晏[①]注引汉人包咸[②]曰："校，报也，言见侵犯而不校之也。"

"犯而不校"，以前在中国颇有人实行。凡世人所谓"老好子""好人"，皆是"犯而不校"。但他们的"犯而不校"，的确没什么了不起，虽然他们也要有多年修养；但他们的修养不可佩服，因为他们的"不校"是消极怯懦，不能猛进，不能向前。这或者也不失为明哲保身之道，但这样人能进取向上、向前么？《论语》则不然。

但"犯而不校"，在宗教上熟。宗教之经上可曾有一次教人着急、教人怒？如耶稣直到临死未曾怒过，还说叫人怒？佛经戒嗔，不但打你、骂你，不能怒；甚至节节支解，亦不须有丝毫嗔恚之心。《圣经》上说人打你右脸把左脸也送过去，这岂不与乡下"老好子"之"犯而不校"相同？其实，宗教上的"犯而不校"不是消极的，是积极的。余以为一个做大事业的人看是非看得很清楚，但绝不生气，无所用其恼。恼只能坏事，凡失败的人都是好发怒的人。三国刘备最能吃苦忍辱，故曰刘备为"枭雄"。刘备只生过一回气——伐吴，结果一败涂地。诸葛亮说："法孝直若在，必能制主上东行也。"[③]（《三国演义》第八十一回）所以刘备一死，诸葛亮赶紧派人向东吴求和。这还

---

① 何晏（？—249）：字平叔，南阳宛（今河南南阳）人，三国时期魏玄学家，与王弼并称"王何"，著有《论语集解》《道德论》等。

② 包咸（公元前7—65）：字子良，会稽曲阿（今江苏丹阳）人，汉代经学家，曾注解《论语》，何晏《论语集解》所引包氏即"包咸之说"。

③ 《三国志·蜀志·庞统法正传》："亮叹曰：'法孝直若在，则能制主上，令不东行；就复东行，必不倾危矣。'"

是就事业上而言。

在宗教上，在己是求道，对人为度人，都不能发怒。怒，对人、对己两无好处，还不用说怒是最不卫生的一件事。乡下"好人"是明哲保身，是怯懦、偷生苟活，不怒是不敢怒。宗教上所讲不怒，是"大勇"。罗曼·罗兰（Romain Rolland）①提倡大勇主义②，佛教提倡大雄，这还不仅是自制、克服自己。因为要做人、做事，我们都不能生气，不是胆怯、偷生苟活。"忿怒乃是对于别人的愚蠢加到自己身上的惩罚。"这话说得很幽默，可是很有道理，很有意思。（知礼不怪人，怪人不知礼。）这往上说，够不上大雄、大勇主义，但至少比乡下"老好子"好得多。这两句话是智慧，生气没惩罚别人，自己受罪。韩信受胯下之辱是大雄、大勇，但胆怯者不可以此为借口。一种宗教式的不计较与怯懦是两回事，宗教上不怒是道德。

一怒、一校，耗费精神、时间；而一切修养，皆需利用精神、时间。我不相信一个人在怒中能做出什么事来，气来时读书也读不进去。越王勾践卧薪尝胆不是怒，是狠。怒如汽水，冒完沫就完。所以，"犯而不校"看怎么说。匹夫匹妇之勇，是你自己气死，人更痛快。

---

① 罗曼·罗兰（1866—1944）：法国思想家、文学家、音乐评论家，代表著作有《名人传》（包括《贝多芬传》《米开朗琪罗传》《托尔斯泰传》）、《约翰·克利斯朵夫》等。
② 傅雷译《贝多芬传》，其《译者序》拈出罗曼·罗兰之大勇主义："现在阴霾遮蔽了整个天空，我们比任何时候都更需要精神的支持，比任何时候都更需要坚忍奋斗、敢于向神明挑战的大勇主义。"

第三讲

"唯"与"拈花微笑"

曾子可代表儒家。

禅宗有语云:

> 丈夫自有冲天志,不向如来行处行。

(真净克文禅师语)①

禅宗呵佛骂祖,这才是真正学佛呢! 即使佛见了也要赞成。

然则不要读古人书了? 但还要读,受其影响而不可模仿。但究竟影响与模仿相去几何? 小儿在三四岁就会模仿父母语言,大了后口音很难改过来;自然后天也可加以修改补充,但无论如何小时候

① 真净克文禅师(1025—1102):号云庵,北宋临济宗黄龙派高僧。死后赐号"真净",后人习称"真净克文"。《古尊宿语录》卷四十二记载:"(真净禅师)良久乃喝云:'昔日大觉世尊,起道树诣鹿苑,为五比丘转四谛法轮,唯憍陈如最初悟道。贫道今日向新丰洞里,只转个拄杖子。'遂拈拄杖向禅床左畔云:'还有最初悟道底么?'良久云:'可谓丈夫自有冲天志,不向如来行处行。'喝一喝下座。"

痕迹不能完全去掉。读书读到好的地方，我们就立志要那样做，这也是影响。小儿之影响、模仿只因环境关系，无所为而为。而我们不然，只是环境不成，因为我们有辨别能力，能分辨是非、善恶、美丑、好坏。

但任何一个大师，他的门下高足总不成。是屋下架屋、床上安床①的缘故么？一种学派，无论哲学、文学，皆是愈来愈渺小，愈衰弱，以至于灭亡。这一点不能不佩服禅宗，便是他总希望他弟子高于自己。禅宗讲究超宗越祖，常说：

> 见与师齐，减师半德。
>
> （百丈怀海禅师语）②

"减师半德"，成就较师小一半。你便是与我一样，那么有我了还要你干么？"见过于师，方堪传授。"僧人自当以佛为标准，而禅宗呵佛骂祖。没有一个老师敢教叛徒，只有禅宗。

> 狮子身中虫，还吃狮子肉。③

这是很正大光明的事，不是阴险，虽然有时这种人是阴险、恶

---

① 《颜氏家训·序致》："魏晋以来，所著诸子，理重事复，递相模教，犹屋下架屋，床上施床耳。"

② 百丈怀海禅师（720—814）：马祖道一法嗣，时与西堂智藏、南泉普愿并称"三大士"，传法于洪州新吴界大雄山，因见岩峦峻极，故号百丈，人称百丈怀海。《景德传灯录》卷六："一日师谓众曰：'佛法不是小事。老僧昔再参马祖被大师一喝，直得三日耳聋眼暗。'时黄檗闻举不觉吐舌。师曰：'子已后莫承嗣马祖去？'檗云：'不然。今日因师举，得见马祖大机之用，然且不识马祖。若嗣马祖已后丧我儿孙。'师云：'如是如是。见与师齐，减师半德；见过于师，方堪传授。子堪有超师之作。'"

③ 《莲华面经》卷上："阿难，譬如师子命绝身死，若空、若地、若水、若陆所有众生，不敢食彼师子身肉，唯师子身自生诸虫，还自啖食师子之肉。阿难，我之佛法非余能坏，是我法中诸恶比丘，犹如毒刺，破我三阿僧祇劫积行勤苦所积佛法。"

劣。阴险是冒坏，恶劣是恩将仇报。逢蒙学射于羿①，那也是"狮子身中虫，还吃狮子肉"，那即是阴险。还有猫教老虎，此故事不见经传，但甚普遍，这不行，这是恶劣、阴险。禅宗大师希望弟子比自己强，是为"道"打算，不是为自己想；只要把道发扬光大，没有我没关系。这一点很像打仗，前边冲锋者死了，后边的是要踏着死尸过去。有人说狮子是要把父母吃了本身才能强，狮子的父母为了强种，宁可让小狮子把自己吃了。大师门下即其高足都不如其自己伟大，只禅宗看出这一点毛病，而看是虽然看到了这一点，做却不易做到这一点。所以，禅宗到现在也是不绝而如缕了。

曾子乃孔门后进弟子，但自颜渊而后，最能得孔子道、了解孔子精神的是曾子。

子曰："参乎！吾道一以贯之。"曾子曰："唯。"

（《论语·里仁》）

你的心便是我的心，你的话便是我要说未说出的话。"唯"字不是敷衍，是有生命的、活的，不仅两心相印，简直是二心为一。

人说此一"唯"字，等于佛家"世尊拈花，迦叶微笑"②那么神秘。孔门之有曾参，犹之乎基督之有彼得③。有人说若无圣彼得，基督精神不能发扬光大，基督教不能发展得那么快。但总觉得曾子较孔

---

① 《孟子·离娄下》："逢蒙学射于羿，尽羿之道，思天下唯羿为愈己，于是杀羿。"

② 《大梵天王问佛决疑经·拈华品》："尔时如来，坐此宝座，受此莲华，无说无言，但拈莲华。入大会中，八万四千人天时大众，皆止默然。于时长老摩诃迦叶，见佛拈华示众佛事，即今廓然，破颜微笑。佛即告言：'是也。我有正法眼藏、涅盘妙心、实相无相、微妙法门，不立文字，教外别传，总持任持，凡夫成佛，第一义谛。今方付属摩诃迦叶。'言已默然。"

③ 彼得：耶稣最得力的门徒，晚年竭力广传福音。

子气象狭小,就是屋下架屋、床上安床的缘故。

气象要扩大。谁的自私心最深,谁的气象最狭小。人都想升官发财,这是自私,人人皆知;人处处觉得有我在,便也是自私:我要学好,我怕对不起朋友……曾子曰:

> 吾日三省吾身。

> (《论语·学而》)

为自己而升官发财,是自私;但自己总想学好,也是自私。所以抒情作品没有大文章,世界大而有人类,人类多而有你,一个大文学家是不说自己的。为了自己要强,也还是自私狭小,参道、学文忌之。

不但大师希望弟子不如他,这派非亡不可;即使是希望弟子纯正不出范围,也不成。愈来愈小,小的结果便是灭亡。天地间无守成之事,学如逆水行舟,不进则退。不但宗教、文学如此,民族亦然。日本便是善于吸收、消化、利用,所以暴发。人家是暴发,而我们是破落户。暴发户固不好,但破落户也不好。

有的大师老怕弟子胜过自己,其实你不成,显摆什么? 成,自然不会显不着。"不用当风立,有麝自然香。"①再一方面,弟子好,先生不是更好? 只要心好,水涨船高。除非弟子不好,弟子真好,绝不会忘掉你的。

孔子总鼓励他弟子,凡弟子赞美他太多,他总不以为然。

> 子曰:"君子道者三,我无能焉。仁者不忧,知者不惑,勇者

---

① 杜文澜《古谚谣》卷五十:"有麝自然香,何必当风立。"

不惧。"子贡^①曰："夫子自道也。"

(《论语·宪问)

孔子所讲三种美德不缥缈,易知、易行,但并非不高远。说仁、知、勇做不到,但不忧、不惑、不惧总可做到了。孔子此语朱注云:

自责以勉人也。

对是对,但是不太活。孔子以为,你们以为我是圣人,其实我连这还不会呢。你们若能办到,岂非比我更强？你们若办到,比我还强；办不到,咱们一块儿用功。

禅家说离师太早不好,可是从师太久也不好。(余之门下跟余太久。)老有大师影子在前,便从小心成小胆。子贡曰"夫子自道也"——"您客气",还是胆小。夫子这样勉励都不行。胆大,便妄为；胆小,便死的不敢动,活的不敢拿,结果不死不活。小心是细心,与窄狭不同。

曾子是小心而且有毅力。因为小心,所以能深思；因为有毅力,故能持久实行。"吾日三省吾身","任重道远""死而后已"。而小心和毅力之间,还要加上一个意志坚强。所以孔门颜渊而下,所得以曾子为最多,此非偶然,因其知、仁、勇三种皆全。好在此,但病也在此。结果小心太多,成为不死不活之生活,坏事固然绝不做,可是好事也绝不敢做。这还是好的,再坏便成为好好先生,"乡原,德之贼也"(《论语·阳货》)。

何以见出曾子小心？

---

① 子贡(公元前 520—前 456):端木氏,名赐,字子贡,春秋时期卫国人,"孔门十哲"之一,以言语著称。

> > > 孔子所说三种美德易知易行,但并非不高远。曾子是小心而且有毅力,还意志坚强。所以孔门颜渊而下,所得以曾子为最多,此非偶然,因其智、仁、勇三种俱全。图为《圣迹图》及颜渊像。

"人之将死,其言也善。"(《论语·泰伯》)要想真观察、认识一个人,要在最快乐时看他,最痛苦时看他,得失取与之际看他。一个也跑不了。生死是得失取与之最大关头,小的得失取与还露出原形,何况生死?就算他还能装,也值得佩服了。

《论语·泰伯》曰:

> 曾子有疾,召门弟子曰:"启予足,启予手。诗云:战战兢兢,如临深渊,如履薄冰。而今而后,吾知免夫,小子。"

曾子一生永在"战战兢兢,如临深渊,如履薄冰"(《诗经·小雅·小旻》)十二字之中,视、听、言、动,一准乎礼,这不容易。"而今而后,吾知免夫",八个字沉甸甸的。临死还如此说,可见他一世小心,不易。

此尚非曾子全部,更有长处:

> 曾子曰:"吾日三省吾身:为人谋而不忠乎?与朋友交而不信乎?传不习乎?"
>
> (《论语·学而》)

第四讲

“三省吾身”与“直下承当”

《学而》中，第一章“子曰……”，第二章“有子①曰……”，第三章
“子曰……”，第四章“曾子曰……”。足以证明有子、曾子在孔门非
同寻常。

余对有子无甚认识，只子游②说过：

> 有子之言似夫子。
>
> （《礼记·檀弓上》）③

言似夫子，行未必似；且似夫子，似则似矣，是则非是。余对曾
子比较清楚，并非余对《论语》记曾子处特别注意，对有子便不注意，

---

① 有子（公元前 518—?）：名若，字子有，春秋时期鲁国人，孔门“七十二贤”之一。

② 子游（公元前 506—?）：名偃，字子游，春秋时期吴国人，“孔门十哲”之一，以文学
著称。

③ 《礼记·檀弓上》：“曾子以斯言告于子游。子曰：‘甚哉，有子之言似夫子
也！’”

乃是一般读《论语》的都对有子摸不着。

《论语》是门人记的。在《论语》上，姓加"子"，A；"子"加"字"，B。孔子而外，仅有子、曾子是姓加"子"，"子"字在下。所以，有人说《论语》是有子或曾子门人记的。而《论语》记有子之言常有不通处。

盖治学要有见解；并且先有见，然后才能谈到解。禅宗讲见，"亲见"，一是用眼见，一是心眼之见，mind as eye。肉眼要见，肉眼不见不真；心眼要见，心眼不见不深。如大诗人也说花月，他可以传出花月的高洁、伟大；我们则不成，我们的诗也说花月，但花月的高洁、伟大，我们写不出来。我们肉眼也见了，但是我们的心眼压根儿没开，甚至压根儿没有。用肉眼见是浮浅。

若说见，一是见的何人，二是见的什么。有子当然见过夫子，但心眼见得不真，所以说出话来才使人得不到一个清楚的观念。凡写出文章、说出话来使人读了、听了不清楚的，都因他心眼没见清楚。至于曾子，则真是用心眼见了。

余常说，着眼不可不高，下手不可不低。余虽受近代文学和佛学影响，但究竟是儒家所言、儒家之说。只向低处下手，不向高处着眼，结果成功必不会大；只向高处着眼，不向低处下手，结果根基不固。有子便如此。言似夫子——只向高处着眼，没有低处下手工夫。曾子才也许不高，进步也许不快，但用力很勤，低浅处下手，故亲切。

儒家讲正心、诚意、修身、齐家、治国、平天下。高处着眼，低处下手。最能表现此种精神、用此种功夫者，是曾子"吾日三省吾身"：

> 曾子曰："吾日三省吾身：为人谋而不忠乎？与朋友交而不信乎？传不习乎？"
>
> 《论语·学而》

"日"字,下得好。"三省"是说以"为人谋""与朋友交""传"三事反观。"身",定名曰"身",并非身体之身。曾子所谓"身",并非身体,乃是精神一方面,"身"说的是心、行。这真是低处着手。人为自己打算没有不忠实的,但为人呢?"为人谋而不忠乎?"十个人有五双犯此病。"与朋友交而不信乎?"说谎是人类本能,若任其泛滥发展就成为骗人,所以当注意。"传不习乎","传",是所传,传授;动词;传,平声。朱注:"传,谓受之于师,习,谓熟之于己。"传,师所授;习,己所研。讲起来省事,说起来简单,但行起来可不容易。努力、努力,有几个真努力的?曾子是真想了,也真行了。缺点补充,弱点矫正,这是曾子反省的目的。

但余讲此节意不在此。

愈反省的人,愈易成为胆小、心怯;反之,愈是小心、胆怯的人,愈爱用反省功夫。余意以为:一方面用鞭拷问、鞭打自己灵魂,一方面还要有生活的勇气。能这样的人很少。曾子"三省",就是自己鞭打自己灵魂。但往往拷打结果,失去生活勇气了。这不行。我要拷打,但我还要有生活下去的勇气,怎么能好?怎么能向上、向前?

在这一点,仍举《论语》:

> 季文子三思而后行。子闻之曰:"再,斯可矣。"
>
> 　　　　　　　　　　　　　　　　　　　　《公冶长》

"三思"之"三",一二三之"三","三",多次也。三思后行,前怕狼后怕虎,疑神疑鬼,干不了啦!一个文人干不了什么事,余初以为乃因文人偏于思想,没有做事能力,其实便是文人太好三思后行,好推敲,这样做事不行。禅家直下承当,当机立断,连"再"思都没有。

《北齐书·文宣纪》记,高洋,高欢之子,欢子甚多:

　　高祖(欢)尝试观诸子意识,各使治乱丝,帝(高洋)独抽刀斩之,曰:"乱者须斩。"

　　于是,欢以国事付之。

　　曾子有"三思"功夫,但还有生活勇气、做事精神。

　　一个大教主、大思想家都是极高的天才,有极丰富的思想,他们的思想是复杂的。许多他知道的,我们不知道,这真是平凡的悲哀。尼采(Nietzsche)[1]说:我怎么这么聪明呀!(《瞧!这个人》)我们是:我怎么这么平凡呀!思想复杂,是从生活得来。他一个大思想家,是一个大的天才。但他的思想深刻,我们浮浅;他的眼光高,我们眼光低;他是巨人,我们是小孩,当然不能跟他赛跑。故颜渊曰:

　　　　夫子奔逸绝尘,而回瞠若乎后矣。

　　　　　　　　　　　　　　　　　　(《庄子·田子方》)

　　　　夫子步,亦步也;夫子言,亦言也;夫子趋,亦趋也。

　　　　　　　　　　　　　　　　　　(《庄子·田子方》)

　　"步",常步;"趋",小跑。(古时"步"是走,"走"是跑。)不是想到步,便说步;想到趋,便说趋,此中有层次。复杂是横面的,高深是纵的功夫。我们在横的方面,没有那样经验;在纵的方面,我们又没有天才眼光之高、思想之深。即以"君子"而论,《论语》中所论每节不同。他是巨人,我们不成,跟不上。他的话都道的是诸峰一脉,而我们费半天劲,甭说追不上,连懂都懂不了。有的事,我们干不了,可

---

① 尼采(1844—1900):德国哲学家,提出重估一切价值,提倡"超人"哲学,强调权力意志。著作有《悲剧的诞生》《不合时宜的思考》《查拉斯图拉如是说》《善恶的超越》《瞧!这个人》等。

是懂得了,想得到;而《论语》之说君子,甭说办,连想也不成。如鸟飞,我们不能飞,但我们能想到,所以有的想象跟现实相差甚远。就算我们跟着他爬山,虽然他跑得快,我们慢,但还能爬。而若遇一深涧,他一抬腿过去了,我们过不去,打住了,怎么办?所以天才不可不有几分在身上。还不用说没天才,只小大短长之分,就够我们伤心的。

孔子我们跟不上,但曾子老实,与我们相近,你学尚易。我们要找头绪,抓住一点是一点。我们不能攀高树枝,但可从低处攀起。我们要从曾子对君子的解释,看到孔子对君子的解释。

我们要知曾子对"君子"解释,先须观察曾子为人。主要是两段,即上所举一为"曾子有疾……",一为"吾日三省吾身……",此二章可见其为人与素日功夫。为人乃其个性,功夫即其参学。小心谨慎盖其天性,凡天才差一点的人没有不谨慎的。天才胆大,可不是妄为,他绝没错;天才稍差,便不可不小心,不可图省力。

既了解曾子为人,然后可看其对君子解释。

曾子所说的君子也是战兢小心吗?

平素用功要小心谨慎,否则根基不固,易成架空病,但是做人、做事需要大胆,若没大胆,不会做出大的事业来为人类、为自己。其实,为自己也就是为人类。

天下伟大的人,没有一个是"自了汉"的。中国儒家末流之弊,把君子讲成"自了汉"了。人不侵我,我不犯人,甚至人侵我,我亦不犯人,犯而不校。把自己藏在小角落里,这样也许天下太平,但现在世界不许人闭关做"自了汉"。

印度佛教到中国成为禅宗,禅宗末流也成"自了汉"。佛家精神是先知觉后知，自利、利他，自度、度他，所以做事业为自己，同时也是为人类。为他的成分愈多，所做事业也愈伟大，他的人格也愈伟大。

某杂志记有这样的事：天下最伟大的英雄是谁？有人提议用《大英百科全书》各名人传之长短为标准，观察结果以《拿破仑（Napoleon）传》最长，于是以拿破仑为最大英雄。但余意不然。拿氏虽非"自了汉"，乃"自大汉"，自我扩张者。天下英雄皆犯此病，但没有一个这样的英雄是不失败的。自我愈扩张便是要涨裂的时候，自我扩张结果至涨裂为止。亚历山大、拿破仑、希特勒（Hitler），皆然。他们倒是想着做事，但他们之做事是为了过瘾——过自私的瘾。这种人是混世魔王，所谓"一将功成万骨枯"（曹松《己亥岁》）。这种人不是"自了汉"，是"自大汉"，我们也不欢迎。

一个伟大的人做事，比任何人都多，而自私心比任何人都小——并非绝对没有自私心。

第五讲

"讬六尺之孤""寄百里之命"

以曾子之小心谨慎,他所说"君子"如何?

曾子在孔子门下是能继承道统的,只是小心谨慎不成。低处着手,是为高处着眼做准备,如登楼,为了要上最高层,不能不从一、二级开始。我们既没有天才那么长腿,又不甘心在底下待着,非一步步向上走不可。

"士不可以不弘毅……",高处着眼。眼光多远,多精神,多高!再想到他的"吾日三省吾身",那是小学,这是研究院了。从初小一年级到研究院相差甚远,然也是一级级升上来的。

再举一段更具体一点:

> 曾子曰:"可以讬六尺之孤,可以寄百里之命,临大节而不可夺也。君子人与?君子人也。"
>
> （《论语·泰伯》）

先不用说这点道理、这点精神,这点文章就这么好,陆机《文赋》①所谓"要辞达而理举,故无取乎冗长"。文章真好。一般说不完全,说不透彻,是没懂明白。"君子人与"一句,可不要,但非要不可。此所以为曾子,任重道远,不只是小心谨慎。三代而后,谁能这样?仅一诸葛亮。

颜渊从《论语》一书中看不出什么来,纵不敢说幽灵,也是仙灵。看不清楚。佛家偈颂②曰:

> 海中三神山,缥缈在天际。舟欲近之,风辄引之去。③

> (《拈黑豆集》卷首《拈颂佛祖机用言句》)

写得很美,神话中美的幻想。此为美的象征,象征高的理想。颜渊亦孔门一最高理想而已。至于有点痕迹可寻的,还是曾子。

曾子有点基本功夫,"吾日三省吾身";然而他有他远大眼光,"士不可以不弘毅,任重而道远……",真是读之可以增意气,开胸臆。

青年最怕意气颓唐,胸襟窄小。而增意气不是嚣张,开胸襟而非狂妄。增意气是使人不萎靡,青年人该蓬蓬勃勃;开胸襟是使人不狭隘,如此便能容、能进。曾子这几句真叫人增意气,开胸臆。

三省吾身,任重道远,合起来是苦行。然与禅宗佛门不同,他们

---

① 陆机(261—303):字士衡,吴郡华亭(今上海松江)人,西晋太康文学代表人物,与其弟陆云合称"二陆"。因曾任平原内史,世称陆平原。其所作《文赋》为中国文学批评史上第一篇系统阐述创作论的文章。

② 偈颂:又称"偈子""颂语",即佛经中的唱颂词,为宣扬佛理的短句,通常为四句联结而成的韵文,用于教说的段落或经文的末尾。

③ 司马迁《史记·封禅书》:"自威、宣、燕昭,使人入海求蓬莱、方丈、瀛洲。此三神山者,其传在勃海中,去人不远,患且至,则船风引而去。"

是为己的，虽最早释迦亦讲"度他"，"自度、度他，自利、利他"。佛门及儒家到后来，路愈来愈窄，只有上半截——自度、自利，没有下半截——度他、利他。

苦行是为己，而曾子苦行不是为己，"仁以为己任"。

一己为人——仁，自己做一个人是仁，对己（己欲立，自度）；施之于人——仁，施之于人是仁，对人（立人、度人）。朱子讲"仁，人心之全德"（此如佛家《楞严》之"圆妙明心"），余以为"心之全德"不如改为"人之全德"。"仁"字太广泛，"仁以为己任"，绝非为己。

要想活着，不免要常想到曾子这两句话："士不可以不弘毅""任重而道远"。至"可以托六尺之孤，可以寄百里之命"，真伟大起来了。

"六尺之孤"——国君（幼）；"百里之命"——国政。

"寄"，犹托也："讬"与"托"很相近，自托曰托，讬人受托曰讬。"寄"，暂存。

"临大节而不可夺"，梁朝皇侃①疏曰："国有大难，臣能死之，是临大节不可夺也。"（《论语义疏》）南朝北伐成功者：一桓温②，一刘裕③。桓温没造起反来，然亦一世跋扈；刘裕成功，归而篡位，是亦变节（自变）。受外界压迫、影响而变节曰"夺"。此言国有大难臣能死

---

① 皇侃（488—545）：其字不详，吴郡（今江苏苏州）人，南朝梁儒家学者、经学家，著有《论语义疏》十卷。

② 桓温（312—373）：字元子，谯国龙亢（今安徽怀远）人，东晋军事家，曾剿灭成汉，收复蜀地，后三次出兵北伐，晚年欲废帝自立，未果而死。

③ 刘裕（363—422）：字德舆，小名寄奴，祖居彭城（今江苏徐州），废东晋恭帝司马德文，自立为帝，建立刘宋王朝，史称宋武帝。

之，只说了一面。文天祥、史可法①至今受人崇敬，便因临大难能死之。然家贫出孝子，国难显忠臣，何如家不贫、国无难？

愧无半策匡时难，唯余一死报君恩。②

死何济于事？依然轻如鸿毛，不是重于泰山。不死而降不可，只死也不成。这点朱子感到了，他说：

其才可以辅幼君，摄国政，其节即至于死生之际而不可夺，可谓君子矣。

（《论语集注》）

单单注意"才"字，要有这本领。程子③则不然，程子单注意节操。程子曰：

节操如此，可谓君子矣。

（《论语集注》引程子语）

曾子的话原是两面，前二句"讬六尺之孤，寄百里之命"是积极的作为；后一句"临大节而不可夺"是消极的操守。真到国难，作为比操守还有用，可补救于万一；操守无济于事。

不是说不办坏事，是说怎么办好事；不是给人办事，是给自己办

① 史可法（1601—1645）：字宪之，又字道邻，祥符（今河南开封）人，明代政治家，抗清名将。1645 年清兵围困扬州，拒降固守，城破被俘，不屈牺牲。

② 《明史纪事本末》卷八十《甲申殉难》记载："左副都御史施邦曜闻变恸哭，题辞于几曰：'愧无半策匡时难，但有微躯报主恩。'遂自缢。仆解之复苏，邦曜叱曰：'若知大义，毋久留我死。'乃更饮药而卒。"清初颜元《性理评》一文提及明亡惨祸有言："吾读《甲申殉难录》，至'愧无半策匡时难，唯余一死报君恩'，未尝不凄然泣下也！至览和靖祭伊川'不背其师有之，有益于世则未'二语，又不觉废卷浩叹，为生民怆惶久之。"

③ 程子："二程"中的程颐。程颐（1033—1107），字正叔，洛阳伊川（今属河南）人，世称伊川先生，北宋理学家。

事。曹操求人才，便不问人品如何，只问有才能没有。曹操所杀皆无用之人，乱世无需如孔融、杨修等秀才装饰品。遇到曹操因死一人而哭的时候，那必是真有才能的人。由此可见曹操是英雄。

现在有操守固然好，而更要紧是有作为，"不患人之不己用，求为可用也"。鲁迅说三里路能走么？四斤担能挑么？自己没能，发什么牢骚？"居则曰，不吾知也。如或知尔，则何如哉？"（《论语·先进》，知——知用。）所以朱子讲得好。朱子生于乱世，北宋之仇不能报，而现在局面又不能持久，故先言"才"。程子生于北宋，不理会此点，而且程子人太古板。伊川先生为侍讲①，陪哲宗游园，哲宗折柳一支，伊川责之。② 其实不折固然好，折也没关系，何伤乎？书呆子，不通人情，不可接近。北宋末洛蜀之争，即程与东坡之争。东坡通点人情，看不起伊川。朱子乃洛派嫡系，而此点较程子强，即因所生时代不同。

正心、诚意、修身、齐家、治国、平天下。后世儒家只做到前三步。前三者是空言，无补；后几句是大言不惭。前三者不失为"自了汉"，后者则成为妄人。《宗门武库》③云：

　　儒门淡薄，收拾不住，皆入佛门中来。④

---

① 侍讲：官职名，其职为讲论文史以备君王顾问。

② 《宋史纪事本末》卷十："帝尝凭槛偶折柳枝，颐正色曰：'方春时和，万物发生，不当轻有所折，以伤天地之和。'帝颔之。"

③ 《宗门武库》系由宋代禅宗临济宗著名禅师大慧宗杲言说、弟子道谦纂辑的禅宗古德言行录。

④ 《宗门武库》："王荆公一日问张文定公（张方平）：'孔子去世百年，生孟子亚圣，后绝无人，何也？'文定公曰：'岂无人？亦有过孔孟者。'公曰：'谁？'文定曰："江西马大师、坦然禅师、汾阳无业禅师、雪峰、岩头、丹霞、云门。'荆公闻举意，不甚解，乃问曰：'何谓也？'文定曰：'儒门淡薄，收拾不住，皆归释氏焉。'"

　　就算我们想做一儒家信徒,试问从何处下手? 在何处立脚? 只剩一空架子,而真灵魂、真精神早已没有了。

　　《论语·阳货》有言:

　　　　诗可以兴。

　　岂但诗,现在一切事皆有待于兴。兴,是唤醒;兴,起来了。一种是心中有思想了,一种是在形体上有了作为、行为。譬如作诗,不是该不该的问题,是兴不兴的问题。

　　书怕念得不熟,也怕念得太烂。亦如和尚念"南无阿弥陀佛",他自己懂么? 厌故喜新不是坏事,是一件好事;否则,到现在我们还是椎轮大辂、茹毛饮血、巢居穴处。而现在,我们进步了,这都是厌故喜新的好处。有这一点心情,推动一切。

　　新的是新;在旧的里面发现出新来,也是新。儒家教义没有新鲜的了,所以淡泊没味,都成为臭文,当然陈旧了。所以现在需要"兴"。

　　死人若不活在活人心里,是真死了;书若不在人心里活起来,也是死书,那就是陈旧了,成为臭文了,一点效力也没有了。我们读书不是想记住几句话,为谈话时装自己门面。

　　君子"可以讬六尺之孤,可以寄百里之命",如此则君子并非"自了汉",还可以兴,可以活。

　　读《论语》上述曾子"可以讬六尺之孤,可以寄百里之命"一段话,真可以唤起我们一股劲儿来,想挺起腰板干点什么。

第六讲

"以友辅仁"与"为政以德"

曾子曰:"君子以文会友,以友辅仁。"

(《论语·颜渊》)

孔安国[①]曰:"友以文德合也。"又曰:"友有相切磋之道,所以辅成己之仁也。"(何晏《论语集解》引孔安国注)

朱注:"讲学以会友,则道益明;取善以辅仁,则德益近。"(《论语集注》)

佛是神秘,禅是玄妙,但禅宗中有"平实"一派。唯孔门不曰"平实",而曰"中庸"。儒家未尝不玄妙,但他们避讳这个。治学在思想方面不要因他写得玄妙就相信,许多道理讲来都很平实,在文学方面不要以为艰深便好;简明文字,力量更大,但不是浮浅。文章绕弯

---

① 孔安国(生卒年不详):字子国,曲阜(今山东曲阜)人,西汉经学家,与董仲舒齐名,著有《论语训解》《尚书孔氏传》《古文孝经传》等。

子是自文其陋。

然越平常的字越难讲。

文——→友——→仁

"以文会友,以友辅仁","友"为上下二句连索。

凡"文"是表现于外的,文章礼仪。孔门四科:德行、言语、政事、文学(《论语·先进》),孔门重视行为(表现),咱们现在是知识。《论语·颜渊》:

> 博学于文,约之以礼。

"文"与"礼"为二,此"文"与今所谓学问相似。人与人之相联系,盖都因表现于外(表现于外者如礼仪、学问……)这一点,故曰"以文会友"。但并没做到此为止,因文而结合,而结合不为此,乃欲以"辅仁"。(现在是以利会友,以友取利。)

> 季康子问政于孔子。孔子对曰:"政者正也。子帅以正,孰敢不正?"
>
> (《论语·颜渊》)
>
> 季康子患盗,问于孔子。孔子对曰:"苟子之不欲,虽赏之不窃。"
>
> (《论语·颜渊》)
>
> 季康子问政于孔子曰:"如杀无道,以就有道,何如?"孔子对曰:"子为政,焉用杀? 子欲善而民善矣。君子之德风,小人之德草,草上之风,必偃。"
>
> (《论语·颜渊》)

此即为政治上个人主义。

然此与西洋不同，西洋只是竭力发展自己，不管好坏善恶；孔门个人主义乃自我中心，并非抹杀旁人、抹杀万物，不过以自己为中心就是了。修、齐、治、平的道理也由此而出。

也可以说这是政治上的唯心主义。

若唯物是内旋，◎，自外向内，自远而近，自物而心。唯物史观特别注意历史，同时非常注意环境背景，前者（历史）是纵的，后者（环境背景）是横的。他研究历史注重在演变，以古推今。

而唯心无论在政治上、哲学上皆并非唯心就完了，涅槃是唯心的顶点。儒家唯心是外旋的，修、齐、治、平，并非自己成一"自了汉"便拉倒。

"子帅以正"，"帅"，跑在头里！这是儒家、道家不同之处。老子三原则是"慈""俭""不敢为天下先"（《道德经》六十七章）。"不敢为天下先"，是儒、道不同之一点，由此而成为杨朱[①]之"拔一毛而利天下不为"[②]。"不为天下先"，是不为福首，不为祸始。而老子"不为天下先"有意思，他以为这样倒可替天下干点事；若"为天下先"，结果连我也掉在火里。"欲取故与"，"欲擒先纵"，老子"不敢为天下先"，正所以为天下先。大家围着他转、跟着他跑，但不能露出痕迹；后来一转为消极，无作、无为，此非老子本意。如某妇遣女曰：慎勿为善。某女曰：然则为恶乎？母曰：善尚不可，欲恶乎？[③] 此即老子"不敢

---

①　杨朱（生卒年代不详）：字子居，又称杨子、阳子居、阳韩生，战国初期魏国思想家，反对儒墨，主张贵生重己。

②　《孟子·尽心上》："孟子曰：'杨子取为我，拔一毛而利天下，不为也。墨子兼爱，摩顶放踵利天下，为之。'"

③　刘义庆《世说新语·贤媛》："赵母嫁女，女临去，敕之曰：'慎勿为好！'女曰：'不为好，可为恶邪？'母曰：'好尚不可为，其况恶乎！'"

为天下先"之一转为"无为";至杨朱之"拔一毛利天下而不为",乃老子三转。现在多是这种人,无为之人已很少,至于老子原意没人做到。

"子帅以正",孔子心里想什么,口里说什么,这一点以勇气论,儒家超过道家;以聪明论,儒家不如道家。

文学不容易说出自己话来,往往说出也不成东西。孟子说孔子:

圣之时者也。

（《孟子·万章下》）

这话该是赞美之意。"江汉以濯之,秋阳以曝之。皓皓乎不可尚矣。"（《孟子·滕文公上》）"圣之时者",没有恶意。但便因此句使孔子挨了多少骂,说孔子为投机分子,"是亦不思而已矣"（朱熹《孟子精义》）。

为时势所造之英雄固为投机分子,即造时势之英雄也未免有投机嫌疑。总之,无此机会造不成此时势。假如我们生于六朝,敢保我们不清谈么? 生于唐,敢保我们不科举诗赋么? 宋之理学、明清八股,皆投机也。使现代人不坐汽车、火车,非要坐椎轮大辂、独木舟,倒不投机,但这算什么人了? 我们现在作白话文,岂非也是投机?

我们是得拿我们自己的眼来批评、观察了,而且还该用自己力量去作。投机、投机,不投机,落伍怎么好呀!《吕氏春秋》论邓析子①云:

---

① 邓析子（? —公元前 501）:春秋时期郑国思想家,反礼治而好刑名,长于名辩之学。

　　无功不得民，则以其无功不得民伤之；有功得民，则又以其有功得民伤之。[①]

　　此即《左传》"欲加之罪，何患无辞"。要说"时"字是投机，谁不投机呢？说不投机，便不是投机。夏日则饮水，冬日则饮汤，这也是投机吗？夏雷冬雪，岂非也投机？这不投机不行。

　　大概孔子在他那时是崭新的见解。哲学与文学一样，自其不变而观之，则万物皆定于一；自其变者而观之，则日新月异，是创作。"定于一"（《孟子·梁惠王上》）与"日新月异"是一个，是两个呀？今之人犹古之人，今之世犹古之世，不变；古者茹毛饮血，现在烹调五味，日新月异。孔子的政治、哲学，真是崭新崭新的。现在看起来是迂阔，绕弯子，不着实际，否则就是落伍，虽然现在看来未尝不新。（旧同新，有时也相通。）

　　我们读《论语》，又不想拿孔子抬高自己身价，想也不肯，肯也不能。我们读《论语》，不想迂阔落伍，但也不想被人目为投机。人活着，只有混容易。其实，混也要费点心思、拿点本事，何尝容易？

　　天下事进化难说，有的由繁趋简，有的由简趋繁。字由繁趋简，文由简趋繁。

　　子适卫，冉有仆。子曰："庶矣哉！"冉有曰："既庶矣，又何加焉？"曰："富之。"曰："既富矣，又何加焉？"曰："教之。"

　　　　　　　　　　　　　　　　　　　　　（《论语·子路》）

---

　　① 《吕氏春秋·审应览·离谓》："洧水甚大，郑之富人有溺者，人得其死者。富人请赎之，其人求金甚多。以告邓析，邓析曰：'安之。人必莫之卖矣。'得死者患之，以告邓析，邓析又答之曰：'安之。此必无所更买矣。'夫伤忠臣者，有似于此也。夫无功不得民，则以其无功不得民伤之；有功得民，则又以其有功得民伤之。"

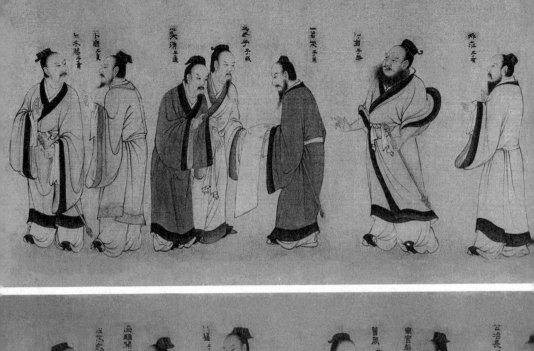

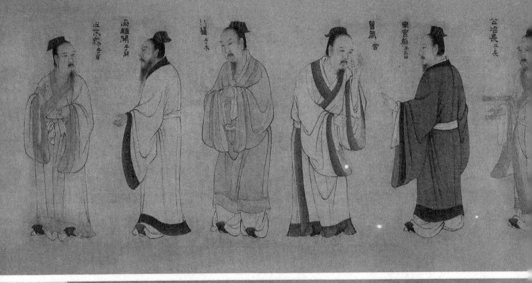

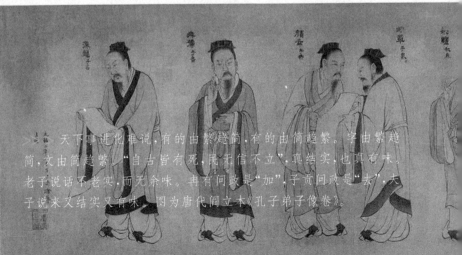

天下事进化难说，有的由繁趋简，有的由简趋繁。字由繁趋简，文由简趋繁。"自古皆有死，民无信不立"，真结实，也真有味。老子说话不老实，而无余味。冉有问政是"加"，子贡问政是"去"，夫子说来又结实又有味。图为唐代阎立本《孔子弟子像卷》。

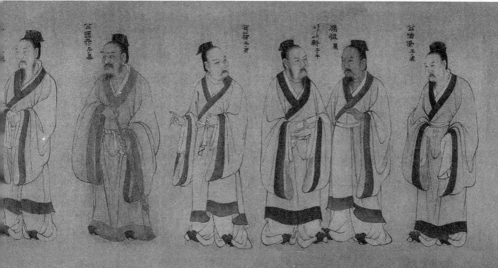

子贡问政。子曰:"足食,足兵,民信之矣。"子贡曰:"必不得巳而去,于斯三者,何先?"曰:"去兵。"子贡曰:"必不得巳而去,子斯二者,何先?"曰:"去食。自古皆有死,民无信不立。"

(《论语·颜渊》)

冉有是想着做事的,近于事功。曾子精力多费在修养上,是向内的、个人的。冉有是向外的,对大众有影响,故对政治留心。

一庶,二富,三教。

"庶"(人口多),不是最终目的;要"富之",最终"教之"。

"教",连朱子都以为是立学校,此教未尝无立学校之意,但还不仅是知识;教未尝没有教育之意,但孔子尚非此意。孔子所谓"教"是"教以义方"(《左传》)。现在教育只教知识,不教以"义方"。"义"之为言,宜也;"方"之为言,向也,向亦有是非之意。明是非,知礼义,有廉耻。孔子盖以此较知识尤为重要,否则知识只使其成为济恶之工具。"教之"不仅立学校,立学校也不仅读书识字。

"自古皆有死,民无信不立",真结实,也真有味。结实,有味,二者难以兼有,但《论语》真是又结实又有余味。老子说话不老实,而无余味。冉有问政是"加",子贡问政是"去",夫子说来又结实又有味。

古本《论语》"民信之"上有"令"字,"令民信之","之"指为政之人,有"令"字好。"民无信不立",立:(一)立国,(二)存在。总之,在上位的人要得民心。得民众拥护也有失败,但民众对失败原谅,对错事了解,因为民众信得及他。能信故能得人拥护,若不得人拥护,办好也是不好。

庄子真是思想家,中国思想非玄不可。别国"玄"是复杂,而中国玄妙在简单中。如佛学,佛家虽是宗教家,实是思想家,能想象又极能分析。佛学传入中国,修佛者成为净土,简单化了;解的人成为禅宗。无论修中净土、解中禅宗,皆不用佛之丰富想象、琐碎分析。

孔子不玄。最注重实际,日用平常,所以结果是平易近人。好处,人人觉得他可亲;坏处,使人易视他(虽不见得轻视)。其实儒家之日用平常、平易近人,道理虽非懂不完、知不尽(一看、一会就懂),可是永远是我们行不尽、用不尽的。

《子路》中第十三"子适卫,冉有仆"一章可与《颜渊》"子贡问政"章参看。"冉有仆"一章,一庶(人众多),二富,三教(乃教育哲学)。"子贡问政"一章,按文章次序:一食,二兵,三信;按重要分,则:一信,二食,三兵。精神不能脱离物质而独立,物质缺乏能造成人道德之堕落。犯法罪人多为物质缺乏的结果,穷生奸邪,富长良心。推而广之,扩而充之:以个人为出发点——→天下,以物质出发点——→精神。并非离开个人而能有天下,也不能离开物质而言精神。

> 子曰:"为政以德,譬如北辰,居其所而众星共之。"
>
> 　　　　　　　　　　　　　　　　　　　(《论语·为政》)

孔子之说法不行。一因现在时代不同,一因若曰个人做起,"俟河之清,人寿几何"(《左传·襄公八年》,子驷引《周诗》)?所以孔老夫子显得迂阔。但若想根深蒂固,还非从个人精神修养下手不可,否则其兴也勃,其亡也忽。我们做事太书呆子气,不太世故。世故使人不能成为书呆子,而书呆子往往不能去做事。要成一种势力,而领导此势力的人必须有崇高人格修养才配做领袖。

"为政以德",自己精神修养至完善境界便是德。"为政"是天下事,而曰"以德",还是以个人做基础"而众星共之"。"居其所"是他的精神,"众星共之",做成一种势力。而要造成一种势力,先要有纯洁、高尚人格才能永久。而往往有修养的人,无办事能力;能办事的人,无修养。

附一

《论语》断说

一 释"孟敬子问病"

> 曾子有疾,孟敬子问之。曾子言曰:"鸟之将死,其鸣也哀。人之将死,其言也善。君子所贵乎道者三:动容貌,斯远暴慢矣。正颜色,斯近信矣。出辞气,斯远鄙倍矣。笾豆之事,则有司存。"

> (《论语·泰伯》)

"曾子言曰",与《论语》体例不合,多一"言"字。

"孟敬子问之","问",疑问、问讯、问候。小孩子游山水,问山如何、水如何,也不知道他所看是水里有条鱼还是路上有乞丐。

人家孟敬子来问病,曾子何必说这个? 这么多事! 不像曾子干的。

"君子所贵乎道者三","道"者,汉儒郑康成^①曰:"道,礼也。"存于心者为"道",现于外者为"礼","道"与"礼"压根儿两回事。

"动容貌""出辞气","动"与"出"是两面的,"正颜色"是一面的,这与文法修辞不合。"远暴慢""远鄙倍"——"斯远",故用"动""出",两面;"近信"——"斯近",故用"正",一面。勉强讲过去了。但何以"出辞气,斯远鄙倍矣"?

二　谦与骄

> 子曰:学如不及,犹恐失之。
>
> 　　　　　　　　　　　(《论语·泰伯》)

骄傲、自负,可使人有勇气;而过分的骄傲是狂妄。只有骄气、没有实力,是说大话、使小钱。过分的谦虚(虚伪的谦虚)与过分的骄傲同样要不得。"学如不及,犹恐失之";"学,然后知不足"(《礼记·学记》),这是真的谦虚。

三　"吾与点也"

《论语·先进》篇中"子路^②、曾晳^③、冉有^④、公西华^⑤侍坐"章,

---

① 郑玄(127—200):字康成,北海高密(今山东高密)人,东汉经学家,著有《毛诗笺》《三礼注》《论语注》等。

② 子路(公元前542—前480):仲氏,名由,字子路,又字季路,春秋时期鲁国人,"孔门十哲"之一,以政事著称。

③ 曾晳(生卒年不详):曾氏,名点,字子晳,曾参之父,春秋时期鲁国人,"孔门七十二贤"之一。

④ 冉有(公元前522—前489):冉氏,名有,字子有,春秋时期鲁国人,"孔门十哲"之一,以政事著称。

⑤ 公西华(公元前509—?):名赤,字子华,春秋末年鲁国人,"孔门七十二贤"之一,以长于祭祀之礼、宾客之礼著称。

以每个人说的话表现此人物的性格,正如《阿Q正传》中阿Q的话、《水浒传》中李逵的话。阿Q偷了静修庵的萝卜,被老尼姑抓住,阿Q说:"我什么时候跳进你的园里来偷萝卜了?"还指着兜在大襟里的萝卜说:"这是你的? 你能叫得他答应你么?"李逵从梁山上下来接老娘,在山里老娘却被老虎吃了,李逵说:"我千辛万苦背到这里,却把来与你吃了!"活画出阿Q、李逵的性格。

> 子曰:"以吾一日长乎尔,毋吾以也。居则曰,不吾知也。如或知尔,则何以哉?"

语言婉转、跳动。孔子主张兼善天下,如抓不到政权就独善其身。曾晳所言"莫春者,春服既成,冠者五六人,童子六七人,浴乎沂,风乎舞雩,咏而归",正中孔子不能兼善之时之下怀,故"喟然叹曰:'吾与点也。'"赞同曾晳之言,实是无奈之语。

四 "丘不与易也"

> (桀溺)曰:"滔滔者,天下皆是也,而谁以易之? 且而与其从辟人之士也,岂若从辟世之士哉?"耰而不辍。子路行以告。夫子怃然,曰:"鸟兽不可与同群。吾非斯人之徒与而谁与? 天下有道,丘不与易也。"
>
> (《论语·微子》)

孔子是热心事业的,要改良社会,然而孔子又非仅一政治家,同时乃哲学家,如孔子在川上,见逝者如斯,而感叹到世事之无常。

子在川上曰:"逝者如斯夫,不舍昼夜。"(《论语·子罕》)不但意味无穷(具有深刻哲理),而且韵味无穷(富有深厚诗情)。

附二

《论语》论诗①

一　论"诗"章节简说

孔门有四教：文、行、忠、信。② 孔门又有四科：德行、言语、政事、文学。③ 此处孔子所谓"文"或"文学"乃"学术"或"博学"之意，与今日之"文学"含义不同。孔夫子真正论及今日"文学"含义的话语，见于《论语》中论"诗"章节。

（一）

　　　子贡曰："贫而无谄，富而无骄，何如？"子曰："可也。未若

---

　　① 《〈论语〉论诗》：据萧雨生笔记整理。1959 年 10 月，顾随先生在天津师范学院为中文系研究生讲授《论语》，学生萧雨生有笔录。今据以辑录整理，以为附录。
　　② 《论语·述而》："子以四教：文、行、忠、信。"
　　③ 《论语·先进》："德行：颜渊、闵子骞、冉伯牛、仲弓，言语：宰我、子贡，政事：冉有、季路，文学：子游、子夏。"

贫而乐，富而好礼者也。"子贡曰："《诗》云：'如切如磋，如琢如磨。'其斯之谓与？"子曰："赐也始可与言诗已矣。告诸往而知来者。"

（《学而》）

《论语》所说之"诗"，多指《诗经》。

"如切如磋，如琢如磨。""切"为治骨，"磋"为治象牙，"琢"是治玉，"磨"是治石，骨、象牙、玉、石均可经"切""磋""琢""磨"而成为器具。此一章中子贡所说是消极的人生哲学，而孔夫子则告诉他积极的人生哲学。

（二）

子曰："诗三百，一言以蔽之，曰：思无邪。"

（《为政》）

汉人解诗尊孔子之说，然而对孔子之说或做曲佞之解。"思无邪"，汉人好解为"忠孝"（旧日有"愚忠""愚孝"之说），实则"无邪"应为"不歪曲""正直"。心里是什么就说什么，即为"思无邪"，也即真实地暴露思想，心口如一。

《周南·关雎》《卫风·氓》《王风·君子于役》……均为"思无邪"。

（三）

子夏问曰："'巧笑倩兮，美目盼兮，素以为绚兮'，何谓也？"子曰："绘事后素。"曰："礼后乎？"子曰："起予者商也。始可与言诗已矣。"

（《八佾》）

　　"绘事后素",言先有白纸才可以绘好画,以此比喻先有"倩",才能在此基础上施以人工的"巧笑";先有"盼"之目,才能在此基础上施以"美目"。子夏所言"礼后乎",乃是又以此推喻礼乐之产生实在仁义之后。于是孔子叹曰:"卜商呀! 你启发了我,现在可以同你讨论《诗经》了。"

　　这就是由此及彼、由表及里、举一反三的学习方法。应锻炼"闻一以知十"(《论语·公冶长》)的思考能力。

　　孔子与其弟子言多默契,故言简意明,无需多说即能明了对方的意思。

(四)

　　　　子曰:"《关雎》乐而不淫,哀而不伤。"

　　　　　　　　　　　　　　　　　(《八佾》)

　　所谓"礼节":"节"就是有节制、节奏之意;"礼"含有"节"义,"无过无不及""过犹不及"(《先进》)[1],皆为"礼"之义。"淫",过甚也,如"雨淫""酒淫""书淫"等,皆指过而无节制。《关雎》快乐而不至毫无节制,悲哀而不至伤害身心。然"乐而不淫,哀而不伤"很像"中庸"(中,不偏;庸,平常)之说法,中庸之流弊是不死不活,所以大受近代人攻击,但"乐而不淫,哀而不伤"理解为感情之节制——情操,可谓正确矣。

---

　　①　《论语·先进》:"子贡问:'师与商也孰贤?'子曰:'师也过,商也不及。'曰:'然则师愈与?'子曰:'过犹不及。'"

(五)

　　"唐棣之华，偏其反而。岂不尔思，室是远而。"子曰："未之
思也，夫何远之有？"

　　　　（《子罕》）

　　"唐棣之华，偏其反而。岂不尔思，室斯远而。"唐棣的花朵啊，
翩翩地摇摆。哪里是不想你呀，是你住的房子太远啦！《诗经》三百
零五篇无此四句，古人谓之"逸诗"。也许是孔子时代之民歌，为孔
门弟子所熟悉。《论语》中孔子批评说："未之思也，夫何远之有？"因
此，"唐棣"之诗是不真实的，谓之"邪"也。

　　孔子读诗看其内容，并结合实际生活，是通过观察而得出来的
批评。

(六)

　　子曰："诵诗三百，授之以政，不达；使于四方，不能专对。
虽多，亦奚以为？"

　　　　（《子路》）

　　孔子谈诗，会涉及政治。此一章即如此。

　　这段话，若从正面而言则是说：最早的诗（即《诗三百》）是民众
之诗歌。读之，首先可以了解、洞悉人情，如此则可以搞政治、治理
百姓；其次，诗是最精炼的语言，出使外国一定要长于语言，学诗之
后便能"专对"而"使于四方"。

（七）

> 子曰："小子何莫学夫诗？诗可以兴，可以观，可以群，可以怨，迩之事父，远之事君，多识于草木鸟兽之名。"

（《阳货》）

孔夫子提出了诗的六项功能与作用。

"兴"，使人受感动，受启发。诗若火种，感情若燃料，一触即燃。如《离骚》之爱国情思即如火种，感情触之即燃。

"观"，观察，以此观察人生、观察社会。此牵涉思想内容，如《魏风·硕鼠》之贪官若鼠，可以此观察社会，官吏均此。

"群"，以类相从则"群"也，原为动词。群，合群性，可使联系，彼此了解、沟通。"可以群"，可以锻炼合群性。

"怨"，对不好的事物则怨。孔子不主张犯上作乱，主张阶级调和。如楚辞《离骚》即有"怨而不怒"（朱熹《论语集注》）之意，《魏风·硕鼠》也有"怨而不怒"之意（没有打倒、反抗之意）。

"兴""观"相对，"群""怨"相对，"兴""观""群""怨"之次序表现出推理逻辑，有其内在联系。

"迩之事父，远之事君。""迩"，近；"事"，效劳。这是他的局限性。

"多识于草木鸟兽之名。"这不是目的，而是结果。读"诗"如只为此，则是错误的。这点上孔子犯了逻辑推理的错误。

这段文字修辞优美，寓骈于散：

可以兴，

可以观，迩之事父，

小子何莫学夫诗？ 诗　可以群，远之事君，　多识于草木鸟兽之名。

可以怨，

单句　　一字句　　骈句　　骈句　　单句

开头一个设问句（《论语》常用设问句，以引起注意），以下接连用四个排比句"可以……，可以……，可以……，可以……"，又用两个偶句"迩之……，远之……"，最后用一个单句"多识于……"收尾，此单句立柱顶千斤，为顶住以上诸句，故以较长之单句托尾。

寓骈于散的写作技巧，后世学的最好的要算韩愈，再往后则是欧阳修、苏轼。韩愈文以气势取胜，逼迫于人，使人不得不读。如《原道》批佛老、道教，形式虽也为骈文，然较六朝之骈文多变化，生动。《杂说》中之《马说》散中有骈，变化多端。民间谚语也多对仗，如"屈死不告状，饿死不做贼"；"人贫志短，马瘦毛长"；"没有乡下泥腿，饿死城里油嘴"。对仗、骈偶，文学传统有之。毛主席《沁园春·长沙》"看"字领起的"万山红遍，层林尽染，漫江碧透，百舸争流。鹰击长空，鱼翔浅底，万类霜天竞自由"；《沁园春·雪》"望"字领起的"长城内外，唯余莽莽，大河上下，顿失滔滔。山舞银蛇，原驰蜡象,欲与天公试比高",与此章句法相似。鲁迅文章如《在酒楼上》之"北方固不是我的故乡,但南来又只能算一个客子",也有骈的意味。

对于语言的运用,要"由低而高,由浅入深,由此及彼,由表及里,去粗取精,去伪存真"。

(八)

> 陈亢问于伯鱼曰:"子亦有异闻乎?"
>
> 对曰:"未也。尝独立,鲤趋而过庭,曰:'学诗?'对曰:'未也。''不学诗,无以言。'鲤退而学诗。他日又独立。鲤趋而过庭。曰:'学礼乎?'对曰:'未也。''不学礼,无以立。'鲤退而学礼。闻斯二者。"
>
> 陈亢退而喜曰:"问一得三,闻诗,闻礼,又闻君子之远其子也。"
>
> 《季氏》

"不学诗,无以言。"高尔基(Gorky)[①]说,文学语言是大众语言之加工。而"诗"又是一切文学语言之加工。

"不学礼,无以立。"《论语》中多见"立"字,"立"字有实有虚,此处"立"为自立成人之意。

"闻君子之远其子","远",不亲近之意。此谓孔子不独爱其子,不独亲其子,与其余弟子一视同仁,故曰"远"。

---

① 高尔基(1868—1936):原名阿列克谢·马克西莫维奇·彼什科夫,苏联文学奠基人,代表作有《童年》《在人间》《我的大学》《克里姆·萨姆金的一生》等。

此段人物有三：明场有二人对话——陈亢、伯鱼；暗场有一人——孔子，乃孔子与伯鱼对话。

父子对话，言简意赅。表情达意，言简意赅好。但文字如省略过简，易造成误解。

此段文字之小结乃"闻斯二者"句与"陈亢退而喜曰……"句。

文章的总结不仅是个答数，它是全篇的凝练，是纯钢，不允许有任何杂质，是全篇的结晶。(《史记》中的"太史公曰……"为全篇总结。)文章每段亦有小结，此"结"承上启下，是上段的结果，也为下段打基础。此段中"闻斯二者"为小结，承上——答陈亢之问"子亦有异闻乎"；启下——引出陈亢之感想"陈亢退而喜曰……"为全篇总结。

二 涉"诗"章节举隅

（一）

> 子曰："兴于诗，立于礼，成于乐。"
>
> （《泰伯》）

（二）

> 子曰："师挚之始，《关雎》之乱，洋洋乎盈耳哉！"
>
> （《泰伯》）

（三）

> 子曰："吾自卫反鲁，然后乐正，雅、颂各得其所。"
>
> （《子罕》）

（四）

　　子曰："衣敝缊袍，与衣狐貉者立，而不耻者，其由也与？'不忮不求，何用不臧。'"子路终身诵之。子曰："是道也，何足以臧？"

　　（《子罕》）

（五）

　　颜渊问为邦。子曰："行夏之时，乘殷之辂，服周之冕，乐则韶舞。放郑声，远佞人。郑声淫，佞人殆。"

　　　　　　　　　　　　　　　　（《卫灵公》）

（六）

　　子谓伯鱼曰："汝为《周南》《召南》矣乎？人而不为《周南》《召南》，其犹正墙面而立也欤？"

　　　　　　　　　　　　　　　　（《阳货》）

卷二

《文赋》

第七讲

创作之情趣

六朝时一切文学作品皆谓之文,故《文赋》实即创作论。

文难得内容丰富而文字还写得美。吾人写文章每至意义艰深则文字晦涩,陆士衡则举重若轻。

《文赋》包括:

起——综论(引论)。

中——分论。(文论、文体、文字、声音、修辞等;文字、声音、修辞乃文章美,即《文赋》中所言"应""和""悲""雅""艳"。)

结——余论。

"伊兹事之可乐,固圣贤之所钦"至"粲风飞而猋竖,郁云起乎翰林"一段:

文赋

余每觀材士之作竊有以得其用
夫其放言遣辭良多變矣妍
蚩好惡可得而言每自屬文尤見
其情恒患意不稱物文不逮意蓋
非知之難能之難也故作文賦
以述先士之盛藻因論作文之利
害所由他日殆可謂曲盡至於操
斧伐柯雖取則不遠若夫隨手
之變以辭逐蓋所能言者
具於此云

>>>我们生活有事业，事业有大小，不以是而分优劣。贤者识其大，不贤者识其小，大固然好，小也不坏。事无论大小，而主要的是"伊兹事之可乐"，这样干着才有意义——为人为己。图为唐代陆柬之行书《文赋》。

伊兹事之可乐，固圣贤之所钦。课虚无以责有，叩寂寞而求音。函绵邈于尺素，吐滂沛乎寸心。言恢之而弥广，思按之而逾深。播芳蕤之馥馥，发青条之森森。粲风飞而猋竖，郁云起乎翰林。

"伊兹事之可乐，固圣贤之所钦。""可乐"盖指情趣，"所钦"盖指意义言。

世上行尸走肉偷生苟活，有生命无生活。我们生活有事业，事业有大小，不以是而分优劣。贤者识其大，不贤者识其小；大固然好，小也不坏。事无论大小，而主要的是"伊兹事之可乐"，这样干着才有意义，才有力——为人为己。为己，充实了空虚的生活；对人，则使我们以外的人可得点方便。事之起始也许困难，而必要以毅力和练习达到"可乐"的地步。

"知之者不如好之者"（《论语·雍也》），爱好比知道有力量，而"好之者不如乐之者"（《论语·雍也》），孔夫子讲道理不及释迦深，而真人情味。此二句大无不包，细无不举。说到深处是要"好之""乐之"，而皆须以"知之"为根基。至于"好"与"乐"之区别，好是一时的，乐是永久的。

"伊兹事之可乐，固圣贤之所钦"前面一段：

然后选义按部，考辞就班。抱景者咸叩，怀响者毕弹。或因枝以振叶，或沿波而讨源。或本隐以之显，或求易而得难。或虎变而兽扰，或龙见而鸟澜。或妥帖而易施，或岨峿而不安。罄澄心以凝思，眇众虑而为言。笼天地于形内，挫万物于笔端。始踯躅于燥吻，终流离于濡翰。理扶质以立干，文垂条而结繁。信情貌之不差，故每变而在颜。思涉乐其必笑，方言哀而已叹。

或操觚以率尔，或含毫而邈然。

此一段，论文辞。"伊兹事之可乐，固圣贤之所钦"二句之下"课虚无以责有，叩寂寞而求音"，讲文思。

"课虚无以责有，叩寂寞而求音"二句，与上段"抱景者咸叩，怀想者毕弹"二句，相似而实不同。"抱景"二句指文字，此二句指创作。"叩寂寞而求音"，如白居易之写《琵琶行》。

"函绵邈于尺素，吐滂沛乎寸心。""吐滂沛"，未成文之前；"函绵邈"，成文之后。绵邈，表示远；滂沛，表示大。此盖与字音有关，如"大"，便觉大；"小"，便觉小。此不尽为心理的，亦为科学的。

说到创作，正如《道德经》所谓：

> 虚而不屈，动而愈出。

（五章）

愈用而愈有，愈动而愈出。一个没有创作修养、创作习惯的人，未写之前思想很多，而一坐到书桌旁便没有了。余今年要在文论班上引起同学创作兴趣。说到创作，一是书，一是物。物用于准备则为观察，用于创作则观察为表现；还有，心不可使之茅塞，孟子所谓"今茅塞子之心矣"（《孟子·尽心下》）。书、物、心三方面都做到家，文才可出来。一个天才或可不必读许多书，而吾人则不可。

文学写感官、感觉。写耳之所闻、目之所见者多，而耳闻并未进入吾人耳中，目见并未进入吾人目中，是隔离的。至于鼻之所嗅、口之所尝，则真进入吾人鼻中、口中，是亲切的。何以写前者的反多而易好？写朋友之爱也许还易，写兄弟爱难；写兄弟爱尚易，写亲子爱难；写两性尚易，写夫妻难。

在创作上,作者与社会要保持一点隔离。而创作又要有经验,经验与隔离岂非矛盾? 其实经验与隔离实非二事。在求经验时必须亲身参加,而在书案前写作时要撤出来,所以要隔离。

陆氏之写"播芳蕤之馥馥,发青条之森森"二句,是否要引起读者感觉? 此二句为客观的,抑为主观的? 如是客观的,是文章原来有这种美;要是主观的,是说吾人读后觉得如此。在此大约主观、客观都有,二者不可缺一。此关系哲学问题,不仅文学批评欣赏的问题。如果实之有价值在人之使用,此便言其有用是客观的;如花之香美,有人闻、有人见是如此,而人不闻、不见时它还香不香、美不美呢? 有人以为仍可爱,有人以为否,此待研究。"兰生幽谷,不为莫服而不芳"(《淮南子·说山训》),但没人闻,岂不等于不香?

"粲风飞而猋竖,郁云起乎翰林。""风"于何"飞"? "猋"于何"竖"? "云"于何"起"? 此在吾人感觉。"飞",横者;"竖",直者。

第八讲

体裁与风格

一

"体有万殊,物无一量"至"要辞达而理举,故无取乎冗长"一段为全篇核心:

> 体有万殊,物无一量。纷纭挥霍,形难为状。辞程才以效伎,意司契而为匠。在有无而僶俛,当浅深而不让。虽离方而遁员,期穷形而尽相。故夫夸目者尚奢,惬心者贵当。言穷者无隘,论达者唯旷。诗缘情而绮靡,赋体物而浏亮。碑披文以相质,诔缠绵而凄怆。铭博约而温润,箴顿挫而清壮。颂优游以彬蔚,论精微而朗畅。奏平彻以闲雅,说炜晔而谲诳。虽区分之在兹,亦禁邪而制放。要辞达而理举,故无取乎冗长。

此一段所言最具体。

文体是具体的,有目共见,自较理论具体。

就文学而言，"体有万殊"；就内容而言，"物无一量"。

"体有万殊，物无一量。纷纭挥霍，形难为状。"这是我们作文最艰难的工作，也是最要紧的工作。无论在研究或创作上皆然。我们现在要用已有的"万殊"之文体写"无一量"之物象。天地间形形色色，文人笔下没放过去，而有放过者何？"三小"——才小、力小、胆小。此若在才大、力大、胆大之作家写，天无不覆，地无不载。

在一创作时选定文体是要紧的。我们有了材料后，用什么体裁写？必要在此"万殊"文体中选一文体最适合者写之。十八般武艺，我只会使刀，那可以；若说创作，我只会写诗，什么我都写诗，那不行。老杜笔下是"物无一量"，可惜他只写诗。老杜若非才力不够，便因文体使用不恰当。

同学读书要"泛爱众而亲仁"（《论语·学而》）。书，无所不读，但要有三两部得力的。文体也要多试验几种，第一是哪一种于我最合适，第二是哪一种最方便。此是试验自己，发现自己，多试验几种文体以发现自己的天才。天才必须自己发现，天才的矿只有自己去开。同时多会几种文体，可选其最合适者去写。在"纷纭挥霍"中要运用自如，是最大成功，研究、欣赏、创作皆然。

"辞程才以效伎，意司契而为匠。""辞程才"，现于外者；"意司契"，支配者。"意司契"，就读者言是文章内容，就作者言是作者内心。"辞程才以效伎，意司契而为匠"，简言之：没文体，没法写；没"意"，写什么？

"在有无而僶俛，当浅深而不让"，包前二句而言。"有无""浅深"，指难易。中国常有二字连用而一义者，如利害、是非，此处"有无""浅深"亦然。"让"，辞让也。此说作者不当避难就易、避重就

　　轻,这样在创作上也许省事,但创作绝无捷径、取巧、侥幸。

　　作文与做人同。《西厢记》中惠明和尚言:

　　　　我从来欺硬怕软,吃苦不甘。

　　　　　　　　　　　　(第二本《崔莺莺夜听琴》楔子)

　　惠明敢真也能真,这两句话真说得坦白。做人如此,作文亦然。《西厢》惠明所云可与《水浒》武松"专打天下硬汉"[1]互相发明。我们要避轻就重,避易就难。作文在辞、在意,皆当如此。有志于文者可以惠明此四句为座右铭。

　　凡一篇作品流传久远,必有点"真格的",你费了事,读者绝不负你苦心。《水浒传》上说白秀英唱大鼓是"普天下伏侍看官"[2]的。此语甚痛心,而是甘苦有得之言。作文亦然。"修辞立其诚"(《易传·文言》),你不骗人,别人也不负你。

　　姜夔[3]《白石道人诗说》云:

　　　　人所易言,我寡言之;人所难言,我易言之。

　　简,简到不能再简。现在作文是人所易言,我多言之;人所难言,我不言之。这如何能行?

　　"生于忧患,死于安乐。"(《孟子·告子下》)做人与作文同,学文与学道同。

————————

　　[1]　《水浒传》第二十九回:"武松道:'我却不是说嘴,凭着我胸中本事,平生只是打天下硬汉,不明道德的人。'"

　　[2]　《水浒传》第五十一回:"只见一个老儿……开呵道:'老汉是东京人氏,白玉乔的便是。如今年迈,只凭女儿秀英歌舞吹弹,普天下伏侍看官。'"

　　[3]　姜夔(1155?—1209):字尧章,号白石道人,饶州鄱阳(今江西鄱阳)人,布衣终生,南宋可与辛弃疾抗衡的词家,精通音律,擅自度曲,著有《白石道人歌曲》。

余近有作《寄蜀中友人》：

> 风雨同怜独归鹤，雪霜宜称后凋松。
>
> 蜀中山水甲天下，更为荔支作寓公。

此真是衣来伸手、饭来张口。今自己检举，一一自首："独归鹤"，老杜《野望》有"独鹤归何晚，昏鸦已满林"句（老杜身上颇有贵族性，鹤立鸡群已苦，老杜言鹤立鸦群）；"后凋松"，《论语》有"岁寒，然后知松柏之后凋也"（《子罕》）之语；俗言"桂林山水甲天下"；苏东坡《食荔枝二首》其二有"日啖荔枝三百颗，不妨长作岭南人"句（荔枝采下，一日变香，二日变味）。古人给我们留下好的遗产固然好，但我们不能安于此，安于此便是宣告我们的创造生命灭亡了。有人二十岁以后不复为诗，便是说他生命还有，而创作的生命完了，这是说根本不再创作的；还有的人虽仍写作，但创作生命已完了，如风瘫患者，虽生犹死。

《西厢》惠明"我从来欺硬怕软，吃苦不甘"的话要记住，无论做人、作文，皆当如此。

小孩写什么都说"非常"，这是避难就易。因为他思想贫弱，字汇简单，人该避免用"非常""特别""十二万分"等等。

若于难者、重者，不能做，知难而退尚不失为明哲保身之士。社会上潮流真了不得，人处世是随波逐流，还是逆流而上，还是砥柱中流？都要有点力，否则即使顺流，亦能为浪打倒——不能取巧。

俗语曰：作伪是"心劳日拙"①。"日拙"，言眼下或可成功而久之必失败。其实"诚"最容易，而人都不肯作；作伪不易，而人爱作

---

① 《尚书·周官》："作德，心逸日休；作伪，心劳日拙。"

伪。作伪的人永远是刨坑埋自己，作伪愈久坑愈深。做人诚，人亦不会辜负你。佛品第一不打诳语，无论何种哲学、宗教皆然，犹之乎儒家之"白受采"①。诚，不打诳话，便是"白"；一切"采"是一切美德，而必先有"白"。而说来真怪，也许打诳语是人类本能，此为性恶说。悲观哲学家叔本华（Schopenhauer）②说：人性恶，否则何用这么多圣贤劝人学好？（小孩子才会说话便爱骗人，且爱受骗，这是另一方面。）总之，还是要"诚"。

二

"虽离方而遁员，期穷形而尽相。"成文具体，故有规矩方圆。五臣③受传统思想，故不敢说文背于规矩，故以"离""遁"为不见；余以"离""遁"为破坏规矩。退之文、工部诗，多不可以法绳之，尤其六朝诗文之法。"离方""遁员"，乃"傀俶""不让"之结果，"离""遁"，破坏规矩。

"唯陈言之务去"（韩愈《答李翊书》），"语不惊人死不休"（杜工部《江上值水如海势聊短述》）。不惊人之语是常语，用陈言常话绝不违犯规矩，可是"唯陈言之务去"，求"语不惊人死不休"，则不免不合规矩矣。"离方""遁员"，也许叫人看着特别，在形式上成为过错；而心是不错的，心所期者在"穷形而尽相"，写到人写不到处，说到人说不出处。

---

① 《礼记·礼器》："甘受和，白受采，忠信之人，可以学礼。"

② 叔本华（1788—1860）：19世纪德国哲学家，唯意志主义创始人，著有《作为意志和表象的世界》《论自然意志》《论道德的基础》等。

③ 五臣：唐玄宗朝五臣奉诏重注《文选》，称《五臣注文选》。五臣，即由工部侍郎吕延祚所组织的吕延济、刘良、张铣、吕向、李周翰五人。

>>> 韩愈主张"唯陈言之务去"。图为近代陈少梅《韩愈像》。

接下"故夫夸目者尚奢，惬心者贵当"二句，"故夫"二字用得好。《文赋》凡文章辞意相生处皆好。辞义相生，行文一乐，甲——→乙——→丙——→……——→n，辞生辞，义生义。用功是要吃苦、就难，而无论作文、做人又须有乐处，因"离方""遹员"而"穷形""尽相"，"故夫夸目者尚奢，惬心者贵当"。

"夸目者尚奢"，如汉之辞赋。中国文中，能当"夸目"者，盖仅汉之辞赋。"惬心"不在篇之长大、字之华丽，只求达意。"惬心"不是快心，是合心；"当"者，精当。此六朝文可为代表。如《世说新语》写桓温过王敦①墓，指曰："可儿，可儿。"（儿，人也。）这没法儿翻成白话，那么说算把二人之气概全写出来了。

说食不饱。有时费半天劲研究出一个道理，可是一想，怎么那么平常？科学家要有破竹之势的功夫，文学、哲理似乎不必，可以用蚕食式办法，只要吃下去的真受用了，真变成丝，剩一块干了，有什么关系？吃了桑叶要让你吐丝，吐出来还是桑叶不成。只要吐丝，吃的是哪里都没关系。

《论语》云：

> 知之为知之，不知为不知，是知也。

（《为政》）

有人自以为知，实非真知，浮光掠影。人要有真知灼见。愈是身边切近之事，愈易忽略。《论语》不说高深的话，可是我们不能往浮浅里懂，"知之为知之，不知为不知"。世上一般人都是自己不知

---

① 王敦（266—324）：字处仲，琅邪临沂（今山东临沂）人，东晋权臣，后叛乱。《世说新语·豪爽》："王处仲每酒后，辄咏'老骥伏枥，志在千里。烈士暮年，壮心不已'，以如意打唾壶，壶口尽缺。"

而偏要说,每天上班说些连自己也不明白、自己也不相信的话。看禅宗语录也要"知之为知之,不知为不知",取得能合式之法。可是,"不知"不是就停顿于此,乃是就已知求未知,温故而知新。道理光说净讲不行,要知、要行。知是行的准备,行是知的结果;要不行,便还不是真知。说食不饱,说食只是更使人饥饿,而不能饱。凡是觉得知道而说不出来的,那还是不知,决不会懂到极深处而自己还说不出来。

"言穷者无隘,论达者唯旷",五臣注:

> 言穷事者无隘狭,论通达者唯尚放旷,此作者之用思也。

十五年前,刘文典①先生对余说,五臣注者看似浮浅,实高于李善②。"穷事"者,言穷极事物之理。一切学问都是细中之细。马鸣禅师③《大乘起信论》谓:粗中之粗,凡夫境界;粗中之细,菩萨境界;细中之细,是佛境界。此是言穷事物之理。"言穷者",说极细、极深道理。此难说,而有真知的人能说;听者或难懂,因听者无此经验。一句话,在说的人是多少年功夫。"学而时习之,不亦说乎"(《论语·学而》),你没用过功,如何知道?孔子话简单,至庄子、墨子、孟子,便说多了,好举例、好寓言,便是怕人不明白。战国诸子皆说寓言,用简单故事表现细微深邃之事理,那真是"言穷者无隘"。佛经也如此,《圣经》也如此。

---

① 刘文典(1889—1958):原名文聪,字叔雅,安徽合肥人,现代学者,曾任北京大学教授。

② 李善(630—689):广陵江都(今江苏扬州)人,唐代学者,淹贯古今,人号"书簏",著有《文选注》。

③ 马鸣禅师(生卒年不详):名阿湿缚窭沙,约生活于1世纪,中天竺国古佛教理论家、佛教诗人,禅宗尊为天竺第十二祖。相传阿湿缚窭沙说法时,马都能解其音,垂泪听法,故称马鸣菩萨。

必须真知、真行。"知行合一",其说似高深,其实即"说食不饱"之意。

"言穷者无隘,论达者唯旷","穷",细微深邃;"达",伟大崇高;"放旷",扩大。我们作文章便怕这两种:既不能细,又不能大。《史记》写"巨鹿之战"、《汉书》写"昆阳之战",既细又大。"言穷者无隘",是细无不举;"论达者唯旷",是大无不包。

不但文论,一切哲学皆然。而其实,"穷""达"还是一个,没有一个细微深邃的不是伟大崇高的;同样,也没有一个伟大崇高的不是细微深邃的。"于一粒沙中见世界"(威廉・勃雷克[William Blake]①《天真的预言》),佛言"纳须弥于芥子"(须弥,今称喜马拉雅山)。如故宫建筑艺术,伟大崇高必有细致深邃功夫。

此段是一层层下来的,"言穷者无隘,论达者唯旷"二句出于"在有无而僶俛,当浅深而不让"。

"言穷者无隘,论达者唯旷"后之"诗缘情而绮靡,赋体物而浏亮"以下,论文体。

三

《文心雕龙・总术》云:

> 今之常言,有文有笔,以为无韵者笔也,有韵者文也。

此乃自其分而言之。自其合而言之,则无论有韵与否,皆谓之文。

人类先有诗,后有散文,任何国家民族皆然,故《文赋》先言诗。

---

① 威廉・勃雷克:今译为威廉・布莱克(1757—1827),英国前期浪漫主义诗人,著有诗集《天真之歌》《经验之歌》等。

诗发达最早,而文学最早发达的是"缘情"。(陆机《叹逝赋》:"哀缘情而来宅。")树生枝长叶甚久,而当初只很小一粒种子。

"诗缘情而绮靡","绮",美也(谢朓《晚登三山还望京邑》有"余霞散成绮"句);"靡",柔也。凡缘情之作,无不美、无不柔者。诗是软性的,而在诗史上,诗是由软性发展成为硬性,由缘情而变为理智。宋诗是理智,硬性。文由硬性变为软性。六朝文是绮靡,软性。所以有人说,明末小品文是文学新运动,复古,复六朝之古。(明末有几部书盛行——《世说新语》《水经注》《三国志注》。)

"赋体物而浏亮",诗感人,故须绮靡;赋体物,故须鲜明。诗不绮靡,不能使人发生同情;赋不浏亮,不能使人如见其物。

赋在《汉志》分为若干种,其中一种为辞赋,骈辞之赋,即所说汉赋也。如《长杨》《羽猎》《两京》等赋,此汉赋正宗。至于司马相如①《长门》《大人》等赋,似非汉赋正宗(相如好处不知何在,一篇《长门赋》写得稀糟)。汉一班学者文人皆无情感,汉赋正宗是体物浏亮。六朝赋是抒情之赋,如江淹②《别赋》《恨赋》,乃汉人所不肯为。

汉人以后赋分两派:一北一南;一古典一革新;一体物一缘情。如木华③(字玄虚)《海赋》、郭璞④《江赋》、左思⑤《三都赋》(《三都》全

---

① 司马相如(? 公元前179—前118):字长卿,蜀郡(今四川成都)人,西汉辞赋家,代表作为《子虚赋》《上林赋》。

② 江淹(444—505):字文通,济阳考城(今河南民权)人,南朝诗赋家,著有《恨赋》《别赋》。

③ 木华(生卒年不详):字玄虚,广川人,西晋辞赋家,著有《海赋》。

④ 郭璞(276—324):字景纯,河东闻喜(今属山西)人,东晋学者、文学家,著有《游仙诗十四首》《江赋》。

⑤ 左思(? 252—?):字太冲,临淄(今属山东)人,西晋太康时期文学家,以《三都赋》《咏史》诗为代表作。其《三都赋》历十年而成篇,时人争相传写,一时洛阳纸贵。

仿《两京》),此为北派,古典、体物;南派是革新的、缘情的,用写诗之法写赋,如《别赋》《恨赋》。

就文体言之,诗为柔,文为刚。(阳刚、阴柔,桐城派[1]之说,其实即理智与感情。)而有人以写文之法写诗;又有人以写诗之法写文(如《洛阳伽蓝记》《水经注》)。同是纪事,《洛阳伽蓝记》与《世说》便不能比;"史""汉"亦一柔一刚。此言诗为柔、文为刚,乃大较之言。亦如男女二性,在许多女人身上,带有几分男性;有的男人身上带几分女性。"赋体物而浏亮",而六朝赋亦有缘情绮靡之作;"诗缘情而绮靡",然老杜纪事诗与退之诗皆有体物浏亮之作。

"碑披文以相质",碑,始于汉,所以纪鬼神之功德。墓碑,人;庙碑,神,皆为叙德之作。既曰叙德,必有实在可叙,故曰"披文""相质"。"相"之为言助也。披文、相质并非文质相半,质是主,文以相之。"诔缠绵而凄怆",诔,乃对死者之悼词,故曰"缠绵""凄怆"。碑,理智,硬性;诔,缘情,软性。

"铭博约而温润",李善注:

> 博约,谓事博而文约也。铭以题勒示后,故博约温润。

此说不当。"博约",谓由博而返约也。"铭",名物也。凡铭文刻于物上,如镜铭、盘铭,故须博约:"博",意义之广;"约",文字之简。如"苟日新,日日新,又日新"(《礼记·大学》引《盘铭》),无论世变如何,这三句话永远打不破、行不完。"温润",是可亲、可爱之意。因铭除名物外多含教训之意,教训易成为干燥,故须温润。

---

[1] 桐城派:清代文坛最大散文流派,其主要代表人物方苞、刘大櫆、姚鼐均为安徽桐城人,故名。桐城派讲究义法,提倡义理,要求语言雅洁,反对俚俗。

>>> 墓碑,人;庙碑,神,皆为叙德之作。图为东魏《李仲璇修孔子庙碑》。

"箴顿挫而清壮","箴",以讥刺得失。铭,为物而作;箴,为事而作。箴往往比铭还硬,"顿挫""清壮"才有力,才可以动人。因为劝诚之言须有力始能动人。箴,所以规既往而戒将来。五臣注:

> 箴所以刺前事之失者,故须抑折前人之心,使文清理壮也。
>
> 顿挫,犹抑折也。

后人作文用字太不假思索,什么叫"文清理壮"？"抑"、制,"折"、伏？其实,"顿挫"是说文字之顿挫,"顿"之为言断(停止之处亦曰顿,如天子游幸所止曰驻顿),"挫"之为言折。但顿挫不能说"断折",说"曲折"庶近之矣。箴篇幅短,故要曲折有力。

文章有最以顿挫见长者,当推"史""汉",看似一气,但无一字一语不曲折,绝不平直。吾人作文患不通顺,一通顺又太平直,也不行。白乐天诗其平如砥,其直如矢,其清如水,可惜清而不壮。老杜一字一转,或者不清,可绝对壮。不怕不懂货,就怕货比货。近代语体文没劲,便因无顿挫,否则便因不通顺。鲁迅先生一字一转、一句一转,没有一个转处不是活蹦的。

禅家有所谓"万法唯心",心生、神生、法生,心灭、神灭、法灭。尤其我们治文学的更是如此,一切创作皆然。如各小说所写,根本无此事,就算有此事,也亏他小说家写呀！否则《史记》"巨鹿之战"只须写"项羽大破秦军于巨鹿"一句,这不能说不是史,但不是文。一个题目写出后,其间变化开合真是心生法生、心灭法灭。自然主义、客观写实法是科学的,但何以此一派亦仅是此少数作家？即以纯粹科学家如爱迪生(Edison),何以亦只有一人？便也仍因他们是心生法生,我们是心灭法灭。否则文若有"法",岂非成印板文章？天下无印板文章。故"万法唯心"。我们说老杜、鲁迅的诗文有顿挫，我们知道了，但何以我们写时不能成为老杜的诗、鲁迅的文？便因我们没有他们那样的心。开山祖师，成；至于其弟子，既非祖师之心，而还要仿其形，外表很是，而内容满不是。祖师是心生法生，弟子是心灭法灭，挂羊头卖狗肉。

余此所讲自谓为"新唯心论"。以前唯心论讲得太玄，知者无从知，行也无从行，结果成为渺茫、空洞。余所讲"有此心始有此文"，也快渺茫、空洞了，但余所说有科学的、唯物的根基。人心是以生活做根基，过此生活便有此心。如男性旦角，在台上不仅形变为女性，且心亦变为女性之心，失掉固有本性，这便因其舞台上女性生活使然。生活这是唯物的、科学的，所以我们要在生活一方面扩大。要有书斋生活、文学修养，这只可养成技术；但生活一点儿没有，拿"顿挫"表现什么？拿"清壮"表现什么？如"屠龙"①，本事不错，但是上什么地方屠啊？宋之江西派②真是有屠龙术，技术在老杜之上，但是老杜有的宰，他们宰什么？割鸡焉用牛刀，屠龙技连鸡也宰不了。少个东西，少个什么？生活不硬。余之"新唯心论"有点近于心理学之行为派。最早之心理学是反省派，其后演进为行为派。行为派由观察统计而来，余之论与之相似。老杜之诗、鲁迅之文，他的思想与生活打成一片，他的思想上有了曲折顿挫，他的诗文自然曲折顿挫。有的文人原来思想就简单空洞，你叫他顿挫什么？曲折什么？自然写出来便一顺边了。如小孩子写文章，怎么顿挫得起来？

既如此说，便不用讲《文赋》了？但还要讲，不得不尔，一方面给

---

① 《庄子·列御寇》："朱泙漫学屠龙于支离益，单千金之家。三年技成，而无所用其巧。"

② 宋代江西派：江西诗派，得名于吕本中《江西诗社宗派图》，代表人物为黄庭坚、陈师道、陈与义，创作上讲究用典、追求生新。江西诗派为宋代影响最大的文学流派。

同学定一理想标准（目标），一方面给一个印证。目标是知，印证是知行合一。创作经验愈多，愈觉得魏文帝《论文》及陆机《文赋》的话对。

"颂优游以彬蔚"，五臣注：

> 颂以歌功颂德，故须优游纵逸而华盛也。彬蔚，华盛貌。

其言大体对。

佛经上有一种"颂"是说理的，那是外来的，或称"颂子"，与"偈"相似而又不同。偈语是断定，颂子是阐明。中国之颂则为歌功颂德之作，自"三百篇"即然。

五臣拿"华盛"讲"彬蔚"可以，拿"纵逸"讲"优游"不可。文学不可纵逸。

人类时时想自由，可是时时对自己加束缚。人生如此，文学亦然，纵逸不能有。创作要大胆，但大胆亦要有限制，绝非胡来。文明、文化在打破限制，但旧的方打破，新的就成立了，重重打破，重重成立。人生如此，文学表现人生，故亦如此。我们时常要打破旧形式，但新形式就又成立了；成立一新形式，便有一新限制。现在旧的东西实已灭亡，谁的创作能出一种文的风格、人的人格来？"八家"[1]虽不成，而各有其风格，代表其人格。"桐城"更不行，都是一样，文无风格，且看不出其人格。这便因既无开山祖师之风格，又无新的风格，乃成挂羊头卖狗肉之形式。

余以为"优游"是自在，由自在便生出雍容（大雅）。如演戏登台，经验多便自在；但熟极而流，便成为纵逸，那便糟了。自在绝非

---

① 八家：指唐宋散文八大家。

胡来,要守规矩,但规矩一点儿也不能限制他。这是大作家的长处、优点。近代文学如小说、戏曲、诗歌,各有其限制。戏曲绝不可与小说相似,那不成。新文学限制或不如旧古典文学之严,但不是没限制。写的戏曲还得是戏曲,因为有它的限制。有限制但还要自在才成,必自在才能"华盛",因为必自在才能"玩儿花活"。

四

六朝有文、笔之分,"文笔分途自一时"(沈尹默先生句)。

诗与散文之区别,大概有韵者为文,无韵者为笔:有韵如诗、赋,无韵乃今之散文。但实际有的诗虽有韵实是散文。太炎①先生讲演说有韵为诗,或问曰:"然则《百家姓》可谓为诗耶?"——实在不能算诗。反之,有的无韵散文未必不是诗,如《洛阳伽蓝记》《世说新语》,有的地方颇有诗意。《世说新语》上关于桓温有几条颇有诗意。王、谢家子弟有诗意,因其为文人;至于桓温则为推官,但有时确有诗味,其行为言语颇有诗味。(再如《水浒传》鲁大哥是真的诗人。)桓温既有辞采且有诗味,比那些自命风雅的人还高一等。至于有的"诗人"失眠、吐血、神经衰弱,那是他的病。

中国诗人的确太弱了,一点儿强的东西也装不进去。尼采(Nietzsche)、契柯夫(Chekhov)②身体虽坏,但心是健康的。身体虽渺小,但心是伟大的。吾人可以病我们的身,不能病我们的心;可以

---

① 太炎:章炳麟(1869—1936),字枚叔,号太炎,浙江余杭人,清末民初学者,著有《章氏丛书》《国故论衡》《国学略说》等。

② 契柯夫:今译为契诃夫(1860—1904),俄国19世纪末期批判现实主义作家、短篇小说艺术大师,代表作品有《变色龙》《套中人》《小公务员之死》等。

衰弱我们的身体，不可狭小我们的心。中国文人有种毛病，爱说自己病，其一以自己病要挟人同情，其二以病炫耀自己是文人。固然我们对不幸的人同情是人类本能，但怜悯心已然不好。人不该活在别人的同情之中。活在别人同情之下，你就没自由了。现在文人应多读老杜、魏武①之作。

人高兴时做事也多、也快，便因心是宽的。人心一窄就什么也做不出来了。余生病悲观时少、生气时多，这不成。有病之后还要自己高兴，不但要沉得住气，而且要提气。

要自己懂，讲没用。讲是讲给"会"家听的。一切道理皆然。蝇子碰窗户，不论其能否碰出去，不必笑它，总之它看出一点光亮。我们看书不可模糊，碰的是窗户，一破出去了；碰的不是，无论如何出不去。讲书讲明白了，那是你自己根本能明白。

"论精微而朗畅"，"精微"即细密，其相反为粗疏；"朗畅"即明白。细密而且明白，不易；粗了反容易明白。

现在文章用形容词太多，反足以混乱读者视听，抓不到正确观念。其实用形容词太多，就表示他自己没有正确清楚的观念。比如写粉笔的颜色，他不知道粉笔颜色，是知道许多写颜色的形容词。不要以为用字少就减少文字力量，用字不在多少，在正确与否。

托洛斯基（Trotsky）②论文学曰：旧派以为文学起始是字，我们

---

① 魏武：曹操，汉献帝封其为魏王。后其子曹丕称帝，创立魏国，追谥曹操为"武皇帝"，史称魏武帝。后世文学著作或史书简称其为"魏武"。

② 托洛斯基：今译为托洛茨基（1879—1940），原名列夫·达维多维奇·布隆施泰因，苏联政治家、理论家，且具有很高的文学理论造诣，著有《文学与革命》。

以为文学起始是事。① 常人写文并没把一件事观察清楚，只是在写时把自己读过的文辞又吐出来而已。

"奏平彻以闲雅"，五臣注：

> 奏事帝庭，所以陈叙情理，故和平其词，通彻其意。雍容闲雅，此焉可观。

其实"和平其词，通彻其意"，即今所谓平通正达。"闲"，安闲，"雅"；雅正。这样的文章最老实。因奏乃呈皇帝者，不须出奇。其实现在公事，甭说作得不通彻闲雅，即使作得通彻闲雅，有谁看得出来？

"说炜晔而谲诳"，论是批评是非，说是说明；论是发挥己意，说是使人相信，故取其"炜晔"。"晔"，五臣本作"烨"，偏旁相似取其美观。但美须有闲，精神、气力、学识、经验，皆要来得及。现在人连捉襟见肘都够不上，简直是不清楚；现在人连明白都够不上，何论美观？所谓"谲诳"，虽无此人、无此事，要使人听了似有其人、似有其事，而且确有此情，确有此理。如寓言中牛马说话，即使牛马不会说话，但只要牛马说话，它一定那样说；即使牛马不那样说，但的确有人那样说。战国策士好说譬喻、寓言，庄子之寓言盖亦受其影响。并无其人其事，而似有其人似有其事；而且虽无其人虽无其事，但绝有其情，绝有其理。如近代《伊索寓言》之每一故事是一教训。人必须听进去，始能明白、相信，故用比喻。佛说《百喻经》，余以为往古来今没有比他再能夸大的了。科学不许夸大，但在文学上允许。其

---

① 托洛茨基《文学与革命》第一部第五章《诗歌的形式主义学派与马克思主义》："形式主义流派是应用于艺术问题的唯心主义的早产儿。它被学究式地制成了标本。在形式主义者身上，有早熟的牧师的迹象。他们是约翰的门徒；对他们来说，太初为词。而对于我们而言，太初为事。语词出现在事件之后，有如它的有声的影子。"

实《百喻经》何必一百？他天才太敷余，我们太窘。诸子寓言"炜晔而谲诳"。

现在有些人很会说谎话，但一到作文不行了。说谎话盖为人类本能（与旧说天性相近），所以刚会说话小孩就好说谎话，其意不在骗人，乃是以之为一种愉快的享受。按心理学说，人类最大愉快在创造，创造即人为万物之灵的理由。其他动物不会创造，即使会，其创造也甚渺小。"麻将"是中国最艺术的发明，其趣味亦在创造。作牌成了固然好，不成也得干。成败利钝非所计也，因为这是创造。说谎话也是创造。小孩爱说谎话便可证明人有说谎的天性与本能。然则教小孩说谎么？这很难说。勉强说可以这样说：说谎话若意在骗人则不可说，绝不可说；然而说谎话岂有不骗人之理？乃是说不想以谎话骗人取利或卸责。取利或卸责之谎话绝对禁出，而以谎话为一种创造、一种愉快或享受时，应该提倡。（人不用说说谎，就是报告事情有时第一遍也与第二遍不同。这是天性。）

人是要求真，但求真之外还爱假。真是不假，假是不真，好像绝不能浑为一事。但以电影、戏剧、艺术、文学言之，则真假为一。因为求真心愈切所以爱假，爱假即所求真，假所以显真也。电影戏剧之劣者，我们讨厌它，不是因为它假得不好、假得不可爱，是因为叫你看不见真，而假的像真的似的。

人自有生无时不在求真爱假之中。说谎可以，但有一条件，即不可以是取利或卸责。子曰："未之思也，夫何远之有？"（《论语·子罕》）这是虚伪（或者虚伪与假不同）。这二句虽非取利，而近于卸责。人生的创造是一个伟大的说谎。撒谎使人相信，不难；使人爱，难。在文学上伟大作家都是伟大说谎者，不但说得使人信，而且说得使人爱，甚至因为爱的缘故，连信不信都不复想了。如《红楼梦》写宝、黛，只要我们爱这两个人，就不必推求其有无了。

一个人不能说谎，就是创造力缺乏。小孩爱说谎，我们若能因势利导，可培养其说谎能力——创造性。而中国民族是一个最老实的民族。中国诗教温柔敦厚，所以中国缺少叙事之作（narrate）。如荷马（Homer）①之作、希腊史诗、但丁（Dante）《神曲》②、歌德（Goethe）《浮士德》③、莎氏戏剧，中国便无此种作品。其初余以为乃中国民族幻想不发达，其实幻想不发达，就是没有说谎本领，没有创造性。中国民族太老实，不会说谎，连佛教那样夸大的说谎也没有。

《文赋》每字称量而出。文论每体给四个字，那是多少年工夫。

陆氏共举十种文体，十之七为韵文，十之三为散文。可见中国中古文学以韵文为主，散文在其次，此六朝风气。这就无怪乎六朝人写什么都成美文了，如《洛阳伽蓝记》《世说新语》《水经注》《宋书》。诗之美影响到散文，这就无怪乎陆氏写《文赋》这么美，刘氏写《文心》也那么美了。写文要表现诗的美。今人要学六朝文不行了，因为已无那种诗的修养。

至"区别之在兹"，言各文体之所异；"禁邪而制放"，言各文体之所同。余以为"邪"即《论语》"思无邪"（《为政》）之邪，"放"即《孟子》"收其放心"（《告子上》）之放。（但不要把"邪"讲成邪思，"放"讲成

---

① 荷马（公元前 873—？）：相传为古希腊盲诗人，代表作有长篇叙事史诗《伊利亚特》《奥德赛》，合称《荷马史诗》。

② 但丁（1265—1321）：意大利作家，被恩格斯誉为"中世纪的最后一位诗人，同时又是新时代的最初一位诗人"。代表作长诗《神曲》，主要叙写但丁梦中幻游地狱、炼狱和天堂的经历。

③ 歌德（1749—1832）：18 世纪德国诗人、剧作家，"狂飙突进运动"主将。《浮士德》，歌德所作诗剧，主要叙写浮士德一生探索真理的痛苦经历。

放心。)"禁邪",即有纪律(层次、条理、先后、长短);"制放",即戒泛滥。

用兵忌乌合之众。文若如此只是许多句,不是一篇文;兵若如此只是许多人,而不是一支军队,故曰"节制之师"(《荀子·议兵》)。写文要大胆,大胆后要有小心;写文要自由,而背后有训练。元曲有"千自由百自在"(张国宾杂剧《薛仁贵衣锦还乡》)之语。禅得大自在,游行自在,无不如意,行所无事,他的自由是多少苦功夫训练出来的,是"节制之师",不是乌合之众。(武松打虎是本事,李逵杀虎蛮戮而已。)吾辈凡人真是矛盾、悲哀,几时能把节制与自由打成一片便好了。非到这程度,写不出你的风格来。

现在写文学批评的人,动曰作品风格,"风格"二字很难讲。余曾说作品风格表现作者人格。(我们或者说不出来,但感觉得出来。)而文论不成,文论要说出来。一个人写作品要想在作品中很鲜明地表现出自己的人格来,这需要长期训练,达于"节制之师"。梁简文帝萧纲①论文曰:作文与做人立身不同,作文要放荡,立身(做人)要谨饬。② 前者是大胆,后者是节制,把做人、作文分为二事。然此可为天才说,难为俗人言;天才怎么全可以,天纵之圣。武松打虎真本事,李逵打虎是蛮戮,就算李逵是蛮戮,碰着了! 但也只许他碰着,吾人则不可。所以"放荡"很难说,我们还是小心点好。

《文赋》曰"禁邪制放",而简文帝说"放荡",二者孰是? 皆是也。《文赋》为初学言之,简文为有根基者言之。初学便放荡,非失败不可。

---

① 萧纲(503—551):字世缵,小字六通,萧衍第三子,谥称简文帝,南兰陵(今江苏常州)人,南朝梁文学家,有《梁简文帝集》。
② 萧纲《诫当阳公大心书》:"立身之道,与文章异。立身先须谨慎,文章且须放荡。"

五

"要辞达而理举,故无取乎冗长","举",有扬之意,有出之意,辞达则理出。

托洛斯基《文学与革命》说文学起首是事不是字。如《浮士德》《神曲》……是事。《浮士德》写的是神与魔之争,文学与肉体之争。而我们中国文学只剩字,没事了。此即使非中国文学堕落主因,也是最大元凶或最大原因之一。所以我们想学文学不能只注意字,应注意到事。鲁迅先生也是从旧的阵营走出来的,字上太讲究,受传统因袭影响。鲁迅先生字斟句酌,所以好者,幸而里面还有事。而中国一般文人之作都是只有字,没有事。如山谷①诗"有子才如不羁马,知君心是后凋松"(《和高仲本喜相见》),这真是玩字,够不上创作。

我们本国人使用本国文字,没有这么点儿手法也怪可怜的,可是只会这个也就完了。中国后来有的诗人就是只剩玩字了。托氏所谓"字"即是技术。创作不能不讲技术,但只剩技术也就太可怜了。如:

> 树已半枯休纵斧,果然一点不相干。

这诗句乍一看,不"对"②;但细看,没一字不"对"。但文学就是这个么?又如:

---

① 山谷:黄庭坚(1045—1105),字鲁直,自号山谷道人,晚号涪翁,又称豫章黄先生,洪州分宁(今江西修水)人,北宋文学家,诗与苏轼并称"苏黄",江西诗派"三宗"(黄庭坚、陈师道、陈与义)之首。

② 对:指对仗。

　　此木为柴山山出,因火成烟夕夕多。

　　这是中国字有这么一大特色。有创造力,再会这个,如虎生翅;若无创造力,只有这个,就成玩物丧志了。此与山谷诗是一条路子,有山谷诗就必流于此。诗中之"西昆"①与"江西",虽非罪不容诛,也是始作俑者。

　　余受旧的传统,对玩字也有爱好,但不能爱而不知其恶。其实现在一般人连这也不会玩了。如在"事变"②后,人出对子:"本庄欲满清平,打出两张一万。"③……既无韵致,又无风趣,还配上纸篇子④！如同说相声"人过新年二上八下,我度旧曲九外一中",这是相声玩意儿,他自以为雅,其实真俗。玩这个已不成,何况连这还不会玩？而不会玩还要玩。

　　晚唐诗,肺病一期;两宋,二期;两宋而后,肺病三期,就等抬埋了。中国诗要复活是在技术外,要有事的创作,有事才能谈到创作。老杜比起歌德(Goethe)等人还有愧色,但在中国诗上不失其伟大者,便因其诗中有事。鲁迅先生文之所以可贵,便在他把许多中国历来新旧文学写不进去的事写进去了。

　　但写事便如历史之记事吗？不然,不然。如秦有秦始皇,你不

---

　　① 西昆:宋初西昆体,得名于《西昆酬唱集》,代表人物为杨亿、刘筠、钱惟演等,创作上师法李商隐、唐彦谦,讲究辞藻华美、用典精巧、对仗工整,一般题材狭窄,诗情贫乏。西昆体为宋初诗坛声势最盛的诗歌流派。

　　② 事变:盖指"九一八"事变。

　　③ 1933年3月,伪满洲国秉承日本意旨,悬赏重金于报上举办征联活动。所出上联为:本庄欲满清平,打出两张一万。此上联为双关语,字面意指打麻将庄家想打满贯清一色或平和赢钱,于是果断打出两张万子;其隐语指日本军官本庄繁欲满洲太平,故打跑张作霖、张学良与万富林。

　　④ 纸篇子:指报纸。

喜欢也不成，也得有，是历史。而在文学创作上，长短轻重剪裁由得你。事从你心中生出来，而拿出来"普天下伏侍看官"（《水浒传》第五十一回）。人人心里有此感，这是假；但读者看了只觉得可爱，这是创作。自然，"若夫豪杰之士，虽无文王犹兴"（《孟子·尽心上》）。所谓豪杰，是说有心、有力、向上、向前的人。我们中国民族向来不注意事，但若是豪杰，无文王犹兴；反之，若不是豪杰之士，虽有文王也白。

英国唯美派诗人奥斯卡·王尔德（Oscar Wilde）①，是英国怪物，是英国才子。余早年喜欢他的作品，现在不喜欢了。他有 *The Decay Of Lying*（decay，败落、衰颓；lying，谲诳），他很叹息说谎之败落，没人会说谎了。世上说谎的人非常多，但都不是文学艺术上的"谲诳"。这种谲诳我们好久遇不到了。我们若能用中国这样美的字去叙事岂不很好？势必有那样的字去写谲诳说谎的事。

苏辙曰：

> 文不可以学而能，气可以养而致。
>
> （《上枢密韩太尉书》）

苏子之意是说只要气养到家，学文自可有成就。"气可以养而致"，不但于事，于文亦有帮助。鲁迅事的创作到家，字的考究也到家。究竟用功以何者为先？余以为仍当先有事的创作，从此下手，"虽无文王犹兴"。

今天所讲乃为做创作家作准备，不仅论文矣。

---

① 奥斯卡·王尔德（1854—1900）：英国作家，英国唯美主义艺术运动倡导者，著有诗作《诗集》《瑞丁监狱之歌》、小说《道林·格雷的画像》《狱中记》等。

>>>古典文学讲格律,而其高处在冲口而出,如屈原的"嫋嫋兮秋风,洞庭波兮木叶下",亦在其接近口语。图为明代陈洪绶《九歌·山鬼图》。

余受旧传统影响甚深,而现在尚不致成为一旧的文士者,第一感谢教育部,入大学时先送到北洋大学学英文;第二感谢 xxx①,使余由想学法科转入文科;第三感谢受鲁迅先生影响所得。但究竟受旧影响太深,仍不免见猎心喜。

孙中山曰:"知难行易。"又古语曰:"非知之艰,行之维艰。"(《尚书·说命》)天下道理是两面的,从世谛、世法看来似乎是矛盾的。有人能行而不能知,有人能知而不能行,看似矛盾其实是一物之两面。吾辈凡人的悲哀就是矛盾的悲哀,或知而不能行,或行而不能知。又或曰:"终身由之而不知其道。"(《孟子·尽心上》)吾辈凡人把知行打不成一片。阳明学派有"知行合一"之说,此必伟大之人方能做到。吾辈凡人不能打成一片,乃打成两截。余近来颇思改变作风,但一动笔,旧的便来了。

几日不来春便老,开尽桃花。

(吴琚《浪淘沙》)

城中桃李愁风雨,春在溪头荠菜花。

(辛稼轩《鹧鸪天》)

"几日不来春便老,开尽桃花",并无甚了不起,而一见便记住了,一来就想起来,其妙盖即在冲口而出。此非将文学降低,乃是将活的语言提高。近代白话文即然。古典文学讲格律,而其高处在冲口而出,如"昔我往矣,杨柳依依"(《诗经·小雅·采薇》),"嫋嫋兮秋风,洞庭波兮木叶下"(屈原《九歌·湘夫人》),亦在其接近口语。

① 原笔记所写"xxx",当系一人名,估计为顾随先生的一位师长齐国樑。20世纪20年代后期,齐国樑任天津女师校长,力邀顾随自青岛至天津任教。

凡古典文学而能深入人心、流传众口者,皆近于口语,绝无文字障。此与政治同,要在得民心。"宵寐匪祯,札闼宏庥。"①这种文字是自取灭亡,如何能存在?太炎先生主张古典,实等于自杀。本身有文字障,等打破文字障已精疲力尽,何暇顾到内容矣?静安②先生论词不赞成用代字,其《人间词话》曰:

> 意足则不暇代,语妙则不必代。

若说"夜梦不祥,题门大吉",意太俗,所以才想用代字"宵寐匪祯,札闼宏庥";若意足,想还想不过来,何暇代?

吴琚③"几日不来春便老"、后主④"问君能有几多愁"(《虞美人》)、大谢⑤"池塘生春草"(《登池上楼》)与子建"明月照高楼"(《七哀》)等句,真好,多幼稚!叫我们也写得出来,只可惜我们生得太晚。"几日不来春便老,开尽桃花"二句,颇有点"意足不暇代,语妙不必代"之意。

"城中桃李愁风雨,春在溪头荠菜花"二句,有点儿绕弯子。此盖稼轩《鹧鸪天》词,好。稼轩是英雄。现在需要有新英雄。英雄是不叫你们走在我前头,你们走在我前头,我便不走了。什么事都是

---

① 彭大翼《山堂肆考》:"宋景文修唐史,以艰深之辞文浅易之说,欧公思有以训之。一日,大书其壁曰:'宵寐匪祯,札闼洪庥。'宋见之,曰:'非"夜梦不祥,题门大吉"耶?何必求异如此?'欧公曰:'《李靖传》云"震霆无暇掩聪",亦是此类也。'景文惭而改之。"

② 王国维(1877—1927):字伯隅,一字静安,号观堂、永观,浙江海宁人,学者、诗人,著有《静安词》《人间词话》等。

③ 吴琚(生卒年未详):字居父,号云壑,汴(今河南开封)人,南宋书法家,亦工于诗词。

④ 李煜(937—978):初名从嘉,字重光,号钟隐,南朝唐中主李璟第六子,史称李后主,彭城(今江苏徐州)人。李煜精书画,通音律,尤词成就最高,被誉为"词中之帝"。

⑤ 谢灵运(385—433):乳名为客儿,世称谢客,浙江会稽(今浙江绍兴)人,东晋山水诗人。因袭爵康乐公,故又称谢康乐。与谢朓合称"大小谢"或"二谢"。

前有车，后有辙，只有文学不讲这个。文学是创造，就算是不得已非跟你走这条路不可，但我走的也不是你的走法了。还是这路，走法不同了。如从北京到天津，都要走这条路，但今人走法与古人不同。稼轩便如此，不模仿别人。春的象征就是花。"渐觉棉裘生暖意，阳春原在风沙里"（余之《蝶恋花》），这不成，这不是普遍的，这是北地的春天。古人没这样说的，古人一说春便是花。这是不走古人的路子，但是失败了。姑不论其本不成为路，即使是路，也是羊肠小路。稼轩则以荠菜花写春，以荠菜花入诗词盖始自稼轩。若谓余之二句为羊肠小路，则辛之二句乃钻牛角矣。

写作顶好用口语，而可惜都被古人抢先了。我们现在只有用现代语言写现代事物。老杜之所以了不起，便在他能用唐代语言写他当时的生活。我们用现代语言并非把文学本质降低，乃是将语言提高。凡一大作家用他当时的语言去创作，同时便把当时的语言提高了。如《史记》引古书往往改古书，盖因古书所用乃古代语言文字，司马迁将之译为汉代语言文字，此足以证明《史记》乃当时白话。而汉代作者不能都像司马迁：其一，因其不能用汉代语言，如仿骚之作如恶劣假古董；其二，因其无司马迁之天才，虽仍用汉当代语言，但写不出有不朽精神的作品。再如孟子"洚水者，洪水也"（《孟子·滕文公上》），此亦孟子以时言译古文。（而我们后来引用古书与古文，必不可差，这是后来规矩。司马迁连古代语言文字还改成现代语文，当然现在我们写文章时更不能把现代语文改成古文了。）如今日白话文写成功者仅鲁迅一人。不是能用现代语言就好，是要把现代语言提高了才行。屠格涅夫

（Turgenev）①论普希金（Pushkin）②曰：他的修辞并不高于别人，而他有一天才，即是把俄国语言从传统习惯中解放出来，另创一种新的语言。普希金，俄国文学之父（father of Russian language），一方面是解放，一方面是创造。鲁迅先生就是把中国旧的语言文字解放了，许多前人装不进去的东西他装进去了。

总之，我们可以用现代语言创造，而须把现代语言提高。吾人之语言即从旧语言解放后又创造出来的新语言。重要的是《文赋》所说"要辞达而理举"，"无取乎冗长"。

---

① 屠格涅夫（1818—1883）：19世纪俄国批判现实主义作家、诗人和剧作家，著有《猎人笔记》《罗亭》《贵族之家》《前夜》《父与子》等。

② 普希金（1799—1837）：俄国伟大诗人、小说家，19世纪俄国浪漫主义文学主要代表，现实主义文学奠基人，被誉为"俄国文学之父""俄国诗歌的太阳"，著有《叶甫根尼·奥涅金》《鲍里斯·戈都诺夫》《鲁斯兰与柳德米拉》《渔夫与金鱼的故事》等。

第九讲

创作与文法

一

前面是分说十种文体,自"其为物也多姿,其为体也屡迁"以后乃合论:

> 其为物也多姿,其为体也屡迁。其会意也尚巧,其遣言也贵妍。暨音声之迭代,若五色之相宣。

"其为物也多姿","其",指文;"姿",谓姿态。"其为物也",犹言文之所以为文也。如"今夫云之为物也"或"今夫云之所以为云也",游行自在,变化无端,若只说"今夫云游行自在,变化无端"则不成了。"其为物也",白话没法翻,而真好。

"其会意也尚巧,其遣言也贵妍。"凡事贵巧。但那不叫艺术,即便叫,乃工艺品,非艺术品。但艺术也要巧。古人一句说到精彩处,我们不行,我们笨,他巧。"其会意也尚巧","会",通也。懂对了是会意，不懂是不会意，懂错了是错会意。写文要会意，与所写之物会意。如写北平的花，无论写得多么精密，若不会意，只是一篇报告记载。主要要写自己所懂的花的精神。人有时连对自己都不懂，作文只知道写自己范围已太小，但即此已便不高，他不了解自己以外的人、事、物之意，甚至连自己也不知道。不会意去写文，也许很容易，粗枝大叶；等到其会意了，写文就难了。

法国作家福楼拜（Flaubert）①曾对莫泊桑（Maupassant）②说，一物只许有一形容词。如杨柳桃花，要加一形容词，必须去会意，真懂得柳树、桃花精神，"杨柳依依"（《诗经·小雅·采薇》），"桃之夭夭"（《诗经·周南·桃夭》）。这要巧，但不是文字的巧。中国的巧全在文字上，如"此木为柴山山出，因火为烟夕夕多"，这是巧，但文人若走此路便是自杀。中国古典文学之堕落、灭亡，未必不是因走此路。当然字也要巧，但首须意巧才行。如"宵寐匪祯，札闼宏麻"二句，只是字面巧，内容浮浅，即不行。

在未写前是"会意尚巧"，在写时是"遣言贵妍"。"铅黛所以饰容，而倩盼生于淑姿"（刘勰《文心雕龙·情采》），言美人并非不需要铅黛，但天然之美生于淑姿。说到这一点，恐怕还是愈有天才的人，愈会修饰；没有天才的人，修饰也罢，不修饰也罢，我看还是不修饰的好。西子"淡妆浓抹总相宜"（苏轼《饮湖上初晴后雨》），若嫫母则淡抹固不成，浓妆恐怕更可怕。

文论讲用功，吾人虽非上智，也非下愚。当努力发现自己的

---

① 福楼拜（1821—1880）：19世纪法国中叶批判现实主义作家，代表作品有《包法利夫人》《情感教育》。

② 莫泊桑（1850—1893）：19世纪法国后半期批判现实主义作家，被誉为"短篇小说之王"，代表作品有《漂亮朋友》《羊脂球》《项链》等。其师为福楼拜。

天才。

文艺批评以作品为对象，至于文论，虽亦包有文艺批评，但也论及创作。所谓创作论，包有：起——想，作——文辞，成——篇章。

现在一说文法只指句之构造。余所谓法是广义的，如佛法无不包。法尔如然，一切法皆是佛法，一切法皆是文法。既说一切法是佛法，然则世法也是佛法，要在"二"不同中参出其"一"来。而佛又说，所谓佛法即非佛法。一切法皆是文法，一切文法皆是非法。

佛家讲戒、定、慧。余取其二：由戒生慧。

现在用功所求乃有法之法，如佛之戒：不是非法之法。但若想以文学安身立命，作为终生事业，则要求无法之法，要得到慧（比天才还可宝贵），这才能得大自在。如太史公之写《史记》，屈原之写《离骚》，看似横冲直撞，其实是层次分明。我们要从有法之法得到无法之法，由无法之法看出有法之法。如此虽不能得大自在，而至少可得大受用。

是物就有形式，有形式就有系统，原是无法之法，而写出来便成有法之法了。

元曲中言"千自由，百自在"（张国宾杂剧《薛仁贵衣锦还乡》），有为是"千自由"，无为是"百自在"。这二句很美。人是要追求这个，但现在还没得到。

我们要打破旧的束缚、旧的形式；但旧的才打破，新的便成立了。

我们要得到慧，但须先受戒。

"其为物也多姿，其为体也屡迁"，这是无法之法。而陆氏所要讲的是有法之法。

>>> 司马迁写《史记》，看似横冲直撞，其实是层次分明。图为司马迁像。

刘勰《文心雕龙·情采》篇曰：

> 立文之道，其理有三：一曰形文，五色是也；二曰声文，五音是也；三曰情文，五性是也。

刘氏天才或不及陆，而功夫真淳。此实即余所谓形、音、义。

陆氏"其会意也尚巧"——义；"其遣言也贵妍"——形；"暨音声之迭代，若五色之相宣"——音。三者比较，形、义尚易看出，最难是声文。（译诗不好念，便因只顾译意而忽略其声。文章要易诵读。鲁迅先生虽反对文章好念，但他的文章好的也是易诵读。只是晚年硬译，有点使人头痛。）

《文心雕龙·声律》又曰：

> ……外听之易，弦以手定；内听之难，声与心纷。可以数术，难以辞逐。凡声有飞沉，响有双叠。双声隔字而每舛，叠韵杂句而必睽。沉则响发而断，飞则声扬不还，并辘轳交往，逆鳞相比。迂其际会，则往蹇来连；其为疾病，亦文家之吃也。夫吃文为患，生于好诡；逐新趣异，故喉唇纠纷。将欲解结，务在刚断。左碍而寻右，末滞而讨前。则声转于吻，玲玲如振玉；辞靡于耳，累累如贯珠矣。

在一切文学史上，总是后来说得更较详细。陆在梁沈约前，无四声之说[①]，然非不知也。唯得之于心，不能宣之于口。黄侃（季

---

① 《南史·沈约传》："（约）撰《四声谱》……自谓入神之作。武帝雅不好焉。尝问周舍曰：'何谓四声？'舍曰：'天子圣哲是也。'然帝竟不甚遵用约也。"

刚)①《札记》曰:"飞为平清,沉为仄浊。"李贺《咏怀二首》"春风吹鬓
影"(其一)之"春""吹",此所谓"双声隔字而每舛"(在一句中);陆机
"嘉树生朝阳,凝霜封其条"(《拟兰若生春阳》)之"阳""霜",此所谓
"叠韵杂句而必睽"(指在二句中)也。"辘轳交往",由上而下;"逆鳞
相比",由下而上。"吃",口吃;"往蹇",指音;"刚断",不要姑息
养奸。

"其会意也尚巧"——情文;

"其遣言也贵妍"——形文;

"暨音声之迭代,若五色之相宣"——声文。

前二者一种一句,独声文用二句:其一因骈文须偶,三条腿不
成;其二则陆士衡特别注意声文,故用二句,在字句多寡上分出轻
重。若只为骈偶便多写一句,那成什么? 固然古典派文学注重形式
规矩,但绝非为形式规矩所束缚,还要"游行自在",如此方能讲骈
偶。若不然者,都是削足适履。如古代有一则笑话,说有人写"百韵
诗",中有"舍弟江南殁,家兄塞北亡"句,人或吊之,曰:原无此事。
曰:何以写之? 曰:不如此不够百韵也。② 这真是为形式束缚,自找
苦吃。陆氏绝不会如此。声文用二句,绝非仅因骈偶关系,乃因其
注重声文。因声文向不为人所注意;而没人注意,并非就是在声文
上没有表现很完美的作品。

声文盛于六朝,其始最早不过魏晋。在魏晋以前不讲声文,然

---

① 黄侃(1886—1935):字季刚,又字季子,号量守居士,湖北蕲春人,语言文字学
家,著有《音略》《说文略说》《尔雅略说》《集韵声类表》等。曾任教于北京大学。

② 胡仔《苕溪渔隐丛话》前集卷五十五引《遁斋闲览》云:"李廷彦献《百韵诗》于一
达官,其间有句云:'舍弟江南殁,家兄塞北亡。'达官恻然伤之曰:'不意君家凶祸重并至
此!'廷彦遽起自解曰:'实无此事,但图对属亲切!'"

非在声文上无成就,有很大成就,甚至比魏晋六朝讲声文的成就还大。即以《论语》论之,便了不得,还用不着说《诗经》。《史记》用字是响的,班固[1]引用改一、二字,哑了,大概班氏太注意史学实际,以文学论不及司马。上古不讲声韵而成就甚大者,以其作者乃天才,天才只有得之于心,而不能宣之于口,也不能传之其人。某杂记记,一人一说话便是一段很好的文章而不自知,他的出口成章是得之于心,没有想到我这可是要作文章了。如小孩会吃,自己以为便该如此,不必教。

叫天才和凡人讲道,真是苦。"予欲无言"(《论语·阳货》),"多言数穷"(《道德经》五章),儒、释、庄,皆有如是之语。天才自己对声文有成就,而未曾意识到这一点。"内听难为聪"(刘勰《文心雕龙·声律》),这一点真没办法。"予欲无言","多言数穷"。我们能讲,因为我们是学来的。

以前对文言文写不通觉得生气,现在觉得是应该的了;而白话文也写不通,不是像面条,便似烂砖头,否则也是小狗、小斗[2]之类。

固然我们所讲近于古典派,但修辞学是否要讲呢?就算砌墙全砖也要有层次。若他说只要一堆便成了,文章一堆便行了,就不用跟他讲了。

现在文学日趋大众化、语体化,那么现在是大众语提高呢,还是文学的降低呢?这很是一问题。文学语体化不是语体堕落,是大众语提高。现在有的白话文既非文学,也不是大众语。

---

[1]　班固(32—92):字孟坚,扶风安陵(今陕西咸阳)人,东汉史学家、文学家,所著除《汉书》外,尚有《两都赋》《幽通赋》《白虎通义》等。

[2]　刚学语之小儿往往将"小狗"说作"小斗",故此以"小狗、小斗"谓语言表述之幼稚。

文学该是大众语的提高，所以古典文学之美当尽量容纳，无论古今中外，凡文学作品皆须有声文。声调铿锵不是文学独有之，而文学必声调铿锵。未有是文学作品而声调不好的。这一点古人是得之于心，是先天的；我们从古人得来一点启发，学来，是后天的。

"音声之迭代，若五色之相宜"，言声之宏纤，如色之浓淡深浅。

虽逝止之无常，固崎锜而难便。苟达变而识次，犹开流以纳泉。如失机而后会，恒操末以续颠。谬玄黄之秩叙，故淟涊而不鲜。

此八句皆承上"声文"——"音声之迭代，若五色之相宜"——而言。但若如此，则情文一句，形文一句，声文十句，轻重失宜。而古人文章前后相合，绝非信口胡言。李善以为此八句兼情文、形文言之，未知孰是。

二

或仰逼于先条，或俯侵于后章。或辞害而理比，或言顺而义妨。离之则双美，合之则两伤。考殿最于锱铢，定去留于毫芒。苟铨衡之所裁，固应绳其必当。

或文繁理富，而意不指适。极无两致，尽不可益。立片言而居要，乃一篇之警策。虽众辞之有条，必待兹而效绩。亮功多而累寡，故取足而不易。

看现在的文章有时能把我们思想搅乱了，脑子搅昏了，东一句，西一句，如"蒸发着春天气息，象征着春天色彩"。

　　古人句子多不足以表现今人事物。如"苦水自记语录"①之
一曰：

　　　　没有理想的生活是枯燥的(牛马)，没有实际的生活是空虚
的(幽灵)。

　　这是今人事物，不易用古人句子表现。

　　日人鹤见祐辅②云："思想是小鸟似的东西。"(《思想·山水·
人物》)思想如小鸟，一飞即逝。其言有时对，有时不对。凡譬喻的
话，倒有百分之百是靠不住的，似即似，是则非是。说思想是小鸟似
的，而思想绝非小鸟。小鸟飞去一去不返，因它与我们无关。但若
是喂"家"了的，则去后仍可飞回，"尽日觅不得，有时还自来"(贯休
《咏吟》)。但作诗要作到这地步，真是无罪扛枷。有人说这哪里是
觅句诗，不是找猫吗？③ 小鸟压根儿不是我们身上东西，而思想是
我们脑中产生的，有时或者忘了，但是会"重现"的。所以，思想并不
如小鸟之一去不归。

　　东坡言"兔起鹘落，稍纵则逝"(《文与可画筼筜谷偃竹记》)，俊
极了。俊必与健相连，否则只是漂亮，站不住。苍鹰侧翅，真俊。我
们写文、做事能到这地步，自己也高兴，别人看着也痛快。

　　苏东坡与鹤见祐辅所说非一物，鹤氏所说乃思想，苏氏所说乃

---

①　此语录已佚。
②　鹤见祐辅(1885—1973)：日本作家、评论家、自由主义者，著有随笔集《思想·山
水·人物》。
③　欧阳修《六一诗话》："圣俞尝云：诗句义理虽通，语涉浅俗而可笑者，亦其病也。
如有《赠渔父》一联云'眼前不见市朝事，耳畔唯闻风水声'，说者云：'患肝肾风。'又有《咏
诗者》云'尽日觅不得，有时还自来'，本谓诗之好句难得尔，而说者云：'此是人家失却猫
儿诗。'人皆以为笑也。"

灵感（创作的兴会）。在吾人习作期中，在创作前也许有一点灵感，写起来不见得兴会淋漓。所以兴会与灵感又似不同。吾人不愁没有创作前的灵感，难得写起来兴会淋漓。如瓶泄水还不成，这还有完，该用《文赋》"犹开流以纳泉"。一个大作家在创作时盖永远是如此，十八皆然。

鲁迅先生自谓写文如挤牛奶①，这不是客气，是甘苦有得之言。有时也有兴会淋漓处，唯不多见耳。金②批《西厢》笔尖如不着纸，这算好吗？

所谓性灵、空灵，那不成。鲁迅先生写阿Q偷萝卜一章③，真好。鲁迅先生盖也是sentimentalist（伤感主义者，感情用事者），如其《故乡》，几乎他一伤感，一愤慨，文章便写好了。对于写考据，有条理，排比也写得好，但那不是创作。在创作上是一伤感、一愤慨便写得好。读《中国小说史略》便觉得累，替他使劲。

---

① 鲁迅《华盖集·并非闲话（三）》："我何尝有什么白刃在前，烈火在后，还是钉住书桌，非写不可的'创作冲动'；……至于已经印过的那些，那是被挤出来的。这'挤'字是挤牛乳之'挤'；这'挤牛乳'是专来说明'挤'字的，并非故意将我的作品比作牛乳，希冀装在玻璃瓶里，送进什么'艺术之宫'。"

② 金，指金圣叹。金圣叹（1608—1661），名采，字若采，苏州府长洲（今江苏苏州）人，明亡后改名人瑞，字圣叹。明末清初文学批评家，评点古人作品甚多。

③ 鲁迅《阿Q正传》第五章《生计问题》"偷萝卜"："他便赶紧拔起四个萝卜，拧下青叶，兜在大襟里。然而老尼姑已经出来了。

'阿弥陀佛，阿Q，你怎么跳进园里来偷萝卜！……阿呀，罪过呵，阿唷，阿弥陀佛！'

'我什么时候跳进你的园里来偷萝卜？'阿Q且看且走的说。

'现在……这不是？'老尼姑指着他的衣兜。

'这是你的？你能叫得他答应你么？你……'

阿Q没有说完话，拔步便跑；追来的是一匹很肥大的黑狗。这本来在前门的，不知怎的到后园来了。黑狗哼而且追，已经要咬着阿Q的腿，幸而从衣兜里落下一个萝卜来，那狗给一吓，略略一停，阿Q已经爬上桑树，跨到土墙，连人和萝卜都滚出墙外面了。只剩着黑狗还在对着桑树嗥，老尼姑念着佛。"

在创作上灵感是一过去便不行了。如写诗，当时未完成，后补，前后绝不一致。如补衣服，纵使我的材料好，也不成。诗还好办，尤其大篇文章，把原稿丢了那才苦呢。如考试作答案，因为当时兴会与灵感全没了，如同使幼儿讲应景谈话，真是戕贼性灵。讲演要存兴会，而小孩子是背书。演员在台上演戏，台词有错固然不成，没错还不是戏，演戏必从心中出来，不是背词。

思想与情绪不同。所谓灵感、兴会皆是与情绪有关。而情绪是来不可遏，去不可止。思想则不然，思想生根、生枝、长叶，跑？上哪儿跑？觉得它跑了，它潜伏着呢！如上所述之自记语录，记也罢，不记也罢，他跑不了，记之以待将来之印证或修正。牛马套上就拉是真实际，但没有理想，太枯燥，没有诗。而没有实际的生活是空虚的。（虚幻、空虚，或以为有外表无内容，该说虚幻根本不存在。）

写文、创作、修养，亦然。

抓不住实际生活，这样作品是虚幻的，没实在东西，也就没有力量；或在若有若无之间，也有一点美，但绝非具体东西，那是幽灵。

  淡月偏宜白海棠，朝霞相称紫丁香。①

余积习未去，一出便是这样句子，自己非常讨厌。这就是没有实际东西，虽有许多名词：月、霞、花，但这里没有人事。我们要抓住人事这一点，当时创作便有可观。

中国以前文学创作总是把人站在第二位，自然站第一位，我们现在要把它调过来，人第一，自然第二。但此点又须注意，不可变为狭义的个人主义。我们该走向客观一方。（中国文人一写便是自己

---

  ① 顾随此二句，或为佚诗中句，或仅为断句而未成诗。

的伤感愤慨,鲁迅初期作品也未能免此,幸尚有思想撑着,故还不觉空洞。我们既无鲁迅那样深刻思想,不能学他。)老杜的"此身饮罢无归处,独立苍茫自咏诗"(《乐游园歌》),尽管你写得大,你是巨人,但不也就你自己么?这一点太史公了不起,《左传》亦然,不要看他写个人时,他一写群众便写得好,写一场大战,一点儿不乱,是整个东西。客观的但并非上账式记载,里面还要有诗味、有理想。用客观写实,而要诗化了、理想化了。

《颜氏家训·文章第九》云:

> 凡为文章,犹人乘骐骥。虽有逸气,当以衔勒制之,勿使流乱轨躅,放意填坑岸也。
>
> 沈隐侯曰:"文章当从三易:易见事,一也;易识字,二也;易读诵,三也。"
>
> 自子游、子夏、荀况、孟轲、枚乘、贾谊、苏武、张衡、左思之俦,有盛名而免过患者,时复闻之,但其损败居多耳。每尝思之,原其所积,文章之体,标举兴会,发引性灵,使人矜伐。故忽于持操,果于进取。今世文士,此患弥切,一事惬当,一句清巧,神厉九霄,志凌千载,自吟自赏,不觉更有旁人。加以砂砾所伤,惨于矛戟,讽刺之祸,速乎风尘。深宜防虑,以保元吉(元吉:吉之首也)。

有人说若写文章能给自己孩子看就成了。给人家看的也不见得都是真的,若勉强去找,在字里行间还可看出一点真来。但若写给孩子看,尤其在我们贵国,简直一点真也没有了。不但写文章,即说话也如此,总是拉长了脸。

颜氏①不是文人。文人有两种习气：其一是写得漂亮、美，如《文心雕龙》；其二是文人多是自我中心。（没有一个哲学家或文人不是自我中心的，但我们要看他隔缘到如何程度。人说若叫李太白做皇帝，也是亡国之君；若叫李后主做学士，也是风流才子。因为他们都太绝缘。）而颜氏，（一）文字老实，（二）留心世事。真给他起不上名来，他不是文人，也不是思想家，虽然每篇文章都代表人的思想，但不见得都是思想家。《颜氏家训》有他的思想。

我们从历史上看，可以把思想分为两派，一是六朝一派，老庄之学。老庄实在有他的东西，而自魏晋以后，讲老庄哲学者成为清谈、废物，此责任老庄不负。又一种是道德仁义圣贤，正心修身，讲的那个自己也干不了。这是儒家流弊，但儒家也不负此责任。礼教、风雅，这两种，人都没有说。一般在水平线上的人，想想该怎么活法，现在我们说一些易知易行的。

文人总是毁败居多，此有两方面：一是把身体性命玩掉了，一是把品格丧失了——文人无行。"忽于持操，果于进取"，此文人之所以多无行也。

"知者不言，言者不知。"（《道德经》五十六章）

中国后世文章，只知往横里去，不知往竖里去。横的是联想，竖的是思想。

中国诗词对句有联想而无思想。如"记得绿罗裙，处处怜芳草"（牛希济《生查子》），如"云想衣裳花想容"（李白《清平调》）、"朝如青丝暮成雪"（李白《将进酒》）。

---

① 颜氏：颜之推（531—591），琅邪临沂（今山东临沂）人，北朝文学家，《颜氏家训》为其代表作。

$$甲 \longrightarrow 乙$$

绿裙　　芳草

白发　　秋霜

联想是干连,思想是发生。联想如兄之于弟,甲——→乙;思想如

子之于父,$\overset{乙}{\underset{甲}{\uparrow}}$。

中国对句完全是联想,不是思想;是干连,不是发生。中国诗最有诗味,也许就因为联想多、对句多。如《镜花缘》中由"云中雁"想到"水底鱼"[①],是联想,平行的。老杜"穿花蛱蝶深深见,点水蜻蜓款款飞"(《曲江二首》其二)二句,是平行的,无论引多长,二者绝不相交,亦犹云中雁之于水底鱼。"浮世本来多聚散,红蕖何事亦离披"(李义山《七月二十九日崇让宅宴作》),这两句是竖的,是散文的,是发生的,是父子的。

因为中国文字整齐,有平仄,有格律,且联想发达,结果便把中国文字给毁了。如:

木已半枯休纵斧,果然一点不相干。

再发展便成为"神仙对",又叫"瞎子对",如"春眠不觉晓"拆开成单字分别对,先出"晓"对"晨",次出"春"对"夏",又出"眠"对"觉",再出"不"对"非",最后出"觉"对"醒",这都是横着发展。结果顺过来"春眠不觉晓"对"夏觉非醒晨",不是话了。此种对仗只是玩

---

① 李汝珍《镜花缘》第二十三回写毫无点墨的林之洋"见有两个小学生在那里对对子;先生出的是'云中雁',一个对'水上鸥',一个对'水底鱼'"。

字,不能"动"。"好玩"二字不好,凡好玩之物多巧,而其中无生命。古器之可贵在于从其中可看出古人的精神:厚重、雍穆、和平。真伪之差别如生死之间相隔一秒,一秒前后有何不同?一秒之前尚有生,一秒之后即无生命。仿古作品虽似古而无生命,不成。玩字、玩物或可不灭,而绝不能不"断"。玩字者如解缙①,以"容易"对"色难"②,太巧。而弄文学的又不能不有这一手,唯不可以此为满足。如老杜"乱云低薄暮,急雪舞回风"(《对雪》),对得好,且其中有东西,有劲,即其"炉存火似红"(同上),亦好,有力,亦有其精神。

诗中对仗,文中骈偶,皆是干连,而非发生,所以中国多联想而少思想。后来骈文内容多空洞;四六③与骈体不同,四六简直是魔道。

中国文字只能表现联想的情感,不能表现发生的思想,但如《文赋》《家训》,不是用骈文也能表现思想吗?(《颜氏家训》是思想,虽也对句,但联想中有思想在。)只是后来文人堕落了。然虽非思想,但他们还能用联想创造出一些美的事物,如杜诗"穿花蛱蝶深深见,点水蜻蜓款款飞"。到了后之低能遂成"无情对",而中国文人遂几至不会思想了,不是清谈,就是礼教。

不但律诗,一切东西自唐以后便毁了,大概是叫唐人四六给害了。又如唐之科举试帖,亦害人不浅。好的还有点儿联想,不好的

---

① 解缙(1369—1415):字大绅,又字缙绅,号春雨,吉水(今属江西)人,明代学者。明永乐年间,主持编修《永乐大典》。

② 清代王之春《椒生随笔》卷五记载:"成祖召解缙,以'色难'二字命对。缙曰:'容易。'久之,成祖曰:'汝奚不对?'缙曰:'臣已对矣。'成祖大笑。"

③ 四六:四六文,原为骈文之一种,因句式上严格遵循以四字句、六字句为对偶,故名。

连联想也没有了。鲁迅先生的白话文有旧气息,现在青年应用自己的话写白话文,而还没有一个写好了的。

文字原是一种工具。中国文字似乎只便于写联想,而不宜于写思想。中国译经是受印度文影响,只好那样写,故另成一体,看惯中国古文看佛经别扭。还有就是联想,文章跳过一两句不懂,没关系;至于思想,则非全篇明白不可。联想浮浅。

中国文第一次受外国文影响是译经,再就是欧化。"俄国的盲诗人爱罗先珂君带了他那六弦琴到北京之后不多久,便向我诉苦说'寂寞呀,寂寞呀,在沙漠上似的寂寞呀!'"(鲁迅《呐喊·鸭的喜剧》)这是一句,不如此表现不出其曲折之思想感情。现在青年人本来思想很简单浮浅,而非绕弯子,这是何苦?鲁迅先生是先有古典文学基础,后来受西洋文学洗礼,所以写出那样看着很啰唆其实很简洁、看着很曲折其实很冲的作品。现在一般青年,对古典文学既无根基,对西洋文学也不了解,美其名曰欧化,其实糊涂化。盲诗人何必非带着他那六弦琴呢?而不带不成,非带着不可,把他的诗味全写出来了。他是有感觉有感情的诗人,而到了北京怎么不立刻说?因为他是外国人;怎么不许久说?因为他是诗人。一句一句往下顶,如骨牌"顶牛"。

中国文字写不好是堆砌,现在有的连堆砌也不是。堆砌,如假山,究竟还连到一起,不是东西,还是个玩意儿。而现在有的是和稀泥,或连和稀泥也不够。

文章的联想如以图示:·· 这是联想,这不好。⋮⋮⋮ 这是联想,还不是好联想;⋰⋰ 这还好一点。中国文字能不能保存着旧的横的联想的文字美(如此可使文字整齐,音节调和),而加上竖的思想?

我们要保有古典文字,装入新的内容。

三

> 或苕发颖竖,离众绝致。形不可逐,响难为系。块孤立而特峙,非常音之所纬。心牢落而无偶,意徘徊而不能掵。石韫玉而山辉,水怀珠而川媚。彼榛楛之勿翦,亦蒙荣于集翠。缀《下里》于《白雪》,吾亦济夫所伟。

"苕发""颖竖""离众""绝致",此八字四词一义,重言以加重,如干宝①《晋纪总论》所用"凌迈超越"四字一义,重言以加重,如此语气方够。

"心牢落而无偶,意徘徊而不能掵","牢落","冷落",声之转。某前辈写新荷初放时之声如幼儿气球之破,词曰"有声有色更多情"。写得不好,其实可以不写,而又放不下,此即"心牢落而无偶,意徘徊而不能掵"。

"彼榛楛之勿翦,亦蒙荣于集翠",二句是在说,意思不能全好,词句不能全好,只要有点特殊就行了。

其前一节云:

> 或藻思绮合,清丽芊眠。炳若缛绣,凄若繁弦。必所拟之不殊,乃暗合乎曩篇。虽杼轴于予怀,怵佗人之我先。苟伤廉而愆义,亦虽爱而必捐。

"或藻思绮合"一节,所言为避熟。此一节自"或苕发颖竖,离众

---

① 干宝(生卒年不详):字令升,新蔡(今属河南)人,东晋史学家、文学家,著有《晋纪》《搜神记》。

绝致"至"彼榛楛之勿翦,亦蒙荣于集翠",所言为出奇。

> 或托言于短韵,对穷迹而孤兴。俯寂寞而无友,仰寥廓而莫承。譬偏弦之独张,含清唱而靡应。或寄辞于瘁音,徒靡言而弗华。混妍蚩而成体,累良质而为瑕。像下管之偏疾,故虽应而不和。或遗理以存异,徒寻虚以逐微。言寡情而鲜爱,辞浮漂而不归。犹弦幺而徽急,故虽和而不悲。或奔放以谐合,务嘈囋而妖冶。徒悦目而偶俗,固高声而曲下。寤《防露》与《桑间》,又虽悲而不雅。或清虚以婉约,每除烦而去滥。阙大羹之遗味,同朱弦之清氾。虽一唱而三叹,固既雅而不艳。

(一)应,(二)和,(三)悲,(四)雅,(五)艳——文章之美。

"譬偏弦之独张,含清唱而靡应","应",相助,"靡应"即是单调。此前一段言坏的被好的带好了,以下言好的被坏的带坏了。

"恍兮惚兮,其中有物;窈兮冥兮,其中有精"(《道德经》二十一章),凡事皆有道。写思想精微处、感情微妙处,有时文字真不够。文字先不要说多所限制(外),而且是多所顾及(内)。为文大患,尚不在前者,而在后者。然即使外无限制,内无顾忌,至微妙处也仍是说不出。语言视文字为"粗",文字视意境为"粗"。添字注经,加上废话才能了解,那么你所了解的仍是废话,不是文章本身。但若因此废话,对此文发生爱好了,这些废话可以不要。要懂了他的文章,忘了我的废话才成。常人都是懒,宁肯听别人去说,而不肯自己去看。

做学问寻捷径,便非大路,虽省事不会成功,不是欺人是自欺。

凡取巧的都是吃亏的。六朝人所说"谈言微中"①，大概六朝人最会说话，但说也只能说给他那一圈儿内的人听。上一段陆士衡所写即意境不能表现之精彩，说不可说之境界，难怪他写得那么吃力，也难怪我讲得这么糟糕。

说到这点，文学也是无聊之聊。猪八戒啃砂锅片儿，他自己不难受，难受的是别人。浮浅的人是幸福的。深刻一点的人不但对人少所许可，连自己也少所许可，偶而写得满意一点了，别人不懂了。即使不管别人懂不懂，连自己也无法表示，这时真是"心牢落而无偶，意徘徊而不能掬"。上至最高，谁能跟上？那么便不用上了？但是不能"意"，不能"掬"，这是文人最大悲哀。经验愈丰富、感觉愈亲切，也愈说不出来。"含清唱而靡应"，晚明小品便如此。

"虽应而不和"，虽不单调也不调和。"和"，得宜，不是和稀泥，不是混乱，是各得其宜。得宜，色浓淡深浅，声长短高下，味酸甜苦辣。单调就不用"和"。

"或遗理以存异，徒寻虚以逐微。言寡情而鲜爱，辞浮漂而不归。"

有的东西或能给人一时刺激，不能使人永久爱好，托尔斯泰(Tolstoy)②批评契柯夫与安特列夫(Andreev)③，契柯夫专写日常生活，安特列夫好写特殊人物、事件、心理，托氏说安特列夫叫我们怕，

---

① 谈言微中：形容微妙而又恰中要害。语出《史记·滑稽列传》："天道恢恢，岂不大哉！谈言微中，亦可以解纷。"

② 托尔斯泰(1828—1910)：19世俄国批判现实主义作家，代表作品有长篇小说《战争与和平》《安娜·卡列尼娜》《复活》等。

③ 安特列夫：今译为安德列耶夫(1871—1919)，俄国白银时代的重要作家，其作品风格独特，代表作《红笑》《七个被绞死的人》等。

可是我们不怕；契柯夫不叫我们怕，我们怕了。如《聊斋》所写恋爱故事及《红楼梦》所写恋爱故事，还是《红楼梦》好。不写日常生活，单找特殊情事，便是"遗理以存异""寡情而鲜爱"，所写内容浮漂不起所写文辞。有这些，结果必是"辞浮漂而不归"。

"犹弦幺而徽急，故虽和而不悲"，"幺"，细小；"徽"，弹。"悲"，若非为凑韵，可太好了，深刻之意。往古来今没有比悲剧更深刻更真实的了，至于怎样表现悲是另一问题。寻常所谓悲观厌世，不是真的悲，是浮浅、伤感。陶渊明不是悲观的人，他才是最悲的。浮浅的人易满足也易失望，但过去便完。陶渊明常想到死，不过在死之前不得不活着。

"或奔放以谐合，务嘈囋而妖冶"，声"嘈囋"，似好听实刺耳；色"妖冶"，似好看实刺目。

"徒悦目而偶俗，固高声而曲下"，"声""曲"分举，意义不同。

"寤《防露》与《桑间》，又虽悲而不雅"，"寤"，即悟字；《防露》，调名；"雅"，正。平常说风雅、儒雅，但此地似该是"雅正"之雅，讲"悲"为深，讲"雅"为正（有点头巾气、宗教气）。"虽悲而不雅"，虽悲能动人，而不雅不正。

"阙大羹之遗味，同朱弦之清汜"，"大羹"，真正高汤；"清汜"，像不雅，其实是好的。

"虽一唱而三叹，固既雅而不艳。""艳"，美。这么平常的俗字，此处应赋予一新意义。除非不成东西，既成作品，便有其美、艳（格或在美之上）。美不是外表词句、风花雪月的美，那美是修饰，是假的。古人的美是从内心透出来的，后之雅人都是但在外表。"既雅而不艳"，什么是美呀？美，我一眼看见了，是我的，我永远离不开它；不是我的，我永远放不下。这不是外表，是整个的，从肉体到精神，从内容到外表。

　　"大音希声"（《道德经》四十一章），"大音"，名贵之乐；"希声"，简单。西洋则贵在复杂。西洋讲复音，中国讲远韵，而远韵之病常易流于空泛。与其雅而空虚，还不如俗一点儿、真一点儿好。

第十讲

创作总说

　　若夫丰约之裁，俯仰之形。因宜适变，曲有微情。或言拙而喻巧，或理朴而辞轻。或袭故而弥新，或沿浊而更清。或览之而必察，或研之而后精。譬犹舞者赴节以投袂，歌者应弦而遣声。是盖轮扁所不得言，故亦非华说之所能精。

　　"曲有微情"，"曲"，委屈详尽；"曲有"，无所不有。"情"在写之前，为创作的动机；写出后，为作品的内容。

　　"或言拙而喻巧"，庄、孟二子，此等处最多，非真拙，盖因其理过精深，故文字不免晦涩，故须喻巧。深人无浅语，就好像笨，实非笨，是我们太浮浅。

　　"或理朴而辞轻"，可用胡适之先生论文深入浅出之言为注。于此不愿以宋儒语录为代表，宋儒语录模仿禅宗语录。禅宗有几位大师语录很好。不读，我们也能成很好文章；若读之，欲能得为文之

助,相当费劲。如:

> 那树上自生的木杓,你也须自去作个转变始得。
>
> (《宛陵录》黄檗希运语)①

又如:

> 问他自家屋里事,十个倒有五双不知。
>
> (《大慧语录》大慧宗杲禅师语)②

——只会说长道短,对别人了如指掌,洞若观火。此语真是理朴辞轻,宋人语录便没这劲。

"或袭故而弥新",这真难,只有鲁迅先生偶尔有之。

"或沿浊而更清",难以举例。《红楼梦》中头等阶级人不算,其二、三等使女言语中往往有之,如春燕说"我又没烧胡了洗脸水"③。

"或览之而必察,或研之而后精",二句是就读者言。

"譬犹舞者赴节以投袂,歌者应弦而遣声。""节",旧戏里所说家伙眼儿。"赴节以投袂",很难到此地步,而文学创作非到此不可,不

---

① 黄檗希运(? —849或855):名希运,法谥断迹,唐代禅师,临济宗始祖。因传法于江西洪州黄檗山,故人称黄檗希运。《宛陵录》中说:"这些关捩子,甚是容易,自是尔不肯去下死志做工夫,只管道难了又难。好,教尔知得那树上自生的木杓,尔也须自去做个转变始得。"

② 宗杲禅师(1089—1163):字昙海,号妙喜,孝宗赐号"大慧"。宋代禅宗临济宗禅师,看话禅代表人物。《大慧语录》卷一六:"禅和子寻常于经论上收拾得底,问着无有不知者。士大夫向九经十七史上学得底,问着亦无有不知者。却离文字绝却思维,问他自家屋里事,十个有五双不知,他人家事却知得如此分晓。如是则空来世上打一遭,将来随业受报,毕竟不知自家本命元辰落着处,可不悲哉!"

③ 《红楼梦》第五十九回写丫头春燕因无辜挨打,哭道:"我妈为什么恨我? 我又没烧胡了洗脸水,有什么不是!"

做到如此,都是无罪扛枷,都不能如丘吉尔(Churchill)①所说使创作成为娱乐;如此地步,方能知法守法,神明于法。即佛家所谓戒、定、慧,到慧才皆大欢喜、大自在,到此功行圆满。鲁迅有时自己别扭自己,此亦他伟大处之一。他自己说写文章如挤牛奶,但有时真得大自在,如写阿 Q 偷萝卜。"八家"中韩、柳很少到此境界;反之,欧阳、大苏倒往往有此境界。欧浮浅,如《醉翁亭记》,有什么可取?若有一点可取,便是"赴节以投袂"。如此之文,不可无一,不可有二,只是内容太空。余自谓读文颇得力于欧阳修,欧文确有其好处,但不愿同学读,恐成守株待兔、刻舟求剑。东坡尺牍、笔记亦往往有此境界。

"是盖轮扁所不得言"——陆氏此文此一节,盖亦到此境界。

> 昔辞条与文律,良余膺之所服。练世情之常尤,识前修之所淑。虽濬发于巧心,或受蚩于拙目。彼琼敷与玉藻,若中原之有菽。同橐籥之罔穷,与天地乎并育。虽纷蔼于此世,嗟不盈于予掬。患挈瓶之屡空,病昌言之难属。故踸踔于短垣,放庸音以足曲。恒遗恨以终篇,岂怀盈而自足。惧蒙尘于叩缶,顾取笑乎鸣玉。

我们读书、作文、做人,不可不知惭愧,但还得自信。自信,不是自是(自是,不对也觉得对);知惭愧,不是气馁。"受蚩于拙目",难道因别人笑就不这么做了?非有自信不可。何以能自信?因我"识前修之所淑"。

---

① 丘吉尔(1874—1965):20 世纪英国政治家,曾于 1940—1945 年及 1951—1955 年期间两度出任英国首相,1953 年获诺贝尔文学奖,获奖作品《第二次世界大战回忆录》。

>>> 欧阳修浮浅，如《醉翁亭记》，有什么可取？若有一点可取，便是"赴节以投袂"。如此之文，不可无一，不可有二，只是内容太空。图为明代唐寅描绘醉翁亭雅集的《文会图》。

"彼琼敷与玉藻,若中原之有菽","琼敷""玉藻",好的材料。愈用而愈出,举手投足、耳闻目见,皆可入文章,都是好材料。空泛地生活,自然不知其味,如猪八戒吞人参果。

> 渴不饮盗泉水,热不息恶木阴。
>
> 恶木岂无阴,壮士多苦心。
>
> （陆士衡《猛虎行》）

陆乃抒情诗人,而诗不甚佳,余幼时即喜此四句,后读过他的全集,但仍只喜此四句。陆氏不论写什么,总是抒情的情调,但怪的是他写不到诗里去,反能写到文里来。他有抒情诗人的天才,但写诗时总不能运转自如,他的诗情都用到文里去了。如此可知他写《文赋》中间一段是多么苦痛,因中间一段写文体修辞,都是客观的,抒情诗人都是主观的,写客观不易。创作经验是主观的,所以使上本事了。说时内容固然到家,而文章美也表现得好(这不论古今中外,白话文也如此)。陆氏文甚至比诗还抒情诗味。

> 若夫应感之会,通塞之纪。来不可遏,去不可止。藏若景灭,行犹响起。方天机之骏利,夫何纷而不理。思风发于胸臆,言泉流于唇齿。纷葳蕤以馺遝,唯毫素之所拟。文徽徽以溢目,音泠泠而盈耳。及其六情底滞,志往神留。兀若枯木,豁若涸流。揽营魂以探赜,顿精爽于自求。理翳翳而愈伏,思乙乙其若抽。是以或竭情而多悔,或率意而寡尤。虽兹物之在我,非余力之所戮。故时抚空怀而自惋,吾未识夫开塞之所由。

　　"若夫应感之会"，"感"——内，感非偶然；刺激——外；"应感"——内外会。

　　"通塞之纪"，"通"，灵感来；"塞"，灵感不来。

　　"思风发于胸臆，言泉流于唇齿"，"思"如"风发"，"言"如"泉流"，真是福人之受。

　　"思风发于胸臆"是写前；"言泉流于唇齿"是写时；"文徽徽以溢目，音泠泠而盈耳"是成文以后。

　　"及其六情底滞，志往神留。兀若枯木，豁若涸流"，写灵感若不来。"志往神留"，这苦痛真难，"志往"是苦想；怎么想也想不出来，是"神留"。

　　"揽营魂以探赜，顿精爽于自求"，"揽"，是集中，原为采取，引申作集中解。"营魂"，犹言心魂；"探"，探求追索；"赜"，深；"顿"，蓄。

　　"是以或竭情而多悔，或率意而寡尤"，是把灵感来与不来二者总写。"竭情多悔"，灵感不来时，"竭情"，费尽心力；"多悔"，自不满意。灵感来时，"率意"，随意写；"寡尤"，没错处。

　　"吾未识夫开塞之所由"，灵感怎么来、怎么不来，陆士衡没说。

　　某苏联作家说灵感是精力的富裕。对此语，当用禅家语录："虽然尽力道，只道得一半。"（杨岐方会禅师语）[1]陆士衡全归之于玄，人一点儿把握也没有，太玄。苏作家所说实在，但只说了一半，余又于

　　[1]　杨岐方会禅师（992—1049）：名方会，北宋临济宗杨岐派之祖。因于江西杨岐山传法，人称杨岐方会。《杨岐方会禅师后录》载："上堂。僧问：'祖师面壁，意旨如何？'师云：'西天人不会唐言。'僧云：'昨日雨落，今日天晴，是人道得，请和尚出格道一句。'师以两手捺膝坐。僧云：'大煞尽力道，只道得一半。'师云：'分身两处看。'僧指侍者云：'和尚为什么不着鞋。'师云：'者漆桶。'僧便礼拜归众。"

"精力富裕"上加心情之暇豫，庶近之矣。不仅写风花雪月，就是写慷慨激昂，也要有暇豫。写枪林弹雨、炮火连天，也要心情暇豫。《西线无战事》[①]写老士兵都麻木了，而心是安闲的。此一方面修养，一方面锻炼，从今下手，未为晚也。

知难不畏难。初生犊儿不怕虎，固不成；长出犄角反怕狼，也不成。写两日灵感不来不学了，固不成；乱想乱来、油腔滑调，更糟。要知难不畏难。

"吾未识夫开塞之所由"，调子实已定了，但调子太陡。《水浒传》"野猪林"末尾写鲁智深倒拖着禅杖走了，金圣叹批："如一座怪峰，劈插而起，及其尽也，迤逦而渐弛矣。"（金圣叹批本《水浒传》第八回）[②]此所说文势也。提高是文势，渐弛也是文势。陡处停顿也有，但太险，写不好就糟；"迤逦渐弛"较保险。

> 伊兹文之为用，固众理之所因。恢万里而无阂，通亿载而为津。俯贻则于来叶，仰观象乎古人。济文武于将坠，宣风声于不泯。涂无远而不弥，理无微而弗纶。配沾润于云雨，象变化乎鬼神。被金石而德广，流管弦而日新。

"伊兹文之为用，故众理之所因"，"因"，依也，一切哲理皆假文以传。

"恢万里而无阂，通亿载而为津"，超空间，超时间。

---

① 《西线无战事》：自传体小说，写主人公博伊默尔应征入伍后与其他普通士兵在西线战壕里的生活以及对战争的感受，作品以真实的战争场景和态度鲜明的反战立场著称。作者雷马克（Remarque，1898—1970），德国现代作家，1938 被纳粹剥夺国籍，1947 年入美国国籍。

② 金圣叹批本《水浒传》第八回："来得突兀，去得潇洒，如一座怪峰，劈插而起，及其尽也，迤逦而渐弛矣。"

"配沾润于云雨"是夸大,但还是好,是抒情诗。就作者是"象变化乎鬼神",对人是"配沾润于云雨"。

"被金石而德广"——形;"流管弦而日新"——声。形——不灭,声——不绝。

第十一讲

创作与欣赏

创作、批评、欣赏。

今讲《文赋》意在此三者,而所重在创作与欣赏。此较之批评更玄。玄并不一定是高深、玄秘(佛家名词,"玄"下不要"妙","秘"上不要"神")。

今单讲这个创作与欣赏。

对文学作品,人若能欣赏,是跳出来了;文学若真能把人抓住,人只剩下跟它跑,便无暇批评了。创作的路是从何走上去的?绝不会是从批评,而是从欣赏引起创作的兴趣,从欣赏走上创作的路子。

"丑极""使人不可暂注目"(金圣叹批本《西厢记》),坏的东西刺耳、刺目、刺心。金圣叹嘴损。不是他嘴损,是我们嘴太笨,是我们观察不到。所以既曰欣赏,必是"爱好"。

　　创作 ◄── 欣赏 ◄── 爱好

衣隐

"爱好"二字,真美,真是幸福。"爱好"是一件最美的"东西"(太具体),一件最美的"事情"(爱好非动作),爱好是最美的观念。每人都该有其爱好,一个人活着必有所爱好,始不致上吊、跳井、自杀;假如一旦在世上失掉爱好,就失掉生活的勇气、兴趣了。"未知生之可乐,焉知死之可悲",在不高明的书中有此两句高明的话。生之所以可乐,便因有所爱好,其对象不外人、事、物。外国有个故事:一个活不下去的人居然因了一条狗而活下去了。狗值不得爱,而她居然爱了,难道她就为这狗而活着么?不然,不然。她活着,是因为她心中有活着的动机(源泉)。既有爱好的源泉,便要有对象、有寄托;爱好的源泉尚未枯竭,而又苦于不得对象,于是寄之于狗。一个瞎女孩,一生未结婚,老年好养猫,此亦因她爱的源泉未枯竭,须有所寄托。

生命只有一个,人到死回肠百转。"慷慨捐生易,从容就义难",此指死节。自杀亦然。日人有岛武郎①,当他与爱人去自杀时,走在路上仍从容谈笑。此非不可能,但很难。人多所留恋,不是怕死。假如生命和钱财一样,花完还可再来还好,但生命只有一个。人到东西只剩一个时,没有一人不是吝啬的。浪子一掷百万,但到只剩一钱时反而吝惜。生命就是一个人一去而不返,人对死不是怕,是对生爱之至。人对生命的爱成为本能了,这不好。人之所以为万物之灵,便因在本能之外还有他的理智。动植物爱惜生命只是本能,现在人也如此了。我们对生命吝惜(好意),不仅是出于本能,还要想到保留此生命要做点什么,这需要理智。对生命的留恋生于爱

---

① 有岛武郎(1878—1923):日本近代作家,"白桦派"文学兴盛期重要人物之一,著有《一个女人》《卡因的后裔》等。1923 年,有岛武郎与女记者波多野秋子一起在轻井泽别墅上吊自杀。

好,故爱好对人生增加不少的勇气和兴趣,给我们的生活增加不少幸福。

一个没有爱好的人,是人世间最没福的人。但我们既有爱好,必有所求。苦求而不得,岂非痛苦?但余以为"爱——求——不得"之苦,比那"无爱——无求——无失"之苦还小,前者较后者幸福,后者痛苦更大。一个人能做到无爱、无求、无失,叫他圣人、仙人、佛,但总之不是人。而今天所要讲的是怎样做一个人。人宁可爱而不得,也要有所爱、有所求,绝不可无爱、无求。既要做一个人,到了无爱、无求、无失,这样怎么活呀!人有所爱好,不但增加人勇气,而且是福气。人在有所爱、有所求时,是最向上、最向前的,其中一方面是专一。在有所爱、有所求时,心最专一(精诚),由精诚生出伟大。人有所爱、有所求,是自然如此。别的都可不要,都可牺牲,什么都忘了,一忘便是最大舒服,而其来源皆生于进取之心。还有,人在有所爱时,他的生命力最旺盛,精神最活泼,而且这时人是最美的一个人。

对别的人、事、物是爱好,对文学便成为欣赏。小时候看东西并不懂而记住了,现在一熟悉,好像有意义。

龚自珍诗句有"但开风气不为师"(《己亥杂诗》)。龚自珍诗江湖气,但此句尚好。假如因余所讲的几句话,能对文学发生兴趣,不厌恶而爱好,此便为余最大满足。因为要"开风气",所以用种种方法,虽有时跑到文学外边去,但身在曹营,心存汉室,跑到外边去,得的经验多、观察细,对作文、创作、欣赏有帮助。孔门说"闻一以知十"(《论语·公冶长》),我们至少也要闻一知二。颜回固然难得,而究竟也还有孔子那么一个老师,他所讲的包罗万象。若他所说的只是九——也能闻一知十么？至少夫子所讲也是十，方可"知十"，否则所知恐怕只千百分之一。

余说"但开风气"，要精光四射，胸包万有。若自己所说连"一"都不够，怎能让人知？怎能让人学？

文学要与生活打成一片，有什么生活写什么文章。老杜诗沉着，可见其人做人实在；作品浮浅，其人便可知是饭桶；鲁迅文章头紧脚紧，可见其认真、要好。现在有的文章散松没劲，可见其心散。

文学最能表现作者，文学最能代表人格。所以余常拿人生讲文学。鲁迅先生是文人，也是战士。余之文人本质不够，文人气息很重，但战士一丝一毫做不到。这不但是意志问题，亦与体力有关。

思想不发表、不说、不写、不整理，永远只是个概念，不精密、不具体。荷兰作家望·蔼覃（Van Eeden）长篇童话《小约翰》①（鲁迅译）写一号码博士，将一切自然界的奥秘化约为符号、化约为数字。现在我们不是号码也等于号码，不是主义，便是派别，亦犹昔日洛蜀之争②（北宋）、朱陆③异同（南宋）。现在不说门户之争，文学上什么都没有呢，金字招牌挂出去了，口号喊出去了。拿点儿东西我们看看，有货最高不过三等品，甚至根本没有货。没这个力量，没这个胆气，也不能做此种妄想。

---

① 望·蔼覃：今译为凡·伊登（1860—1932），19世纪末20世纪初荷兰作家，代表作是童话《小约翰》。《小约翰》写天赋异禀的小约翰离家出走，畅游在大自然的奇妙世界，且一心寻找那本"解读人生所有疑问的大书"，最终怀着对人类的爱回归现实生活。鲁迅称之为"无韵的诗，成人的童话"。

② 洛蜀之争：指北宋元祐年间以二程（程颐、程颢）为代表的洛学和以"二苏"（苏轼、苏辙）为代表的蜀学因学术分歧而导致的政治斗争。

③ 朱陆：南宋著名理学家朱熹与陆九渊。

《学衡》①（继《新青年》后出的杂志）攻击新文学，文用文言，有"乌托之邦""宁古之塔""英吉之利"等语。"衡"，衡谁呀！只衡出自己无知。但有一样可佩服，就是这样的文也敢发表。②

所谓言中之物、物外之言，现在言中之物除去意义、派别，没别的东西；物外之言根本不知道，没人懂得。

《诗品》③《文赋》《文心雕龙》《典论·论文》《史通》④，你读它，言中之物需要了解（了解是自己的事，不用先生讲），物外之言需要欣赏。再看他文章，哪一个不是创作？

现在连说明、报告都不是，还叫文章么？现在大概还是只许说"今天天气哈哈哈""您没搬家"，不能说点儿真格的！

---

① 《学衡》：1922 年 1 月创刊，该刊以"昌明国粹，融化新知"为宗旨，攻击五四新文化运动为"模仿西人，仅得糟粕"，梅光迪、胡先骕、吴宓等为其主要代表人物。

② 此段文字可参鲁迅《热风·估学衡》一文。

③ 《诗品》：南朝梁代钟嵘所著，仿汉代"九品论人，七略裁士"之著书先例，将两汉至梁之诗人诗作，分上、中、下三品评论，故名。

④ 《史通》：唐代刘知几所著，中国古代史学上第一部系统的史学批评著作。

附一

《文赋》补说^①

陆机《文赋》与其说是文学批评，毋宁说是一篇创作方法论。

学习本篇应注意两个问题：

第一，注意篇中所使用的"代字"。代字是修辞学上的术语，即替代之字也。如"典坟"，本义是传说中三皇、五帝之书，五典、三坟，《文赋》中用"典坟"替代一切好的、古代的经典著作。《文赋》中"诵先人之清芬""游文章之林府"之"清芬""林府"，亦代字也。理解此类字眼儿，需衍义之后来看。"衍义"者，推而远、扩而广也，即由此及彼，或谓引申之义也，似乎类若文学中的"象征"。

---

① 《〈文赋〉补说》，据耿文辉笔记整理。20 世纪 50 年代，顾随先生任教于天津师范学院中文系，曾开设"中国古典文学批评"课程。学生耿文辉曾亲聆讲授，并有笔录。叶嘉莹听课笔记《文赋》部分始自于"伊兹事之可乐，固圣贤之所钦"一段，为见全貌，以耿文辉所记听课笔记之《文赋》序及前文部分作为附录，辑录于此。耿文辉笔记又有《〈文赋〉小结》一节，今亦附录于后。

第二，注意古典作品中的历史、阶级局限性，批判接受古代文学遗产，而对其中正确的、不正确的地方，都要了解透彻。所谓了解透彻，即是应该了解到宋人黄山谷两句诗所描写的那种境界——"落木千山天远大，澄江一道月分明"（《登快阁》），明白，干净。

《文赋》是一篇说理之赋，且具有很高的艺术性，看起来是画，读起来是音乐。

先看其序：

> 余每观才士之所作，窃有以得其用心。夫其放言遣辞，良多变矣，妍蚩好恶，可得而言。每自属文，尤见其情，恒患意不称物，文不逮意，盖非知之难，能之难也。故作《文赋》，以述先士之盛藻，因论作文之利害所由，他日殆可谓曲尽其妙。至于操斧伐柯，虽取则不远，若夫随手之变，良难以辞逮。盖所能言者，具于此云尔。

《文赋》之序是写作此赋之动机、目的以及此赋之内容。

"余每观才士之所作，窃有以得其用心。""才士"指大作家；"窃"，第一人称谦词，自己；"有以得其用心"，知道他们是怎么写的。"夫其放言遣辞，良多变矣。""其"指才士之作；"放言遣辞"即用字造句；"良"，诚；"变"，变化。"妍蚩好恶"即美丑好坏，"妍蚩"是外表、行；"好恶"是内容、质。"妍蚩好恶"正是"变"的原则。

"每自属文"，每当自己创作时；"尤见其情"，"见"是感觉到，"其"指才士之作。"恒患意不称物，文不逮意"，是说在创作时常怕构思不合乎对象，文辞不能恰当表达情意。这种情况，"盖非知之难，能之难也"。虽知道了怎样做，但结合实践做起来不易。

"故作《文赋》，以述先士之盛藻，因论作文之利害所由，他日殆

可谓曲尽其妙",此数语言明作《文赋》之目的:(一)"述先士……",
(二)"论作文……",(三) 指导他日写作。"作文",指古人所作之
文;"由",由来;"曲尽",完完全全地,"曲尽其妙",把所有好的东西
都表现出来。

"至于操斧伐柯,虽取则不远,若夫随手之变,良难以辞逮",是
说虽有标准在前,但随手而起的变化,真难以用文辞来表达。

末尾一句"盖所能言者,具于此云尔",是说能说的这里都说出
来了。

以下是正文。

第一段:

> 伫中区以玄览,颐情志于典坟。遵四时以叹逝,瞻万物而
> 思纷。悲落叶于劲秋,喜柔条于芳春。心懔懔以怀霜,志眇眇
> 而临云。咏世德之骏烈,诵先人之清芬;游文章之林府,嘉丽藻
> 之彬彬。慨投篇而援笔,聊宣之乎斯文。

"伫中区以玄览","伫",立;"中区",世间;"玄览",深刻观察。
此句是说向生活学习。对于生活,我们是做生活的旁观者呢,还是
深入生活? 当然陆机不可能是深入生活、参与生活、体验生活。这
是他的局限,我们却也不能苛求两千多年前的作家。"颐情志于典
坟","颐",培养。此句是说向古代作家学习。

"遵四时以叹逝,瞻万物而思纷。悲落叶于劲秋,喜柔条于芳
春。""逝"指运动、变化、过去的;"思纷",言心绪多起来。此四句皆
是说作家与大自然的关系。这是对的,但陆机忘掉了人事。

"心懔懔以怀霜,志眇眇而临云",是说大自然培养得你品质高
洁。"懔懔",本义是恐惧,此二字应为"凛凛",解作高寒、高洁;"临

云",亦是形容高。

"咏世德之骏烈,诵先人之清芬",承上文"颐情志于典坟",就文章内容而言;"游文章之林府,嘉丽藻之彬彬",就文章形式而言。此四句是说所读文章的内容与形式皆好。

"慨投篇而援笔,聊宣之乎斯文",扔下书,拿起笔,开始写我的文章。

以上所说是写作前之学习过程以及如何学习,从观察到读书。接下第二段写构思过程。如此分段从形式上说,是一段一韵,下段换韵;若按内容来说,每段自成一个"起""结"。以内容分段的特点是:上文第一段的"结"——学习之结束,即"慨投篇而援笔,聊宣之乎斯文"——作为第二段的"起",引出下文构思指开头。这样的段与段的"起""结",谓之"链索"。尽管它们成为"链索",但仍要看出其间的"环节",段与段之间是有"环节"、有主次的。

第二段:

> 其始也,皆收视反听,耽思傍讯,精骛八极,心游万仞。其致也,情瞳昽而弥鲜,物昭晰而互进。倾群言之沥液,漱六艺之芳润。浮天渊以安流,濯下泉而潜浸。于是沈辞怫悦,若游鱼衔钩,而出重渊之深;浮藻联翩,若翰鸟缨缴,而坠曾云之峻。收百世之阙文,采千载之遗韵。谢朝华于已披,启夕秀于未振。观古今于须臾,抚四海于一瞬。

"其始也"三字以下,叙写开始构思之时的情形:"收视反听,耽思傍讯,精骛八极,心游万仞。"创作要紧的是"视"和"听","收视反听"是说看和听留下来的印象,这是有客观实际做基础的,没有"伫中区以玄览"的"玄览""瞻万物而思纷"的"思纷",不可也。"耽思傍

讯"，"耽"，深也，指深度，"耽思"是往深处想；"傍"，宽也，指广度，
"傍讯"即想与主题有关的其他方面。"精骛八极"，精神飞驰八方，
即所谓"傍讯"。"精"，精神；"骛"，驰；"八极"即八方，"极"是极远之
地。"心游万仞"即所谓"耽思"。"万仞"是代字，极言其高。以上十
六个字不能分开，"精骛八极，心游万仞"之基础是"收视反听，耽思
傍讯"。佛家《遗教经》有"制之（心）一处，无事不办（解）"之语，不能
"目迷五色"，否则就不能找到事物规律。"制之一处"亦即孟子所谓
"收放心"①。

　　"其致也"三字以下，叙写构思到末后之情形。

　　"情瞳昽而弥鲜，物昭晰而互进"，是说情思愈来愈鲜明，物象也
出现在眼前，这是构思之后作者先有之感觉，这感觉清如水、明如
镜。"瞳昽"，愈来愈亮，常言有"朝日瞳昽"之语；"弥"，愈加；"鲜"，
鲜明。"物"，外物；"昭晰"，明亮；"互进"是说都来了。"情瞳昽而弥
鲜"与"物昭晰而互进"为对句，句中"瞳昽"一词叠韵，"昭晰"一词双
声，双声对叠韵。虽然陆机所处之时代尚未有双声叠韵之说，而陆
机在文章中却有好多处用了双声与叠韵。

　　"倾群言之沥液，漱六艺之芳润"，是说抛弃诸子百家无意义之
言论，保留"六艺"中高深之道理。"群言"，杂言，此指诸子百家之
言。要有取有舍，取舍有标准。此二句有概括性，写得简洁。

　　"浮天渊以安流，濯下泉而潜浸"，二句是比喻，意思是有前面所
说的原则、取舍标准，思想多高多深也没有毛病。"天渊"，天河，天
河在高处；"安流"是说流下去不出毛病；"潜浸"是说泡在水里也没

_____

　　① 《孟子·告子上》："学问之道无他，求其放心而已矣。"

有危险。

《文赋》中用了许多骈句。骈句、对句,中国语文之特点。骈句皆有"开"有"合","开合"即矛盾,如上文"情曈昽而弥鲜",内也;"物昭晰而互进",外也;"浮天渊以安流",高也;"濯下泉而潜浸",下也:内外、上下,此即矛盾的统一。

"于是沈辞怫悦,若游鱼衔钩,而出重渊之深","沈辞",不易找到的词;"怫悦",形容不易出来的样子;"若游鱼"一句,比喻写作时费劲之状。"浮藻联翩,若翰鸟缨缴,而坠曾云之峻","浮藻",平常之词;"联翩"形容一个接一个;"若翰鸟"一句,形容写作之迅疾。

"收百世之阙文,采千载之遗韵","百世"与"千载"皆言从古至今,"阙文"指被弃的文章。"谢朝华于已披,启夕秀于未振","谢",凋谢;"启",开放;"朝华",早晨之花;"夕秀",晚上之花。此二句用以比喻上文"收百世之阙文,采千载之遗韵"两句,意指过去与未来、幻想与实际。此二句是警句、格言。

"观古今于须臾,抚四海于一瞬",上句言时间,是说几千年就在眼前;下句言空间,是说四海就把握在一瞬之工夫,而这皆由前面所说"玄览""思纷""收视反听"而来。

以下第三段:

> 然后选义按部,考辞就班。抱景者咸叩,怀响者毕弹。或因枝以振叶,或沿波而讨源。或本隐以之显,或求易而得难。或虎变而兽扰,或龙见而鸟澜。或妥帖而易施,或岨峿而不安。罄澄心以凝思,眇众虑而为言。笼天地于形内,挫万物于笔端。始踯躅于燥吻,终流离于濡翰。理扶质以立干,文垂条而结繁。

信情貌之不差，故每变而在颜。思涉乐其必笑，方言哀而已叹。或操觚以率尔，或含毫而邈然。

开头"然后"二字以下，是开始动笔写了，是创作过程。

"选义按部，考辞就班"，"义"是内容、主题，"部"是类别，"选义按部"是说选定内容，以类相从。"考"是考究，"辞"是语言文字，"就班"是说按次序。"按部"与"就班"同义。成语"按部就班"即源于此。

"抱景者咸叩"，承上"选义按部"，是对此四字的解释说明。"抱"者，具有；"景"者，影也，此处指实在的东西，凡实在的东西有光之处都有影；"咸叩"即都要敲一敲，意思是都要认真斟酌。"怀响者毕弹"承上"考辞就班"，是对此四字的解释说明。"怀"者，有也；"响"者，响声，所谓"怀响"，乃指有音响的文辞；"毕弹"义同于"咸叩"。

接下八个以"或"字开头的句子，说明写作时的种种情况。用"或"字者，有共同性，亦有个别性。

"或因枝以振叶"，此为比喻。"枝"指主题，"叶"指附属于主题的东西，"振"是动。"枝"动了，"叶"也一定动，此句是说以主题带动其他内容。

"或沿波而讨源"，亦为比喻。"沿波"，顺水；"讨源"，寻找源头。此句是说写作时先说次要者，而后说到主题。这样的写法很多，如柳宗元《种树郭橐驼传》，先讲种树人如何种树，最后才说出"吾问养树，得养人术"之主题。

"或本隐以之显"，此句指出写作中"隐"与"显"的辩证关系；"或求易而得难"，此句指出写作中"易"与"难"的辩证关系。写文章如走路，大路长而平坦，小路短而不平，本想抄近走小路，却比大路还难走。《离骚》中有句曰"何桀纣之昌披兮，夫唯捷径以窘步""捷径以窘步"可与"求易而得难"互参。《论语》亦有言"欲速则不达"（《子路》）。渐进是学文、写文的过程。

"或虎变而兽扰，或龙见而鸟澜"，此二句又是比喻。"变"，动也；"扰"，反训，治也，驯服之意；"见"，同现；"鸟"，指水鸟；"澜"，作动词，起波澜。上句说老虎一动，百兽都老实了；下句说龙一出现，水鸟都动了。此处"虎变"与"兽扰""龙见"与"鸟澜"，皆是辩证的。此二句喻指：文章要有波澜，起伏曲折，有动有静，而重要的在于突出重点、主题、人物性格。

"或妥帖而易施，或岨峿而不安"，此为写作中两种不同之情况。"妥帖"是妥当，"施"是安排，"岨峿"是不调和，"不安"是不妥当。"妥帖"二字双声，"岨峿"二字叠韵，双声对叠韵。

"罄澄心以凝思，眇众虑而为言"，"罄"是用尽、费尽；"澄心"言沉下心，心不乱；"凝"即专，"罄澄心以凝思"是说构思时当如此。"眇"此处同"妙"，"眇众虑而为言"是说写作时当如此，即抽出一个顶好的意思来写进文章里，此即现在所说的"去伪存真"，而不是想到什么说什么。

"笼天地于形内，挫万物于笔端"，上句是说概括典型，下句是说形诸文字。"笼"意思是包起来；"形"，形式，指文字形式；"挫"是征服。

"始踯躅于燥吻"，"始"指开始动笔之时，此句即言刚动笔写作之时的情况。"踯躅"与彳亍、跦跦、踟蹰、踌躇等音近，义亦同，且皆为双声；"燥"，干也；"吻"，唇也、嘴也。此句译为现代汉语：将动笔时，先摇头晃脑地哼句子（因那时的文章富音乐性），但文思不来，嘴念不出，以至唇干口燥。"终流离于濡翰"，"终"指写作到末后之时，"流离"即流出，"濡翰"是沾湿了毛笔。此句是说写到末后，文句就像水流似的从笔端而泻。

以上是两句空洞的话，底下是两句要紧的话："理扶质以立干，文垂条而结繁。"

"理扶质以立干"，"扶"，扶起、树起；"质"，主题思想；"立干"是说树起骨干或作为主干。"文垂条而结繁"，"文"指文辞、文采；"垂条"意为生出枝叶；"繁"言开花结果。此两句前句言思想性，后句言艺术性。思想、艺术，二者是辩证的，对立统一，缺一不可，相得益彰。以比喻来说，即是一马之两翼，必须相辅而行。

写文章做到了这些还不够，还必须有热情，所以陆机说出了以下的话："信情貌之不差，故每变而在颜。""信"，副词，诚然也；"情"，内情；"貌"，外貌；"不差"即相同。"信情貌之不差"是说内在的情是什么，外貌表现出来的也是什么。"故每变而在颜"意同上句，内在的东西变了，外貌也会变化。文章的"理""文""情貌"三者结合起来，才可能做到"思涉乐其必笑，方言哀而已叹"。

接下"或操觚以率尔，或含毫而邈然"两句，描写写作快慢不同之情况，上句言写作之快，一挥而就；下句言写作之慢，执笔而思。

下一段自"伊兹事之可乐"至"郁云起乎翰林"是前面三段之总结——合，是后面几段之起头——开，论及选辞谋篇问题。

附二

《文赋》小结

陆机在文学史上乃骈文创始者,当然,其论文也只是重在修辞、技巧方面。此即他在《文赋》序文中所言:"夫其放言遣辞,良多变矣,妍蚩好恶,可得而言。"

一 刘勰、钟嵘对《文赋》之批评

刘勰《文心雕龙·总术》:"昔陆氏《文赋》,号为曲尽,然泛论纤悉,而实体未该。"《序志》:"《文赋》巧而碎乱。"

此批评相当正确。不过,由于为"赋"体所限,不能像散文那般条贯。此是骈俪之赋体害了陆机。

钟嵘《诗品·序》:"陆机《文赋》,通而无贬。"

此不应该是《文赋》之缺点,因《文赋》之主旨不在品评。

二 《文赋》之主要内容

大概陆机在创作中所体会到的、在本文中所要谈的范围,即"作文之利害所由",所以他说:"普辞条与文律,良余膺之所服。"因为重在"辞条""文律",于是选辞、谋篇、剪裁诸法,亦在讨论之内。

选辞:"选义按部,考辞就班。抱景者咸叩,怀响者毕弹……"

谋篇:"函绵邈于尺素,吐滂沛乎寸心。言恢之而弥广,思按之而逾深……"

剪裁:"若夫丰约之裁,俯仰之形。因宜适变,曲有微情……"

这也就不免陷于刘勰所说"泛论纤悉"之病。

陆机对于行文甘苦有深切体会,认为:

"或寄辞于瘁音,徒靡言而弗华。混妍蚩而成体,累良质而为瑕。"——此是重质而轻辞,则"虽应而不和"。

"或遗理以存异,徒寻虚以逐微。言寡情而鲜爱,辞浮漂而不归。"——此是重辞而遗情,则"故虽和而不悲"。

"或奔放以谐合,务嘈囋而妖冶。徒悦目而偶俗,固高声而曲下。"——此是任情而无俭,则"虽悲而不雅"。

"或清虚以婉约,每除烦而去滥。阙大羹之遗味,同朱弦之清氾。"——此是约情而止礼,则虽"雅而不艳"。

"若夫丰约之裁,俯仰之形。因宜适变,曲有微情。"——此是说恰到好处,而做到此一点是很困难的。

三 《文赋》中所提出之文学创作上几项问题

(一) 天才问题(包括学力)

陆机说:"彼琼敷与玉藻,若中原之有菽。同橐籥之罔穷,与天地乎并育。虽纷蔼于此世,嗟不盈于予掬。患挈瓶之屡空,病昌言之难属。故踸踔于短垣,放庸音以足曲。"——此是说自己(作家)才力短弱(没有生活),不能采撷华词,只能发为"庸音",足章而已。

(二) 情感问题(包括景物)

陆机说:"遵四时以叹逝,瞻万物而思纷。悲落叶于劲秋,喜柔条于芳春。心懔懔以怀霜,志眇眇而临云。"——这里包含着作者情感品质的修养问题。陆机认为如此才能写出好文章。

(三) 想象问题

陆机在这方面写得很精彩,他说:"其始也,皆收视反听,耽思傍讯,精骛八极,心游万仞。其致也,情曈昽而弥鲜,物昭晰而互进,倾群言之沥液,漱六艺之芳润。浮天渊以安流,濯下泉而潜浸。于是沈辞怫悦,若游鱼衔钩,而出重渊之深;浮藻联翩,若翰鸟缨缴,而坠曾云之峻。收百世之阙文,采千载之遗韵。谢朝华于已披,启夕秀于未振。观古今于须臾,抚四海于一瞬。"——上天下地,往古来今,皆在想象力所及范围之内,要"笼天地于形内,挫万物于笔端",才见得想象力的丰富瑰丽。

(四) 感兴问题(我们谓之"灵感")

不论何种艺术,待到它组成完整作品的时候,总不能越过感兴这一阶段,文学作品尤其如此。这是陆氏独到见解,说得也很精彩:"若夫应感之会,通塞之纪。来不可遏,去不可止。藏若景灭,行犹响起。方天机之骏利,夫何纷而不理。思风发于胸臆,言泉流于唇齿。纷葳蕤以驭逯,唯毫素之所拟。文徽徽以溢目,音泠泠而盈耳。"——此是说感兴方浓,不能遏止发露。当它来的时候,酝酿成熟,就能提笔一气呵成,所以"或率意而寡尤"。"及其六情底滞,志往神留。兀若枯木,豁若涸流。揽营魂以探赜,顿精爽于自求。理翳翳而愈伏,思乙乙其若抽。"——此是说感兴不来,也不能勉强去酝酿。当它不来或已去的时候,即使勉强写作,而时机未熟,也不免徒劳无功,所以"或竭情而多悔"。

想象和感兴这两点,在《文赋》中提的比较突出,《文赋》序中所谓"每自属文,尤见其情"者,可能亦重在此两方面。

四　陆机《文赋》在文学批评史上所提供之问题

(一) 问题之辨析

《文赋》论文体比《典论·论文》又详细一些,陆机说:"诗缘情而绮靡,赋体物而浏亮。碑披文以相质,诔缠绵而凄怆。铭博约而温润,箴顿挫而清壮。颂优游以彬蔚,论精微而朗畅。奏平彻以闲雅,说炜晔而谲诳。虽区分之在兹,亦禁邪而制放。要辞达而理举,故无取乎冗长。"

(二) 骈偶之主张

陆机以骈文著称,所以论文亦偏重骈俪。如"诗缘情而绮靡,赋体物而浏亮";如"其为物也多姿,其为体也屡迁。其会意也尚巧,其遣言也贵妍"。此主张开了后来"元嘉文学"之风气。

(三) 音律之问题

陆机说:"暨音声之迭代,若五色之相宣。"他已经注意到了同声相应、异声相从的问题。不过因为当时对文字音韵的辨析不精,所以还不能制定人为的音律;但他说"或寄辞于瘁音,徒靡言而弗华",确已经注意到调匀音节的重要性了。此一主张又开了后来"永明文学"之风气。

卷三

《文选》

六朝前，"文"就是文字；六朝时，"文"就是文学，包括散文、韵文、诗歌(《文选》之"文"与《说文》之"文"是截然不同的)；六朝后自唐代起，诗、文分家。

梁昭明太子萧统①的《文选》所选为历代著名的文章，从所选可看出选者的去取褒贬，可看出选者的立场、观点、世界观。

萧统，梁武帝萧衍②之子。萧衍有三子：萧统、萧纲、萧绎③，萧梁父子之著名犹曹魏父子之著名。萧氏父子，博学能文，在当时起的作用很大，六朝文学的兴盛与萧氏父子的提倡是很有关的，犹曹

①　萧统(501—531)：字德施，小字维摩，萧衍长子，谥号昭明，故后世又称"昭明太子"，南朝梁文学家，编《文选》三十卷。

②　萧衍(464—549)：字叔达，小字练儿，南兰陵(今江苏常州)人，南朝梁政权建立者，谥称武帝。梁武帝萧衍倾力佛学，长于经史，亦工诗文，著有《梁武帝御制集》。

③　萧绎(508—554)：字世诚，小字七符，自号金楼子，萧衍第七子，谥称元帝，南朝梁文学家，著有《金楼子》。

氏父子之在魏的作用（曹操、曹丕、曹植，在文学上实际曹植影响更大）。萧氏父子均尊崇佛教，这就使他们的思想受束缚很大。

《文选》对后人的影响很大。唐时已很崇尚《文选》，杜甫"熟精文选理"（《宗武生日》），韩愈所谓"非三代两汉之书不敢观"（《答李翊书》）也是针对《文选》而言。到清朝有"选学"，读《文选》成为一门学问。清代散文有两派：桐城派、文选派。文选派以《文选》为标准，"选学"后成为骈文的代词。这与桐城派的散行文相对，桐城派提倡"古文"，即指散文。两派针锋相对，互相攻讦。（其实，骈文中还有两派：严格的一派，文章有上句必对下句，大半是四字、六字句，后发展为四六文；另有比较自由的一派。骈文字句工整，节拍清晰，在修辞、句法上亦大有可学之处。）没有一个知识分子不读《文选》，直到"五四"。五四运动提出两个口号——"桐城谬种""选学妖孽"（钱玄同《致陈独秀函》）①。

胡适有语云：

> 不作言之无物的文字。
>
> （《建设的文学革命论》）

言中之物——实，内容；物外之言——文章美。

凡事物皆有美观、实用二义。由实用生出美观，即文化、文明。没有美观也成，然而非有不可。天下没有纯美观、无实用而能存在之事物，反之亦然；故美观越到家，实用成功也越大。

---

① 《新青年》第二卷第六号"通信"栏发表有钱玄同支持陈独秀文学改良的《致陈独秀函》，其中有语云："具此识力，而言改良文艺，其结果必佳良无疑。唯选学妖孽，桐城谬种，见此辈又不知若何咒骂。虽然，得此辈多咒骂一声，便是价值增加一分也。"之后，钱玄同在《新青年》发表文章，多次重申"选学妖孽，桐城谬种"。

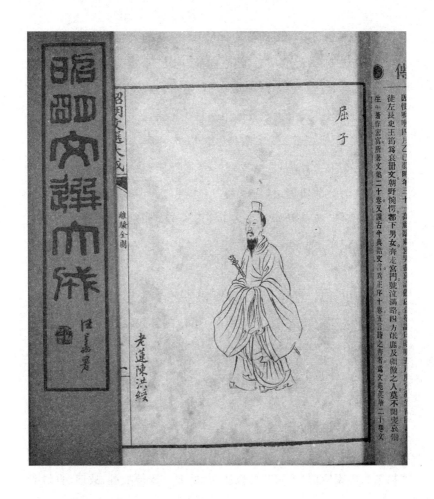

>>>《文选》所选为历代著名文章,对后人的影响很大。图为《文选》刻本。

纯艺术品到最优美地步似无实用,然其与人生实有重要关系,能引起人优美、高尚的情操,使之向前、向上,可以为堕落之预防剂,并不只美观而已。故天地间事物,实用中必有美观,美观中必有实用,美观、实用得其中庸之道即生活最高标准。

所谓"选学妖孽,桐城谬种"者,以其过重美观、不重实用。其实,美观、实用二者,皆是"雅洁"①,殊途而同归。古典,雅洁乃其特色,如《论语》"非曰能之,愿学焉"(《先进》)。雅洁,不但文言,白话亦须如此。然流弊乃至于空泛,只重外表,不重内容,缺少言中之物。实际说来,文章既无不成其为"物之言",又无不成其为"言之物"。

"五四"而后,有些白话文缺少物外之言,而言中之物又日趋浅薄。鲁迅先生是诗人,故能有物外之言;是哲人,故能有言中之物。《阿 Q 正传》所写不只是中国人的劣根性,是全世界人类的劣根性。鲁迅先生写小说个性不清楚(莎氏写戏剧年龄不清楚),然而可以原谅。天地间人、事、物,原无十全。原谅人是一种痛苦,被原谅是一种愉快,人皆愿得人原谅,然须能自己做到能被人原谅的地步。"是以君子恶居下流,天下之恶皆归焉。"(《论语·子张》)无论儒家所谓"物欲"、佛家所谓"无明"、公教所谓"原罪",皆须战胜,故曰"自胜者强"(《道德经》三十三章)。

---

①　雅洁:清代桐城派审美标准。

第十二讲

李陵(少卿)《答苏武书》[①]

　　子卿足下：勤宣令德，策名清时，荣问休畅，幸甚幸甚。远托异国，昔人所悲，望风怀想，能不依依！昔者不遗，远辱还答，慰诲勤勤，有踰骨肉。陵虽不敏，能不慨然！

　　自从初降，以至今日，身之穷困，独坐愁苦，终日无睹，但见异类。韦韝毳幕，以御风雨。膻肉酪浆，以充饥渴。举目言笑，谁与为欢？胡地玄冰，边土惨裂，但闻悲风萧条之声。凉秋九月，塞外草衰。夜不能寐，侧耳远听，胡笳互动，牧马悲鸣，吟啸成群，边声四起。晨坐听之，不觉泪下。嗟乎子卿！陵独何心，能不悲哉！与子别后，益复无聊。上念老母，临年被戮；妻子无辜，并为鲸鲵。身负

---

　　① 李陵(公元前134—前74)：字少卿，陇西成纪(今甘肃天水)人，西汉将领，李广之孙。汉武帝天汉二年(公元前99)秋，李陵率军与匈奴作战，败而降匈奴。其后曾与被匈奴扣留的苏武数次相见。汉昭帝始元六年(公元前81)，苏武得归，修书劝李陵归汉，李陵以此书作答。

国恩，为世所悲。子归受荣，我留受辱，命也何如！身出礼仪之乡，而入无知之俗，违弃君亲之恩，长为蛮夷之域，伤已！令先君之嗣，更成戎狄之族，又自悲矣！功大罪小，不蒙明察，孤负陵心，区区之意，每一念至，忽然忘生。陵不难刺心以自明，刎颈以见志，顾国家于我已矣。杀身无益，适足增羞，故每攘臂忍辱，辄复苟活。左右之人，见陵如此，以为不入耳之欢，来相劝勉。异方之乐，祗令人悲，增忉怛耳。嗟乎子卿！人之相知，贵相知心。前书仓卒，未尽所怀，故复略而言之。

昔先帝授陵步卒五千，出征绝域，五将失道，陵独遇战。而裹万里之粮，帅徒步之师，出天汉之外，入强胡之域。以五千之众，对十万之军，策疲乏之兵，当新羁之马。然犹斩将搴旗，追奔逐北，灭迹扫尘，斩其枭帅。使三军之士，视死如归。陵也不才，希当大任，意谓此时，功难堪矣。匈奴既败，举国兴师，更练精兵，强逾十万。单于临阵，亲自合围。客主之形，既不相如；步马之势，又甚悬绝。疲兵再战，一以当千，然犹扶乘创痛，决命争首，死伤积野，余不满百，而皆扶病，不任干戈。然陵振臂一呼，创病皆起，举刃指虏，胡马奔走，兵尽矢穷，人无尺铁，犹复徒首奋呼，争为先登。当此时也，天地为陵震怒，战士为陵饮血。单于谓陵不可复得，便欲引还。而贼臣教之，遂便复战。故陵不免耳。

昔高皇帝以三十万众，困于平城，当此之时，猛将如云，谋臣如雨，然犹七日不食，仅乃得免。况当陵者，岂易为力哉？而执事者云云，苟怨陵以不死。然陵不死，罪也；子卿视陵，岂偷生之士，而惜死之人哉？宁有背君亲，捐妻子，而反为利者乎？然陵不死，有所为也，故欲如前书之言，报恩于国主耳。诚以虚死不如立节，灭名不如报德也。昔范蠡不殉会稽之耻，曹沫不死三败之辱，卒复勾践之仇，报鲁国之羞。区区之心，切慕此耳。何图志未立而怨已成，计未从而骨肉受刑，此陵所以仰天椎心而泣血也。

足下又云：汉与功臣不薄。子为汉臣，安得不云尔乎？昔萧樊囚絷，韩彭菹醢，晁错受戮，周魏见辜，其余佐命立功之士，贾谊亚夫之徒，皆信命世之才，抱将相之具，而受小人之谗，并受祸败之辱，卒使怀才受谤，能不得展。彼二子之遐举，谁不为之痛心哉！陵先将军，功略盖天地，义勇冠三军，徒失贵臣之意，到身绝域之表。此功臣义士所以负戟而长叹者也！何谓不薄哉？

且足下昔以单车之使，适万乘之虏，遭时不遇，至于伏剑不顾，流离辛苦，几死朔北之野。丁年奉使，皓首而归。老母终堂，生妻去帷。此天下所希闻，古今所未有也。蛮貊之人，尚犹嘉子之节，况为天下之主乎？陵谓足下，当享茅土之荐，受千乘之赏。闻子之归，赐不过二百万，位不过典属国，无尺土之封，加子之勤。而妒功害能之臣，尽为万户侯，亲戚贪佞之类，悉为廊庙宰。子尚如此，陵复何望哉？且汉厚诛陵以不死，薄赏子以守节，欲使远听之臣，望风驰命，此实难矣。所以每顾而不悔者也。陵虽孤恩，汉亦负德。昔人有言："虽忠不烈，视死如归。"陵诚能安，而主岂复能眷眷乎？男儿生以不成名，死则葬蛮夷中，谁复能屈身稽颡，还向北阙，使刀笔之吏，弄其文墨邪？愿足下勿复望陵！

嗟呼子卿！夫复何言！相去万里，人绝路殊。生为别世之人，死为异域之鬼，长与足下生死辞矣！幸谢故人，勉事圣君。足下胤子无恙，勿以为念，努力自爱。时因北风，复惠德音。李陵顿首。

《昭明文选》卷第四十一"书上"载《答苏武书》。

>>> 李陵《答苏武书》，十足悲苦，又有一点辩白。图为近代戈湘岚、林雪严《苏武牧羊》。

作文章需理论、法度,然"徒法不足以自行"(《孟子·离娄上》),亦须"修辞立其诚"(《易传·文言》),"临文不讳"(《礼记·曲礼上》)。

文章华丽易,苦辣难。

文章中《左氏传》《史记》《前汉书》,真好。

《左氏传》甜,而甜得有神韵,好。(平常人甜,品易低下。)韵文有神韵,易;散文有神韵,难。欧阳修文章有时颇有神韵,其《伶官传序》:

> 呜呼! 盛衰之理,虽曰天命,岂非人事哉? ……夫祸患常积于忽微,而智勇多困于所溺,岂独伶人也哉!

道理并不深,而有神韵,平淡而好。Charming,媚人的、可爱的,日本译为"爱娇"。文章写甜了时可如此。甜则易俗,然甜俗易为世人所喜。陶渊明文品高,不是甜,而有神韵。

《史记》是辣,尤其《项羽本纪》。辣不是神韵,是深刻。写《高祖本纪》,高祖虽成功,然处处表现其无赖;项羽虽是失败,而处处表现出是英雄。英雄多不是被英雄打倒,而是被无赖打倒。

《汉书》是苦,蓬莪菜,咬春①之柳花菜。

近代人文章,周作人是甜,鲁迅先生是辣,而《彷徨》中《伤逝》一篇则近于苦矣。

李陵《答苏武书》,十足悲苦,又有一点辩白,而病亦在此。人与人之间原用不着辩白,相信好了,不相信活该。以悲苦心情写辩白言辞,所得是愤慨。

---

① 咬春:又名叫春,即在立春日吃象征春意的菜蔬食品,以示迎春。

愤慨、悲苦，无用。悲苦虽也没用，但还好；愤怒是火，足以自燃，且为无效之燃烧，是徒然的浪费。余赞成悲苦，因为悲苦(悲苦不是悲哀)是一种基础。人应能忍受悲苦，翻过来，则可以之为基础而有伟大成功。诚如《孟子·尽心上》所云"独孤臣孽子，其操心也危，其虑患也深"。("危"，不敢安闲。)

李陵文章之首段、二段一连叙出七个"悲"字，第二段更有"陵独何心，能不悲哉"一语，自己说出悲来，读者更须于其中咀嚼出苦味，方不负此文章。

首段"荣问休畅"，"问"，疑当与"闻"同。

第二段"胡地玄冰"，"玄"字用得好。冰必连底冻，始呈玄色(青黑色)；薄，则白。方苞①有一篇文章写宁古塔，写得好。李陵"边土惨裂，但闻悲风萧条之声"，亦写得好。

外界动人者：声、色。动，缘于耳、目。声自声，色自色，原与人无关，而由于耳、目，遂能动人，东坡《赤壁赋》所谓"耳得之而为声，目遇之而成色"。写声应使人如闻其声，写色应使人如见其色。能，则是成功；否，则是失败。感人显著，莫过于色；而感人之微妙，莫过于声。瞎子比聋子聪明，悲多汶(Beethoven)②，虽聋而为大音乐家，盖有"心耳"。(悲氏一生悲苦。)

《文选》卷四十有繁钦(字休伯)③《与魏文帝笺》，魏文帝有《答繁

---

① 方苞(1668—1749)：字凤九，又字灵皋，号望溪，安徽桐城人，清代散文家，桐城派散文创始人，与刘大櫆、姚鼐合称"桐城三祖"，著有《方望溪先生全集》。

② 悲多汶：今译为贝多芬(1770—1827)，德国音乐家，维也纳古典乐派代表人物之一，集古典音乐之大成，同时开辟了浪漫音乐道路，对世界音乐发展有举足轻重的作用。

③ 繁钦(?—218)：颖川(今河南禹县)人，东汉文学家，善写诗赋，长于书牍，代表作为《定情诗》。

钦书》（《魏文帝集》无单行，在《全上古三代秦汉三国六朝文》及《汉魏六朝百三名家集》中皆有），二书即讨论声、色，且为人之声、色，讨论歌女、艺伎、歌舞。文人对声、色感觉特别锐敏。

人人未必天生有文人天才，然人人几乎可以修养成文人。魏文帝天才不太高，而修养超过魏武、陈王①。真正第一个为文学而文学的开山宗师是魏文帝。《左传》《史记》虽是散文，而终究是史。杨恽《报孙会宗书》、李陵《答苏武书》、司马迁《报任少卿书》等，文章好，而其意不在"文"。

分析，欣赏。所有的文学，若去做综合的欣赏，是文学的；若去分析，是科学的。"文"，加上一"学"字，亦是科学的矣，如植物、植物学。

魏文帝天才虽浅，修养功深，故敢作《典论·论文》，颇自负。其《典论·自序》文章亦好，而《文选》何以不选？人写自己愤慨、悲哀，皆能成好文章。没有写自己骄傲写得好的，而《典论·自序》好；还有就是尼采（Nietzsche）《我怎么这么聪明》。魏文帝及尼采，脑子特别清楚。文章美，第一要以清楚为基础。如写字，首要横平竖直；作文，首要清楚。此虽非"美"，而是"白"。（儒家所谓"白受采"，一切"采"是一切美德，而必先有"白"。）

昭明之不选《答繁钦书》，盖昭明有一点儿头巾气。昭明评渊明《闲情》一赋，白璧微瑕"②，东坡讥昭明曰："小儿强作解事。"③魏文

---

① 陈王：曹植被封于陈郡，卒谥思，故人称"陈王"或"陈思王"。
② 萧统《陶渊明集序》："白璧微瑕，唯在《闲情》一赋。"
③ 苏轼《题文选》："渊明《闲情赋》正所谓《国风》好色而不淫，正使不及《周南》，与屈宋何异？而统乃讥之，此乃小儿强作解事者。"

帝《答繁钦书》，较露骨耳，盖昭明没看懂。（而昭明选傅毅［字武仲］①《舞赋》，读时觉上古舞是使人精神向上的。近代跳舞使人堕落。）

曹氏父子，武帝诗好，文帝文好，陈王稍差。萧氏父子（梁武帝萧衍、昭明太子萧统、简文帝纲、元帝绎），昭明太子不及武帝衍，且不及简文帝纲。（欲知末路文人情况，可读简文帝传及其文。简文帝没过过一天太平日子。）六朝短赋（小品赋）当以萧氏父子所作为佳，而昭明不及其两位令弟梁简文帝萧纲、梁元帝萧绎。纲、绎二人写声、色，真写得好。

盈天地之间皆声、色也，与吾人"缘"最密切。若对声、色无亲密感，不能做精密观察。如此则连普通人都不够，何能做文人？魏文帝文写声、色偏于享乐，阴柔。李陵此文所写偏于悲苦、阳刚的，而写得真清楚。

读文章要立住脚，不能顺流而下。李陵以下数句写得好：

> 凉秋九月，塞外草衰。夜不能寐，侧耳远听，胡笳互动，牧马悲鸣，吟啸成群，边声四起。

初听风声、草声"沙沙"一片；再细听，其中还有区别。"侧耳远听"数句，越听越远，如石入水之波，越荡越大越远。

汉魏六朝人无论诗文，凡写景皆有中心。后人远近层次不清，故不易见佳。不要站在事物外面去描写。

《金刚经》有语：

---

① 傅毅（？—？90）：扶风茂陵（今陕西兴平）人，东汉辞赋家，博学多才，著有诗、文、赋等作品，以描写歌舞场面之《舞赋》最为著名。

我昔于然灯佛所，乃至无有少法可得。

"无有少法可得"，即无法不得之意。一拳打开无尽藏，一切珍宝皆吾有。又大慧宗杲禅师①说：

无逐日长进底禅。

（《宗门武库》）

《论语》则有言曰：

回也闻一以知十，赐也闻一以知二。

（《公冶长》）

"二"者，非一之谓；"十"者，多数之意。《中庸》谓"自成"（自我完成）②，是最大努力。此为上智人说法（天赋）。

从谂禅师（赵州和尚）③说：

老僧行脚时，除二时粥饭是杂用心处，除外更无别用心处。若不如是，大远在。

（《五灯会元》卷四）

《论语》云：

造次（造次，仓促也）必于是，颠沛必于是。

（《里仁》）

---

① 《宗门武库》："师一日云：'我这里无逐日长进底禅。'遂弹指一下云：'若会去便罢参。'"

② 《中庸》二十五章："诚者自成也，而道自道也。诚者，物之终始，不诚无物。是故君子诚之为贵。"

③ 从谂禅师（778—897）：法号从谂，因曾居于赵州，人称"赵州和尚"，唐代禅宗大师，禅宗史上的代表人物。

从谂禅师又说：

> 老僧把一枝草作丈六金身（佛身）用，把丈六金身作一枝
> 草用。
>
> （《五灯会元》卷四）

鲁迅先生颇能以"一枝草作丈六金身用"，如《阿Q正传》，《易传》所谓"其称名也小，其取类也大"（《系辞》）。古文人中将"丈六金身作一枝草用"，唯太史公能之。如其《项羽本纪》写项羽大破秦军于邯郸一段：

> （项）羽乃悉引兵渡河，皆沉船，破釜甑，烧庐舍，持三日粮，以示士卒必死，无一还心。于是至则围王离，与秦军遇，九战，绝其甬道，大破之，杀苏角，虏王离。……诸侯军救巨鹿下者十余壁，莫敢纵兵。及楚击秦，诸将皆从壁上观。楚战士无不一以当十。楚兵呼声动天，诸侯军无不人人惴恐。于是已破秦军，项羽召见诸侯将，入辕门，无不膝行而前，莫敢仰视。

此一段文字，不但锋棱俱出，简直风雷俱出，然不见太史公写时之慌乱困难。不论诸子之说理，屈子之抒情，左氏、司马之记事，皆能以安闲写紧张。虽遇艰难复杂，皆能举重若轻。读时亦不可紧张，忽略古人用心。

散句易于散漫，故白话文不能增长人意气。（唱戏中"京白"是京白，而绝非京话。白话文不是白话。）排句整饬，然排句玩熟了，易成滥调，当注意。为文须用排句以壮其"势"，用散句以畅其"气"。故李陵《答苏武书》之文字骈散兼行：

> 身出礼仪之乡，而入无知之俗，违弃君亲之恩，长为蛮夷之

域,伤已! 令先君之嗣,更成戎狄之族,又自悲矣!

恰是孙过庭①《书谱》所云:"导之则泉注,顿之则山安。"

其后,李陵又言:

> 功大罪小,不蒙明察,孤负陵心,区区之意,每一念至,忽然忘生。陵不难刺心以自明,刭颈以见志,顾国家于我已矣。杀身无益,适足增羞,故每攘臂忍辱,辄复苟活。

"愧无半策匡时难,唯余一死报君恩。"(《明史纪事本末》卷八十《甲申殉难》记施邦曜语)李陵一句"顾国家于我已矣",真是心死、死心。若能翻出身来,即忠君死义、败子回头,大放光明;否则,万世不得翻身。

> 大死底人却活时如何?

> (赵州从谂禅师语)②

置之死地而后生,才是真活。李陵降北时是想活,而降了是活不了。大死底人想活而活不起来,身体虽活而精神上戴上枷梏,实是大死。鲁迅先生说:"虽生之日,犹死之年。"(《朝花夕拾》小引)

读文不但要看其技术,犹当看其所抱文心。余有《书〈老学庵笔记〉李和儿事③后》一首七绝:

---

① 孙过庭(646—691):名虔礼,以字行,江苏吴郡(今江苏苏州)人,唐代书法家,擅楷、行,尤长草书,著《书谱》二卷,已佚,今存《书谱序》。

② 《碧岩录》:"赵州问投子:'大死底人却活时如何?'投子云:'不许夜行,投明须到。'"

③ 《老学庵笔记》卷二:"故都李和炒栗,名闻四方。他人百计效之,终不可及。绍兴中,陈福公及钱上阁恺出使虏庭,至燕山,忽有两人持炒栗各十裹来献,三节人亦人得一裹,自赞曰:'李和儿也。'挥涕而去。"

秋风瑟瑟拂高枝,白袷单寒又一时。

炒栗香中夕阳里,不知谁是李和儿。

伍子胥①说:

吾日暮途远,吾故倒行而逆施之。

(《史记·伍子胥列传》)

如此是活到邪路去了。"日暮途远,倒行逆施",虽是鲁莽灭裂,不可为法,而大可同情。自信不足,方欲取信于人;然自信不足,何能取信于人? 但说不做,何能令人信? 如伍子胥"倒行逆施",虽非道德君子,然敢作敢为,尚不失为"磊落英雄"。一篇《答苏武书》,李陵无一句如此。

《答苏武书》一方面是辩白,一方面是负气。辩白不足取,负气处尚可观。作辩论文字,不能授人以柄,与人以隙。(鲁迅先生《热风》可看。)

王猛②从苻坚③,并不辩白,态度倒好,有涵养。不想取信于人,而天下后世人自能谅之,此王猛所以为王猛也。冯道④,五代长乐老,无耻已极,然亦尚有可取。尝谓契丹主曰:"此世虽佛出亦救不

---

① 伍子胥(? —公元前 484):名员,字子胥,春秋时期吴国大夫。其父、兄为楚平王所害,伍子胥只身逃至吴国,初辅佐阖闾,继事吴王夫差,后为夫差赐死。

② 王猛(325—375):字景略,北海郡(今山东寿光)人,政治家、军事家,东晋后期前秦丞相,辅佐苻坚励精图治成就帝业。

③ 苻坚(338—385):字永固,略阳临渭(今甘肃秦安)人,氐族,十六国时期前秦君主。

④ 冯道(882—954):字可道,自号长乐老,瀛洲景城(今河北沧州)人。冯道历仕后唐、后晋(契丹)、后汉、后周四朝,身事十君,三入中书,五封公爵,人称官场"不倒翁"。

得，唯皇帝救得。"①人民真受其益。盖棺之论，难言之矣。不求见信、见谅于人，而天下之后世人自能信之、谅之，至圣豪杰皆能如此。

　　李陵《答苏武书》或谓是六朝人伪作，此不可信。即使非李陵，亦必汉人作。文气发煌，绝非魏晋以后人所能有。盖汉人为文，亦好大喜功也。魏晋文章清新，与其谓为春天雨后草木发生，毋宁谓为北方秋天雨后晴明气象，天朗气清，天高气爽。六朝文章成熟，尤其在技术方面（修辞）。李陵《答苏武书》既非魏晋清新，又非六朝成熟，而颇有发煌之气。

---

① 欧阳修《新五代史·冯道传》："耶律德光尝问道曰：'天下百姓如何救得？'道为俳语以对曰：'此时佛出救不得，唯皇帝救得。'人皆以谓契丹不夷灭中国之人者，赖道一言之善也。"

第十三讲

杨恽(子幼)《报孙会宗书》[①]

　　恽材朽行秽，文质无所厎，幸赖先人余业，得备宿卫。遭遇时变，以获爵位，终非其任，卒与祸会。足下哀其愚蒙，赐书教督以所不及，殷勤甚厚。然窃恨足下不深唯其终始，而猥随俗之毁誉也。言鄙陋之愚心，则若逆指而文过，默而自守，恐违孔氏各言尔志之义。故敢略陈其愚，唯君子察焉！

　　恽家方隆盛时，乘朱轮者十人，位在列卿，爵为通侯，总领从官，与闻政事。曾不能以此时有所建明，以宣德化。又不能与群僚同心并力，陪辅朝庭之遗忘，已负窃位素餐之责久矣。怀禄贪势，不能自退，遂遭变故，横被口语，身幽北阙，妻子满狱。当此之时，自以夷灭

　　① 杨恽(？—公元前 54)：字子幼，司马迁外孙，东汉宣帝时曾任左曹，因揭发霍禹谋反，封平通侯，迁中郎将。后被太仆戴长乐告发"以主上为戏，语近悖逆"，免为庶人。其后，杨恽家居治产，以财自慰。友人安定太守孙会宗以书相谏戒，杨恽复以《报孙会宗书》。

不足以塞责，岂得全其首领，复奉先人之丘墓乎？伏唯圣主之恩，不可胜量。君子遊道，乐以忘忧；小人全躯，说以忘罪。窃自念过已大矣，行已亏矣，长为农夫以没世矣。是故身率妻子，戮力耕桑，灌园治产，以给公上。不意当复用此为讥议也。

夫人情所不能止者，圣人弗禁。故君父至尊亲，送其终也，有时而既。臣之得罪，已三年矣。田家作苦，岁时伏腊，烹羊炮羔，斗酒自劳。家本秦也，能为秦声。妇赵女也，雅善鼓琴，奴婢歌者数人，酒后耳热，仰天抚缶而呼呜呜。其诗曰："田彼南山，芜秽不治。种一顷豆，落而为萁。"人生行乐耳，须富贵何时？是日也，拂衣而喜，奋袖低昂，顿足起舞，诚淫荒无度，不知其不可也。恽幸有余禄，方籴贱贩贵，逐什一之利。此贾竖之事，污辱之处，恽亲行之。下流之人，众毁所归，不寒而慄。虽雅知恽者，犹随风而靡，尚何称誉之有？董生不云乎："明明求仁义，常恐不能化民者，卿大夫之意也；明明求财利，常恐困乏者，庶人之事也。"故道不同不相为谋。今子尚安得以卿大夫之制而责仆哉？

夫西河魏土，文侯所兴，有段干木、田子方之遗风，禀然皆有节概，知去就之分，顷者足下离旧土，临安定。安定山谷之间，昆夷旧壤，子弟贪鄙，岂习俗之移人哉！于今乃睹子之志矣。方当盛汉之隆，愿勉旃，无多谈。

《昭明文选》卷第四十一"书上"载《报孙会宗书》。

东坡云：

> 万人如海一身藏。

> （《病中闻子由得告不赴商州三首》其一）

人总得有个信仰，虽然自己也许不觉得。人必得有信仰，无论信仰什么都不要紧。杨恽明知全身免祸、明哲保身的道理而故犯，只是不甘心。武断、盲从，都是暗于知人心。我们应当通人情、知人心。

郑板桥说：

> 聪明难，糊涂尤难，由聪明而转入糊涂尤难。

（郑板桥题书《难得糊涂》）

鲁迅先生留日回来，在"五四"以前装糊涂，装得很好。但"五四"以后，写起文章来，就不是那样了。时代是最不客气的试金石。如巴金①、张资平②的小说，懵（矇）事有余，传世则不足。鲁迅先生的小说也许懵事不成，但足以传世。

庸人自扰。糊涂该打倒，世界上一切事都让糊涂人弄坏了。聪明也要不得，我们要的是智慧。聪明可以做成智慧，但智慧可以生出艺术哲学，聪明不成。最好是由聪明转入糊涂，但聪明人多不肯，明知故犯。鲁迅先生《阿Q正传》署名巴人，大家议论这是谁。人在旁边议论纷纷，鲁迅先生仍坐在他的公事桌边，毫不动声色。（鲁迅先生说笑话，自己绝不笑。）

唐人故事说，一人为其世伯所训，诚其勿浮动苛薄，于此时有持刺③李过庭者谒老人。老人忘其为某人之子，正寻思间，彼曰：当是

---

① 巴金（1904—2005）：原名李尧棠，字芾甘，四川成都人，文学家，著有《爱情三部曲》（《雾》《雨》《电》）、《激流三部曲》（《家》《春》《秋》）、《憩园》《随想录》等。
② 张资平（1893—1959）：字秉声，广东梅县人，创造社代表人物，著有《梅岭之春》《最后的幸福》《爱力圈外》等。
③ 刺：名帖，犹如今的名片。

李趋的儿子。[①]（《论语》有"鲤趋而过庭"[②]。）俗曰"忍俊（隽）不禁"，此之谓也。这是明知故犯。杨恽就这样把命玩掉了。

五臣注：

> 恽见废，内怀不服。其后有日蚀之变，人告恽"骄奢不悔过，日蚀之咎，此人所致"，下廷尉桉验，又得与会宗书，宣帝恶之，遂腰斩之。

"此人所致"，"致"，vt（及物动词）；"至"，vi（不及物动词）。"不致"，致使之"致"，莫能"致"而"至"。

要晓得作者文心，方才不致对作品曲解、误解，才懂得作者何以如此写。

第一段：

> 恽材朽行秽，文质无所厎，幸赖先人余业，得备宿卫。

"文质无所厎"，文、质，柳子厚《捕蛇者说》："永州之野产异蛇，黑质而白章。""厎"，即砥，磨炼。

"得备宿卫"，"宿卫"，侍从武臣，日本曰"御前大臣"。霍氏（霍光之子）谋反，恽报告，因获宿卫之位。

> 言鄙陋之愚心，则若逆指而文过，默而自守，恐违孔氏各言尔志之义。

---

① 赵璘《因话录》："唐姚岘有文学而好滑稽，遇机即发。仆射姚南仲，廉察陕郊。岘初释艰服后见，以宗从之旧。延于中堂，吊罢，未语及他事。陕当两京之路，宾客无时。门外忽投刺云：'李过庭。'南仲曰：'过庭之名甚新，未知谁家子弟？'左右皆称不知。又问岘知之乎，岘初犹俯首颦眉，顷之，自不可忍，敛手言曰：'恐是李趋儿。'南仲久方悟而大笑。"

② 《论语·季氏》："（子）尝独立，鲤（孔子之子）趋而过庭。"后因以"过庭"指承受父训或径指父训。

"逆指而文过","指"与"旨"相近。

"默而自守","自守",五臣作"息乎",宜从。

"恐违孔氏各言尔志之义","义",深;"意",浅。

几句写来,清清楚楚,干干净净,结结实实。后人的文章在"结实"方面,往往不及秦汉魏晋。

先生好打牌,学生说:"先生打牌呀?"先生说:"书房里安可打牌! 再说也没牌呀。"——越说越泄气。这样作文章不成,和"一读之欲呕,再读之昏昏睡去矣"(李涵秋《文字感想》)[①]一样。

中国的祖先崇拜替代了宗教的情绪。(男性中心也是从祖先崇拜里来。)《孝经》(《孝经》是汉人的伪作)有语云:

> 身体发肤,受之父母,不敢毁伤,孝之始也。
>
> （《开宗明义章》）

《礼记》云:

> 战阵无勇,非孝也。
>
> （《祭义》）

对不起自己不要紧,怕对不起祖宗。斯提尔纳说:"I am my own God."真是"自我"(egoism)。尼采(Nietzsche)亦长此说。中国

---

① 鲁迅《热风·"以震其艰深"》:"上海租界上的'国学家',以为做白话文的大抵是青年,总该没有看过古董书的,于是乎用了所谓'国学'来吓呼他们。《时报》上载着一篇署名'涵秋'的《文字感想》,其中有一段说:'新学家薄国学为不足道故为钩辀格磔之文以震其艰深也一读之欲呕再读之昏昏睡去矣'领教。我先前只以为'钩辀格磔'是古人用他来形容鹧鸪的啼声,并无别的深意思;亏得这《文字感想》,才明白这是怪鹧鸪啼得'艰深'了,以此责备他的。但无论如何,'艰深'却不能令人'欲呕',闻鹧鸪啼而呕者,世固无之……呕吐的原因决不在乎别人文章的'艰深',是在乎自己的身体里的,大约因为'国学'积蓄得太多,笔不及写,所以涌出来了罢。"

无此极端之说。

第二段：

> 当此之时，自以夷灭不足以塞责，岂得全其首领，复奉先人之丘墓乎？伏唯圣主之恩，不可胜量。

"岂得全其首领"，五臣本作"岂意得全首领"。

此数句，先抑后扬。"陵也不才，希当大任，意谓此时，功难堪矣"（李陵《答苏武书》），先扬后抑。欲擒故纵、欲抑先扬，在擒时、抑时固须用十二分力；纵时、扬时亦不可轻轻放过。

句子不一定是骈句、偶句、排句，而只要整齐、凝练。整齐是形式，凝练是精神，我们要的是凝练。安如磐石，稳如泰山，垂绅正笏。然不可只看其形式，当以心眼观其精神，否则如泥胎木偶矣。

姚鼐[①]《登泰山记》有句：

> 苍山负雪明烛天南望晚日照城郭汶水徂徕如画

今课本点句或作：

> 苍山负雪，明烛天南，望晚日照城郭，汶水、徂徕如画。

非也，前句乃七字：

> 苍山负雪明烛天，南望晚日照城郭，汶水徂徕如画。

不像散文的散文句，特别有劲。"南望晚日照城郭，汶水徂徕如画"（盖汶水、徂徕，在泰山南），几句似词。而文中喜此句，涩。

---

① 姚鼐(1731—1815)：字姬传，一字梦谷，其室名惜抱轩，人称"惜抱先生"，安徽桐城人，清代桐城派散文集大成者，与方苞、刘大櫆并称"桐城三祖"，著有《惜抱轩文集》，编选《古文辞类纂》《今体诗钞》。

茶、咖啡、可可之香皆在涩。加糖不为减少苦味,为增加其涩味,可欣赏品尝。

李陵《答苏武书》太单调,只是气盛。韩愈言"气盛则言之短长与声之高下者皆宜"(《答李翊书》),然此易成油滑,要有涩味。《汉书》有点儿涩,此对"滑"而言。"气盛言宜"之文在六朝并不难得。(无论何代,只要略有修养,作者皆可做到。)然六朝长处不在此,当注意其涩。

涩比滑好,滑是病;其实涩亦病,而亦药,可以治滑。现在文章连"滑"也够不上。涩与凝练有关,但凝练不等于涩。《汉书》比《史记》凝练,但不生动。(读《史记》注意其冲动,不是叫嚣。注意其短篇。)

《报孙会宗书》"当此之时"以下数句,既凝练又生动,宽猛相济,刚柔相济。

> 君子遊道,乐以忘忧;小人全躯,说以忘罪。

"君子遊道","遊",五臣本作"游"。《论语》"遊于艺"(《述而》),得道而忘道。"君子""小人",一以好坏分,一以贵贱分,一以高下分。

> 是故身率妻子,戮力耕桑,灌园治产,以给公上。

"戮力耕桑","戮",勠。

无论是弄文学还是弄艺术,皆须从六朝翻一个身,韵才长,格才高。

刘师培(申叔)[①]《中古文学史》,从汉至齐梁作得好,只是死在

---

① 刘师培(1884—1919):字申叔,号左盦,江苏仪征人,近现代学者,其祖、父均为经学家,刘师培继承家学乃至大成,留有《刘申叔先生遗书》。1917 年刘师培任教北京大学教授,讲授中古文学、"三礼"《尚书》和训诂学。

六朝内了。鲁迅先生死了又出来了,活了。

《五灯会元》卷十九:

> (庞居士)后参马祖,问曰:"不与万法为侣者是甚么人?"祖曰:"待汝一口吸尽西江水,即向汝道。"

马祖①乃六祖②再传弟子,或称马大师,乃达摩第九代弟子。《五灯会元》卷十四又记一乐营将与一大师③之对话:

> ……有乐营将出,礼拜起,回顾下马台,曰:"一口吸尽西江水即不问,请师吞却阶前下马台。"师展两手唱曰:"细抹将来。"

一切均有序。

庄子云:化臭腐为神奇。④ 要在平凡中发现神奇,又要在神奇中发现平凡。无论何种学问,皆当如此做,始非"世法"。在我身上发现人,在人身上发现我;而"世法",人、我分别太清。杜牧之诗云:

> 睫在眼前长不见,道非身外更何求。

> (《登池州九峰楼寄张祜》)

此正如朱熹评孟子所说"是亦不思而已矣"(《孟子精义》)。"心外无物,物外无心",心即物,物即心。(物兼有事、物而言,things。)

杨恽"窃自念"以下数句,其行文之起伏如图:

---

① 马祖(709—788,或688—763):名道一,唐代禅师,开创南岳怀让洪州宗。俗姓马,世称马大师、马祖。

② 六祖:惠能(638—713),唐代著名禅师,中国佛教禅宗六祖。《祖堂集》卷二记载六祖以"即心即佛"开示弟子"汝等诸人自心是佛,更莫狐疑,外无一物而能建立,皆是本心生万种法。故经云:心生即种种法生,心灭即种种法灭。"

③ 大师:盖指宋代曹洞宗云顶德敷禅师。

④ 《庄子·知北游》:"是其所美者为神奇,所恶者为腐朽。臭腐复化为神奇,神奇复化为臭腐。"

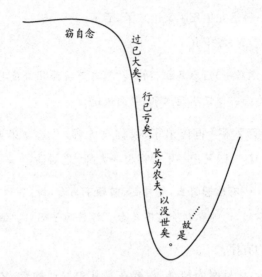

天外奇峰即眼前的山，常人用"世眼观物"，近则迈越，远则不及。特出的人既能看到天外，又能看到眼前。

文本无法，文成而法立，有法便是印板文字。吾人作文须能赋之以灵魂。

第三段：

> 夫人情所不能止者，圣人弗禁。故君父至尊亲，送其终也，有时而既。臣之得罪，已三年矣。田家作苦，岁时伏腊，烹羊炮羔，斗酒自劳。家本秦也，能为秦声。妇赵女也，雅善鼓琴，奴婢歌者数人，酒后耳热，仰天抚缶而呼呜呜。其诗曰："田彼南山，芜秽不治。种一顷豆，落而为萁。"人生行乐耳，须富贵何时？是日也，拂衣而喜，奋袖低昂，顿足起舞，诚淫荒无度，不知其不可也。

永嘉禅师语："生死事大,无常迅速。"①稍一差池,便是来生;故当心眼明澈,能摄能放。

写字当注意长、短、远、近、俯、仰、迎、拒。宋人论诗眼,五言诗第三字,七言诗第五字,传神在此。(《孟子·离娄上》曰:"存乎人者,莫良于眸子。"故重见。)散文亦然,亦须"眼",而其"眼"无定,故最难讲,技术之养成最要紧。

"夫人情所不能止者……不知其不可也"数句,是楔进去的,真好,有劲。此数句过渡,骈而不骈,不骈而骈,然又须能断。摄与放,断与骈,非二,不可死于句下。

"人情",放之四海而皆同,传之万世而不变者,是常。贫贱之极多流为盗贼,其行可诛,其心可悯。李陵只替自己说话,还没说明白;杨恽代天下人说话。

"有时而既","既",善注:"尽也。"毕也,竟也,究也。飘风骤雨不能终日,天地尚如此,何况于人乎?

"田家作苦","田",音佃,种植。

"雅善鼓琴","琴",五臣作"瑟",宜从。

"芜秽不治","治",动词,平声。

"人生行乐耳,须富贵何时","心的满足"谓之"乐"。"须",需,须有等待之意。

"淫荒无度","淫荒",过甚之意。"度",限制。

"恽幸有余禄"后数句,是负气,自弃。自弃,我不成嘛! 自己

---

① 永嘉禅师(665—713):字明道,号玄觉,唐代禅师。因为浙江永嘉人,人称永嘉玄觉。《六祖坛经·机缘品》:"觉曰:'生死事大,无常迅速。'师曰:'何不体取无生,了无速乎?'曰:'体即无生,了本无速。'师曰:'如是,如是。'"

糟蹋。

"尚何称誉之有",又可说:(一) 尚何有于称誉,(二) 尚有何称誉。句子别扭,而语气加重。此乃句法 grammar 与义法 rhetoric,如"宜其死也"之于"其死也宜哉""其死也固宜"。

"明明求仁义,常恐不能化民者,卿大夫之意也;明明求财利,常恐困乏者,庶人之事也。"此数句本于《孟子》"孳孳为善者,舜之徒也""孳孳为利者,跖之徒也"(《尽心上》)。

此段结之曰:"故道不同不相为谋。今子尚安得以卿大夫之制而责仆哉?"

末段之"临安定","安定",汉安定县在甘肃平凉。

"愿勉旃","旃",之焉。

第十四讲

孔融(文举)《论盛孝章书》①

　　岁月不居,时节如流。五十之年,忽焉已至,公为始满,融又过二。海内知识,零落殆尽,唯有会稽盛孝章尚存。其人困于孙氏,妻孥湮没,单子独立,孤危愁苦。若使忧能伤人,此子不得永年矣!《春秋传》曰:"诸侯有相灭亡者,桓公不能救,则桓公耻之。"今孝章实丈夫之雄也,天下谈士,依以扬声,而身不免于幽絷,命不期于旦夕。吾祖不当复论损益之友,而朱穆所以绝交也。公诚能驰一介之使,加咫尺之书,则孝章可致,友道可弘矣。今之少年,喜谤前辈,或能讥评孝章。孝章要为有天下大名,九牧之人,所共称叹。燕君市骏马之骨,非欲以骋道里,乃当以招绝足也。唯公匡复汉室,宗社将绝,又能正之。正之术,实须得贤。珠玉无胫而自至者,以人好之

---

　　① 孔融(153—208):字文举,鲁国(今山东曲阜)人,东汉文学家,"建安七子"之首。因曾为北海相,世称孔北海。有《孔北海集》。盛孝章(生卒年不详):汉末名士,深为孙策所忌。孔融与盛孝章友善,忧其不能免祸,故修此书于曹操,以求救援。

也,况贤者之有足乎? 昭王筑台以尊郭隗,隗虽小才而逢大遇,竟能发明主之至心,故乐毅自魏往,剧辛自赵往,邹衍自齐往。向使郭隗倒悬而王不解,临难而王不拯,则士亦将高翔远引,莫有北首燕路者矣。凡所称引,自公所知,而复有云者,欲公崇笃斯义。因表不悉。

《昭明文选》卷第四十一"书上"载《论盛孝章书》。

法郎斯(France)[1]曰:

> 旧时代转入新时代,纵使有勇往直前、百折不挠之精神,然亦不免伤感凄怆。

知人论世,以破成见。成见:(一) 先天的遗传(传统),(二) 后天之习气。然"药病相治",天下药多而饭少,当用之得当。

鲁迅《而已集》有《魏晋风度及文章与药及酒的关系》一文,乃心理之解剖。刘师培有《中古文学史》论及汉、魏之文。

汉、魏之文不同:

汉:铺张、华丽、气盛,于天气似夏;

魏:收敛、清俊、意深,于天气似秋。

"不为已甚","排除异己"。

宋太祖灭南唐,谓李后主曰:"卧榻之侧岂容他人鼾睡。"[2]故孙策必死孝章。孝章对孙策轻视固不成,漠然亦不成。因其有离心力,不能团结合作。

---

[1] 法郎斯:今译为法郎士(1844—1924),法国作家、文学评论家,著有诗集《金色诗篇》,小说《波纳尔之罪》《苔依丝》《诸神渴了》等。

[2] 杨亿《杨文公谈苑》:"开宝中,王师围金陵,李后主遣徐铉入朝,对于便殿,恳述江南事大之礼甚恭,徒以被病未任朝谒,非敢拒诏。太祖曰:'不须多言,江南有何罪! 但天下一家,卧榻之侧,岂可许他人鼾睡!'铉复命。"

"此子不得永年矣","得"下五臣本有"复"字,不必从。

"唯有会稽盛孝章尚存","唯"下李善本有"有"字,可从。

"吾祖不当复论损益之友","吾祖"上五臣本有"是"字。

"或能讥评孝章","评"五臣作"平",是。"平"本字,"评",后起。

"孝章要为有天下大名","要",究,毕竟。

"所共称叹","叹",叹赏、赞赏。

"正之术",五臣本有"之"字,宜从。

"竟能发明主之至心","发",发挥,使其理想成为事实,成就。

"凡所称引","称",述义;"引",举事。

"欲公崇笃斯义也","义"下五臣本有"也"字,宜从。"斯义",五臣注:"招贤之意。"

"因表不悉","表",白;"不悉",不备、不具。

此书信可分五小节:

第一节:开端至"此子不得永年矣",写孝章之近况。是"系驴橛"①。

第二节:"《春秋传》曰"至"友道可弘矣",论孝章宜救。

第三节:"今之少年"至"所共称叹",更申明前意。

第四节:以人才之招致歆动曹公之心,以言告以当从,不如使之乐从。

末尾:结。

---

① 《五灯会元》卷五载夹山见船子事:"山乃散众束装,直造华亭。船子才见,便问:'大德住甚么寺?'山曰:'寺即不住。住即不似。'师曰:'不似,似个甚么?'山曰:'不是目前法。'师曰:'甚处学得来?'山曰:'非耳目之所到。'师曰:'一句合头语,万劫系驴橛。'"

第十五讲

朱浮(叔元)《为幽州牧与彭宠书》^①

盖闻智者顺时而谋,愚者逆理而动,常窃悲京城太叔以不知足而无贤辅,卒自弃于郑也。伯通以名字典郡,有佐命之功,临民亲职,爱惜仓库,而浮秉征伐之任,欲权时救急,二者皆为国耳。即疑浮相谮,何不诣阙自陈,而为灭族之计乎?

朝廷之于伯通,恩亦厚矣,委以大郡,任以威武,事有柱石之寄,情同子孙之亲。匹夫媵母尚能致命一飧,岂有身带三绶,职典大邦,而不顾恩义,生心外叛者乎!伯通与吏民语,何以为颜?行步拜起,

---

① 朱浮《为幽州牧与彭宠书》为东汉初期之文。范晔《后汉书·朱浮传》:"朱浮,字叔元,沛国萧人也。初从光武为大司马主簿,迁偏将军,从破邯郸。光武遣吴汉诛更始幽州牧苗曾,乃拜浮为大将军幽州牧,守蓟城,遂讨定北边。……浮年少有才能,颇欲厉风迹,收士心,辟召州中名宿涿郡王岑之属,以为从事。及王莽时,故吏二千石,皆引置幕府,乃多发诸郡仓谷,廪赡其妻子。渔阳太守彭宠以为天下未定,师旅方起,不宜多置官属,以损军实,不从其令。浮性矜急自多,颇有不平,因以峻文诋之。宠亦狠强,兼负其功,嫌怨转积。浮密奏:宠遣吏迎妻而不迎其母,又受货贿,杀害友人,多聚兵谷,意计难量。宠既积怨,闻之,遂大怒,而举兵攻浮。浮以书质责之。"

何以为容？坐卧念之，何以为心？引镜窥景，何以施眉目？举厝建功，何以为人？惜乎！弃休令之嘉名，造枭鸱之逆谋，捐传叶之庆祚，招破败之重灾，高论尧舜之道，不忍桀纣之性，生为世笑，死为愚鬼，不亦哀乎！

伯通与耿侠游俱起佐命，同被国恩。侠游谦让，屡有降挹之言，而伯通自伐，以为功高天下。往时辽东有豕，生子白头，异而献之。行至河东，见群豕皆白，怀惭而还。若以子之功高论于朝廷，则为辽东豕也。今乃愚妄，自比六国。六国之时，其势各盛，廓土数千里，胜兵将百万，故能据国相持，多历年所。今天下几里，列郡几城，奈何以区区渔阳而结怨天子？此犹河滨之民，捧土以塞孟津，多见其不知量也！

方今天下适定，海内愿安，士无贤不肖，皆乐立名于世。而伯通独中风狂走，自捐盛时，内听娇妇之失计，外信谗邪之谀言，长为群后恶法，永为功臣鉴戒，岂不误哉！定海内者无私雠，勿以前事自疑，愿留意顾老母少弟。凡举事无为亲厚者所痛，而为见雠者所快。

《昭明文选》卷第四十一"书上"载《为幽州牧与彭宠书》。

彭宠，汉世祖光武时为渔阳太守，事幽州（今河北一带）。

朱浮《为幽州牧与彭宠书》首用两骈句——"智者顺时而谋，愚者逆理而动"——做大前提，再用故实以证明之。此为一篇总起，好。"智者顺时而谋，愚者逆理而动"，实则"智"为陪、为宾，"愚"为要、为主。"愚"，（一）不知足，（二）无贤辅：

多见其不知量也。　　　　　　　　不知足 ⎫
　　　　　　　　　　　　　　　　　　　 ⎬ 愚
内听娇妇之失计，外信谗邪之谀言。　无贤辅 ⎭

结尾再以骈句结——"无为亲厚者所痛，而为见雠者所快"——

仍好。如此等文字甚少见，甚好。除"文"好外，言中之物亦好，可做格言。

在文中用骈句以求凝练有二条件：一须有真知灼见，二须有成熟技术。二者缺一不可。否则不是凝练，是勉强。无技术，不能表现；无知见，则成滥调。

文中"辽东白豕"一段，真是神来之笔。文学之好处全在枝繁，不可但记要点。"辽东白豕"以下至"岂不误哉"——气太盛；结尾"愿留意顾老母少弟"——气落下。

"若以子之功高论于朝廷"一句，"功高"，五臣本无"高"字，较佳。

此篇虽未免滥调，但好处亦有一二。

鹤见祐辅《思想·山水·人物》（鲁迅先生译）有"读书的方法"一节，开篇说道：

> 先前，算做"人类的殃祸"的，是老、病、贫、死。近来更有了别样的算法，将浪费、无智这些事，都列为人类之敌了。

其后，鹤见祐辅则指出：

> 但在我们以为好事情的事情之中，也往往有犯了意外的浪费的。例如，读书的事，便是其一。

> 我在这里所要说起的读书，并不是指聊慰车中的长旅，来看稗史小说那样，或者要排解一日的疲劳，来诵诗人的诗那样，当作消闲的方法的读书。乃是想由书籍得到什么启发，拿书来读的时候的读书。

我们于普通应酬当如走马观花、行云流水，须留精神以修胜业，从读书中要得到启发。

　　而要读书，须讲方法。鹤见祐辅于文中提及若干，其中方法之一"是一面读，一面摘录，做成拔萃簿"。而"比拔萃法更有功效的读书法，是再读"：

　　　　因为拔萃势必至于照自己写，往往和原文的意义会有不同。再读则不但没有这流弊，且有初读时未曾看出的原文的真意，这才获得的利益。尤其是含蓄深奥的书籍，愈是反复地看，主旨也愈加见得分明。

余之见：书可再读，然要保持新鲜。读书，还须有读后之反省。另外，鹤见祐辅亦谈及"乱读"而引穆来（Morley）[①]之言：

　　　　在初学者，乱读之癖虽然颇有害，但既经修得一定的专门的人，则关于那问题的乱读，未必定是应加非议的事。因为他的思想，是有了系统的，所以即使漫读着怎样的书，那断片的知识，便自然编入他的思想的系统里，归属于有秩序的体系中。

虽乱读，然所得片段自可编入思想、知识系统中。

---

　　① 穆来：今译为穆勒（1838—1923），英国历史学家、政论家，曾任英国自由党内阁大臣。

第十六讲

曹丕(子桓)《与朝歌令吴质书》

　　五月十八日,丕白:季重无恙。涂路虽局,官守有限,愿言之怀,良不可任。足下所治僻左,书问致简,益用增劳。每念昔日南皮之游,诚不可忘。既妙思六经,逍遥百氏,弹棋闲设,终以六博,高谈娱心,哀筝顺耳。驰骋北场,旅食南馆,浮甘瓜于清泉,沉朱李于寒水。白日既匿,继以朗月,同乘并载,以游后园,舆轮徐动,参从无声,清风夜起,悲笳微吟,乐往哀来,怆然伤怀。余顾而言,斯乐难常,足下之徒,咸以为然。今果分别,各在一方。元瑜长逝,化为异物,每一念至,何时可言!

　　方今蕤宾纪时,景风扇物,天气和暖,众果具繁。时驾而游,北遵河曲,从者鸣笳以启路,文学托乘于后车。节同时异,物是人非,我劳如何!今遣骑到邺,故使枉道相过。行矣自爱。丕白。

　　《昭明文选》卷第四十二"书中"载《与朝歌令吴质书》。

魏文帝曹丕

>>> 魏文帝曹丕，可谓中国文学批评与散文的开山大师。图为唐代阎立本《历代帝王图》中的魏文帝。

一讲《与朝歌令吴质书》①

魏文帝曹丕——中国文学批评与散文之开山大师。

前所讲《答苏武书》《为幽州牧与彭宠书》《报孙会宗书》诸篇，文章好，而其中皆有说理。魏文帝之《与吴质书》（五月十八日）只是抒情，虽散文而有诗之美，可称为散文诗。

中国文字整齐、凝练，乃其特长。如四六骈体，真美，为外国文字所无。可是整齐、凝练，结果易走向死板，只余形式而无精神。

文帝之《与吴质书》虽整齐、凝练，而又有弹性、有生气、有生命。鲁迅先生文章即整齐、凝练中有弹性、有生气。而如明清八股无弹性、无生气。《答苏武书》《报孙会宗书》则有弹性，少凝练。

人与文均须有情操。曹子桓此文真有情操。情，情感；操，纪律中有活动，活动中有纪律，即所谓"操"。意志要能训练感情，可是不能无感情。如沈尹默②先生论书诗句所言："使笔如调生马驹。"（《论书诗》）李陵做人、作文皆少情操，《答苏武书》太不能"调"。曹子建满腹怨望之气，诗文让人读了不高兴。

魏文帝《与吴质书》之开端，寒暄、感旧：

> 涂路虽局，官守有限，愿言之怀，良不可任。足下所治僻左，书问致简，益用增劳。

"愿言之怀"，出于"愿言思子"（《诗经·邶风·二子乘舟》）。"愿言"，语词，补足语气。此但言"愿言"，实不可代"思子"成歇后语矣。

---

① 顾随先生讲曹丕《与朝歌令吴质书》叶嘉莹笔记凡二次，今以"一讲《与朝歌令吴质书》""二讲《与朝歌令吴质书》"为小标题，分列前后。

② 沈尹默（1883—1971）：原名君默，字中，后更名尹默，号秋明，浙江吴兴人，学者、诗人、书法家。顾随师从沈尹默学诗、书。

有法可学者必有弊，法未学成，反学成其弊习。无法可学反要去学，方为真法。

"妙思"数句，音节好，不关平仄，且有层次：

> 妙思六经，逍遥百氏，弹棋闲设，终以六博。高谈娱心，哀筝顺耳。

六朝时人性命不保，生活困难。文人敏感，于此时读书真是"苦行"，而于"苦行"中能得"法喜"（禅悦）。别人视为苦，而为者自得其乐。人在安乐中生出，不了解人生；人在苦行中生出，才能真正了解人生。

太平时文章，多叫嚣、夸大；六朝人文章静，一点叫嚣气没有。

沈约《宋书》最可代表六朝作风。人皆谓六朝文章浮华，而沈约《宋书》虽不失六朝风格，然无浮华之病。

六朝人字面华丽、整齐，而要于其中看出他的伤心来。《世说新语》《水经注》《洛阳伽蓝记》（"伽蓝"为梵文音译"庙"），皆可看。北魏杨衒之①作《洛阳伽蓝记》漂亮中有沉痛，杨衒之写建筑、写佛教，实写亡国之痛，不可只以浮华视之。（老年人说伤心事与说高兴事同，实最大沉痛。）

若以叫嚣写沉痛感情，必非真伤心。要拿伤心换人同情，必将伤心换为寂寞心，从寂寞中生出一种东西，才能打动人的心弦。魏文帝虽贵为天子，而真抱有寂寞心，真敏感，如清代早亡之纳兰性德②。

---

① 杨衒之（生卒年不详）：北平（今天津蓟县一带）人，北魏文学家，精通佛典。其所著《洛阳伽蓝记》与郦道元《水经注》并称北朝文学史上的"双璧"。

② 纳兰性德（1654—1685）：原名成德，因避讳改名性德，字容若，号楞伽山人，满洲正黄旗人，清代词人，被王国维誉为"北宋以来，一人而已"，著有《侧帽集》《饮水词》等。

谈话最融洽时是心的接触,故曰"高谈娱心",下字实在好。

"哀筝顺耳","哀",五臣注:"哀筝,谓筝声清也。"清,即凄清之清。"顺耳",五臣注:"所欲则奏,故曰顺耳。"此乃世法,甚浮浅。筝"哀",故能"顺耳",哀与顺有关。(喜剧是浮浅。)"顺耳",实声音与灵魂已交响。

公教之赞美歌①、佛教之梵呗②,皆此故,以音乐表现最高精神。平日谈话虽有音,亦有字,字有字义。乐则仅有音,以音之高下、长短、疾徐表现灵魂的最高境界,此乃语言、文字所不能表现。故每宗教皆曰救灵魂,所谓净土、天堂,皆最高境界,然此究离人太远。儒家大同,是要在尘世上实现净土。罪恶中见出天堂,地狱中见出天堂,此皆最高境界。孔子亦注意乐,"乐云乐云,钟鼓云乎哉"(《论语·阳货》)。可见,音乐可与灵魂交响,岂非顺耳?

"文章本天成,妙手偶得之。"此放翁《文章》诗句,诗不好,道理是。那么,"哀筝顺耳"(平、平、去、上),瞎猫碰上死老鼠吗?——死猫连死老鼠都碰不上。

创作是快乐,而讲出来难。创作只是心一动便出来了,知、行乃二事。

> 驰骋北场,旅食南馆,浮甘瓜于清泉,沉朱李于寒水。

"旅食南馆"之"旅",有"不当居而居"之义。古诗"井上生旅葵"(汉乐府《十五从军征》),或曰旅葵者,葵不当生于此而生于此谓之

---

① 赞美歌:基督教举行奉贤仪式或布道之后所演唱的歌曲,通常以《圣经》文字为歌词。

② 梵呗:亦称赞呗、梵乐、梵音等,佛教举行宗教仪式时在佛菩萨前所唱颂歌。后泛指传统佛教音乐。

旅,盖暂居非常居也。

六朝骈文贵上下句不重复,"浮甘瓜于清泉,沉朱李于寒水"二句嫌复。且人多用之,陈陈相因,了无生气。

《韩非子》曾记晋平公之言曰:"莫乐为人君,唯其言而莫之违。"(《难一》)然乐与哀又与权位何干? 接下,魏文帝即云:

> 白日既匿,继以朗月……舆轮徐动,参从无声,清风夜起,悲笳微吟,乐往哀来,怆然伤怀。

"清风夜起,悲笳微吟,乐往哀来,凄然伤怀"四句,比之李陵《答苏武书》"牧马悲鸣,吟啸成群,边声四起。晨坐听之,不觉泪下",先别其异同,然后可言优劣。李陵是扛枪杆的,是愤慨;文帝是沉静的,是敏感的。愤慨、沉静,汉魏两朝之文章分野即在此。

汉人文章使"力"。(胡适先生以为汉人文章除王充《论衡》[①]外,无思想。[②])盖汉人注意事功,思想亦基于事实,是"力"的表现。总欲有所作为,向外的多。至魏文帝曹丕不是"力",而是"韵"。"力"与"韵"皆非思想,然"韵"盖与"感"有关。"感"有两种:一为感情,心灵的(灵、心);一为感觉,肉体的(肉、物)。佛说"六根(六触)":眼、耳、鼻、舌、身、意。前五根属于肉,后一根属于灵。"韵"与感觉、感情有关。"月""笳""风",眼、耳、身,一感,心一动(意),则

---

① 王充(27—? 96):字仲任,会稽上(今属浙江)人,东汉思想家、文学家,著有《论衡》。

② 胡适在《王充的〈论衡〉》一文中指出:"他(王充)的哲学的宗旨,只是要对于当时一切虚妄的迷信和伪造的假书,下一种严格的批评。凡是真有价值的思想,都是因为社会有了病才发生的,王充所谓'皆起人间有非'。汉代的大病就是'虚妄'。汉代是一个骗子时代。那二百多年之中,也不知造出了多少荒唐的神话,也不知造出了多少荒谬的假书。……王充对于这种虚妄的行为,实在看不上眼。……《论衡》现存八十四篇,几乎没有一篇不是批评的文章。"

"乐往哀来,怆然伤怀"。

"乐往哀来,怆然伤怀",是无名悲哀。多怀善感,在此处或尚非多怀,实是善感——酒阑灯灺人散。

> 余顾而言,斯乐难常,足下之徒,咸以为然。

得意时心满意足而不骄傲,不得意时羡慕人而不嫉妒;而又非不要好,不上进。得意时自然心满意足而不骄傲。"余顾而言",将其得意及身份皆写出。

《阅微草堂笔记》,腐。

《聊斋志异》,贫。不是无才气、无感觉、无功夫、无思想,而是小器。贫,此盖与人品有关。

行文至末尾,叙修书之情形:

> 方今蕤宾纪时,景风扇物,天气和暖,众果具繁。时驾而游,北遵河曲,从者鸣笳以启路,文学托乘于后车。节同时异,物是人非,我劳如何!今遣骑到邺,故使枉道相过。行矣自爱。

写文章要有中心,讲照应。文章行文须如常山之蛇,击首而尾应,击尾而首应[1];常山之蛇,首尾相应,牵一发而动全身。此番文字作结,一一叙出"方今之游":时——"方今蕤宾"、事——"时驾而游"、地——"北遵河曲"、人——"从者""文学"(文学之臣),正呼应昔日"南皮之游",点明"物是人非"之慨,诚如所言"常山之蛇,首尾相应"。

文章要力的表现、动的姿态(气象峥嵘),如岑参诗句"风头如刀

---

① 《孙子兵法》:"故善用兵者,譬如率然。率然者,常山之蛇也,击其首则尾至,击其尾则首至,击其中则首尾俱至。"原以"常山之蛇"喻指用兵之法,强调军队各部分之间接应配合,后转以喻指行文之法。

面如割"(《走马川行奉送封大夫出师西征》),但要"诚"。凡诚的表现都好,只要不是故意自显,应是内心的要求,是"诗法",不是"世法"。西洋所说"生命的跳舞"(the dance of life),即余所谓"力的表现、动的姿态",东坡所谓"气象峥嵘"①。力——内,动——外。内在的力(生命),文字的技术(节奏),二者缺一不可。如:

> 西海之曲东海东,阴云惨淡卷阴风。
>
> 交河骨朽草自白,战地血殷花倍红。

跳舞是"力",是"动",而且有节奏、步伐;溜冰虽有技术,而无节奏。有节奏即有纪律——情操。情是热烈的,而操是有节奏的、有纪律的。使热烈的人感情合乎纪律,即诗之最高境界。

魏文帝感情热烈而又有情操,且是用极冷静的理智驾驭(支配、管理)极热烈的情感,故有情操,有节奏。此需要天才,也需要修养。功深养到,学养功深。

魏文帝《与钟大理书》云:

> 近日南阳宗惠叔称君侯昔有美玦,闻之惊喜,笑与抃会。当自白书,恐传言未审,是以令舍弟子建因荀仲茂时从容喻鄙旨。

在历史上,人皆痛恨文帝而同情曹植。所谓"盖棺论定",只要批评者不换,则其生前不认识此人,老死后仍不能认识。(虽然批评只是向人家宣布自己偏见,然必须有思想、有感情,人始有偏见。)沈尹默亦有言:

———————————

①　周紫芝《竹坡诗话》:"东坡尝有书与其侄云:'大凡为文,当使气象峥嵘,五色绚烂,渐老渐熟,乃造平淡。'"

史编要是他人笔，争比当家语意亲。①

然难作翻案文字，如人形容春夏秋冬，必言"熙春、炎夏（朱夏，《尔雅》有"夏日朱明"之语）、凉秋、穷冬"。若必为翻案文字，盖有二因：理智与情感。陆游《追感往事》（其五）即是如此：

诸公可叹善谋身，误国当时岂一秦。

不望夷吾出江左，新亭对泣亦无人。

禅语云："金佛不度炉，木佛不度火。"②然"豪华落尽见真淳"（元遗山《论诗三十首》其四），金佛度过炉来、木佛度过火来，方见真淳。然真天才不在其内，天才是敏感、早熟，如法郎斯（France）。

法郎斯《波那尔之罪》③，三十岁人写老年人心情，真好。老年人精力衰颓还不要紧，怕的是情绪干枯。不过，衰老没办法，而情绪干枯有办法。人当写一本日记，于老年时察见自己少年心情，便能了解少年心理。而老年人多不肯察觉少年心理，察出也不认账。人之交友多取年龄、性格、心情相同。老年人当了解少年人心情，其不了解是健忘；少年人了解老年人心情难，而又非绝对不能了解。能了解是有天才的人。（余不说天才，一是怕挫折锐气，一是怕助长狂

---

① 沈尹默诗句："心画心声岂失真，遗山高论失安仁。史编要是他人笔，争比当家语意亲。"

② 《景德传灯录》卷二十八载赵州从谂禅师语录："金佛不度炉，木佛不度火，泥佛不度水，真佛内里坐。菩提、涅槃、真如、佛性，尽是贴体衣服，亦名烦恼，不问即无烦恼，且实际理甚么处着得。一心不生，万法无咎。"

③ 《波那尔之罪》：今译为《波纳尔之罪》，为法郎士成名作，写老教授波纳尔爱书如命、乐于救助他人而又不懂人情世故。为了搜求古籍，波纳尔到远方旅行，为救护一个孤女，几乎遭人陷害。

妄。而天才之有，必须承认。）屠格涅夫（Turgenev）[1]著《父与子》，父与子代表两个时代，除去天性的爱以外，谈不到了解。子对父，不用说知道，即使知道而并不谅解；父对子则根本不了解。（中国就没有一本给儿童、给青年读的书。）

负气任性是青年人的勇气，也是青年人的不通。大概不通才有勇气，通了就没有勇气了。

法郎斯是天才，敏感、早熟。文帝亦然。

二讲《与朝歌令吴质书》

魏文帝曹丕（子桓）散文真是抒情诗，有天才，也有苦心。其《与吴质书》即如此。

人皆以为写散文较诗易，实则不然。"人莫蹶于山而蹶于垤"（《淮南子·人间训》），写散文易于大胆，大步跑，易有漏洞。

魏文帝散文之用字，可为吾人学文模范教师。如"涂路虽局，官守有限，愿言之怀，良不可任"数句及"妙思六经，逍遥百氏，弹棋闲设，终以六博"数句。"妙思六经"之"妙"字，有深、远、高之意；"逍遥"二字叠韵；"优游"与"逍遥"意近似，"优游"亦叠韵。（"游"，即孔子所谓"游于艺"[《论语·述而》]之"游"。）文中记游曰"高谈娱心，哀筝顺耳"，曰"哀筝"而曰"顺耳"，真是顺耳。如京剧反二黄[2]《乌盆记》[3]

---

① 屠格涅夫（1818—1883）：19世纪俄国批判现实主义作家、诗人和剧作家，著有《猎人笔记》《罗亭》《贵族之家》《前夜》《父与子》等。
② 反二黄：京剧声腔板式之一，适于表现悲壮凄怆的情绪。
③ 《乌盆记》：京剧老生传统剧目，又名《奇冤报》，又名《定远县》，叙南阳缎商刘世昌行至定远县借宿窑户赵大家。赵见财起意，将其毒死，以尸烧制乌盆。后鞋工张别古要帐索去乌盆。刘鬼魂哭诉，张代为鸣冤，包拯杖毙赵大。

《碰碑》①，一拉过门，真悲，真顺耳。至"驰骋北场，旅食南馆"，则至屋外矣。"旅食"之"旅"即"井上生旅葵"（汉乐府《十五从军征》）之"旅"。不当居而居者曰"旅"，"旅食"或谓野餐 picnic 之类。"浮甘瓜于清泉，沉朱李于寒水"二句，人皆喜之。"瓜浮""李沉"固然矣，实不甚好。（今有冰箱，此典已不恰。）六朝文讲对句而上下句意义不同，或为一因一果。如"涂路虽局，官守有限"乃六朝文正宗，而非后世之堆砌。而以曹子桓一位散文大师，写到"浮甘瓜于清泉，沉朱李于寒水"，"清泉""寒水"，二名词一意义，不好，如曰"久矣夫，千百年非一日矣"②，真废话。一篇文章只此二句有缝子，而不能改，没法改，能改曹子桓早改了。

描写时必须找得其唯一恰当之形容词。《与吴质书》中间忆旧一段写"昔日南皮之游"，而以学问始——"既妙思六经，逍遥百氏"，庄重严肃。非文帝故意夸大、虚伪，盖当时与游者皆学者，故以学问始乃自然。而此一段论文学乃"主中宾"，故用一"既"字一点即去，其"主中主"仍为游；若主中主为学，绝不能两句就完。

文帝虽写散文而用写诗之谨严笔法，其用字切合且叙述有层次。其《与吴质书》有层次，一步紧似一步，一步深似一步，绝非堆砌。写文章一堆砌便完了。

中国散文家内，古今之中无一人感觉如文帝之锐敏，而感情又

① 《碰碑》：京剧老生传统剧目，又名《托兆碰碑》《两狼山》，叙杨继业与辽兵交战两狼山，因内无粮草外无救兵，最终碰碑而死。
② 此句盖出于文人讽刺八股文仿墨卷而作之比语："天地乃宇宙之乾坤，吾心实中怀之在抱，久矣夫千百年非一日矣，溯往事以追维，曷勿考记载而诵诗书之典要；元后即帝王之天子，苍生乃百姓之黎元，庶矣哉亿兆民中已非一人矣，思入时而用世，曷弗瞻黻座而登廊庙之朝廷。"

如此其热烈者。在历史上人皆痛恨文帝而同情曹植，其实他那位弟弟近之则不逊，远之则怨。故文帝不杀陈王已为仁至义尽。而文帝人真厉害，知陈王无大作为，只能骂街，"秀才造反，三年不成"，故留之，而任城王黄鬚儿曹彰被杀。

　　文帝感觉锐敏、感情热烈，而理智又非常发达。人欲成一伟大思想家、文学家……此三条件必须具备。

　　曹氏父子，在诗，子桓、子建不及武帝；在文，武帝、子建不及子桓。此篇《与吴质书》叙游部分，先屋内后屋外，先昼后夜，先学后游，由静而动，真有层次，可见其理智。至写到夜间，真写得好，真是文学：

　　　　白日既匿，继以朗月……舆轮徐动，参从无声，清风夜起，悲笳微吟，乐往哀来，怆然伤怀。

　　试问何哀？哀者，乐之极也。必感觉锐敏、感情热烈之人始能写出。真是诗一般的散文，是抒情诗。文章写到这儿，不但响，且越来越高、越来越深、越来越远。高已好，深、远尤难。至"余顾而言，斯乐难常，足下之徒，咸以为然"，文帝以老大哥自居，而一点不觉得他骄傲，真可爱。至"今果分别，各在一方"，乃汝皆不觉，吾独觉之。"每一念至，何时可言"，感情真烧起来。文帝真能操纵自己的感情，压便下去，提便起来，后之诗人有此功夫否？有此修养否？最后几句泛语——"今遣骑到邺，故使枉道相过。行矣自爱"，也好。

　　抒情诗式的散文是很好的文人的自白，可看出其生活及内心。

第十七讲

曹丕(子桓)《与吴质书》

二月三日,丕白:岁月易得,别来行复四年。三年不见,《东山》犹叹其远,况乃过之,思何可支!虽书疏往返,未足解其劳结。

昔年疾疫,亲故多离其灾,徐陈应刘,一时俱逝,痛可言邪!昔日游处,行则连舆,止则接席,何曾须臾相失。每至觞酌流行,丝竹并奏,酒酣耳热,仰而赋诗,当此之时,忽然不自知乐也。谓百年己分,可长共相保。何图数年之间,零落略尽,言之伤心!顷撰其遗文,都为一集。观其姓名,已为鬼录。追思昔游,犹在心目,而此诸子,化为粪壤,可复道哉!

观古今文人,类不护细行,鲜能以名节自立。而伟长独怀文抱质,恬淡寡欲,有箕山之志,可谓彬彬君子者矣。著《中论》二十余篇,成一家之言,辞义典雅,足传于后,此子为不朽矣。德琏常斐然有述作之意,其才学足以著书,美志不遂,良可痛惜。间者历览诸子之文,对之抆泪,既痛逝者,行自念也。孔璋章表殊健,微为繁富。

公干有逸气,但未道耳;其五言诗之善者,妙绝时人。元瑜书记翩翩,致足乐也。仲宣续自善于辞赋,惜其体弱,不足起其文,至于所善,古人无以远过。昔伯牙绝弦于钟期,仲尼覆醢于子路,痛知音之难遇,伤门人之莫逮。诸子但为未及古人,自一时之隽也。今之存者,已不逮矣。后生可畏,来者难诬,然恐吾与足下不及见也。

　　年行已长大,所怀万端。时有所虑,至通夜不瞑,志意何时复类昔日?已成老翁,但未白头耳。光武言:"年三十余,在兵中十岁,所更非一。"吾德不及之,年与之齐矣。以犬羊之质,服虎豹之文;无众星之明,假日月之光;动见瞻观,何时易乎? 恐永不复得为昔日游也。少壮真当努力,年一过往,何可攀援! 古人思炳烛夜游,良有以也。顷何以自娱? 颇复有所述造不? 东望于邑,裁书叙心。丕白。

《昭明文选》卷第四十二"书中"载《与吴质书》。

文帝《与吴质书》当作于汉献帝建安二十二年。

文各有其作风(style)、文气。作风,文章美之显于外者也;文气,文章美之蕴于内者也。

文章美包括:(一) 音节美(念),(二) 文字美(思)。

声调,乃音节美,用口念;字形,乃文字美,用心念、用目观;合为文章美,即所谓物外之言。譬若"兰生幽谷,不为莫服而不芳"(《淮南子·说山训》),使人之意也远。

声调——音节美,念,用口念,用耳听,是口耳之学;字形——文字美,写,用目视,是眼目之学。合口与目更须以心思之,然后可成文章,可言创作、欣赏。

文章美中音节美最重要,故学文需朗读、背诵。学佛须亲眼见佛,念的好坏可代表懂的深浅。

《与吴质书》真是美文。

此文之开端：

> 岁月易得，别来行复四年。三年不见，《东山》犹叹其远，况
> 乃过之，思何可支！

文帝有冷静头脑、锐敏感觉、热烈情感，文人条件俱备。首叙寒暄，短短几语，亦觉韵长。

文人早熟——先衰，敏感——多悲。文帝亦然。

文帝善用对比（contrast），长短、黑白、乐悲。信中"昔日游处"以下，先写乐，后写悲，才更悲。其中有"言中之物"与"物外之言"：

言中之物——"徐陈应刘，一时俱逝"，"顷撰其遗文，都为一集"。"都为一集"之后按"言中之物"，当接"观古今文人"。

物外之言——"一时俱逝"之后至"顷撰其遗文"之前一节是。"都为一集"与"观古今文人"中加之数句，亦物外之言。

此真是文之所以为"文"，而非说理文字。

第三段评伟长、德琏、孔璋、公干、元瑜、仲宣诸人之作。

"仲宣续自善于辞赋"，"续"，五臣作"独"。

"既痛逝者，行自念也"，二句加于诸人之间，好，可注意。此一断，乃有意。此亦可分二者来讲：（一）理智，对伟长、德琏二人有褒无贬；（二）感情，因二人而感到自己有才。人有成有不成，成与不成，皆不免死。文帝理智极清醒，感情极热烈。

"自一时之隽也"，"自"，五臣本作"亦"。"隽"，五臣作"儁"。儁，俊，如"千人俊、万人杰"。

至"恐吾与足下不及见也"以上，论文坛之过去、现在、将来。

以上论文竟,以下论文颇多伤感之音。

"至通夜不瞑","至"下,五臣本有"乃"字。"瞑",五臣注:"睡也。"瞑、眠古通。(如螟虫,乡音读眠。)

"年三十余","年"下,五臣本有"已"字。

"所更非一","更",五臣注:"历也。"《汉书》有"少不更事"。

"动见瞻观",五臣注:"言既非材,而处重位,兴动出入,顾盼甚难。"(盼,视;盼,斜视也。)按"见"有"被"义。文帝之意谓己之举动出入多为人所注视耳。

"颇复有所述造不","述",述前人之言;"造",作也,创作也。

"东望于邑","于邑",不快,今书作"郁悒"。

"裁书叙心。丕白",六字为结。

文帝最能以冷静头脑驾驭热烈感情。而六朝多只有冷静头脑没有热烈感情,所写只是很漂亮的一些话,我们并不能受其感动。

《宗门武库》有如下两段文字:

> 叶县省和尚①,严冷枯淡,衲子敬畏之。浮山远②、天衣怀③在众时,特往参。时正值雪寒,省诃骂驱逐,以至将水泼旦过,衣服皆湿。其他僧皆怒而去,唯远、怀并叠敷具,整衣复坐于旦过中。省到,诃曰:"你更不去,我打你!"远近前云:"某二人数千里,特来参和尚禅。岂以一杓水泼之便去! 若打杀也不去。"省笑曰:"你两个要参禅,即去挂搭。"续请远充典座。

---

① 叶县省和尚(生卒年不详):叶县归省禅师,宋代禅师。

② 浮山远(990—1067):名法远,号圆鉴,宋代临济宗禅师,以"浮山九带"闻名于禅林。因卓锡舒州浮山,人称"浮山远"。

③ 天衣怀(989—1060):名义怀,宋代云门宗禅师,因卓锡越州天衣山,人称"天衣怀"。

师云："圆通秀禅师因雪下,云:'雪下有三种僧:上等底僧堂中坐禅,中等磨墨点笔作雪诗,下等围炉说食。'"

"在众",尚未出世说法时。

"且过",印度语音译,即僧堂。

"敷具",犹言坐具。"敷",布也,铺也。如禅宗言"筑"犹今言"揍"。

"挂搭",挂单。

《宗门武库》乃系大慧宗杲之语录,盖其弟子道谦所记。(大慧禅师,即宗杲大师,盖中国最后大师。)唐宋文体不能表现禅家精神。史书中录人言语,亦多有白话,如《史记》之"夥颐"①、《晋书》之"宁馨儿"②。(晋人作文法如掘地及泉,自地心冒出。)不用白话不能传出当日精神,故史书雅文亦用之。

一种文字只可表现一种精神。吾人只是稗贩、趸卖、零沽、零售,不对。

---

① 《史记·陈涉世家》:"(其故人)入宫,见殿屋帷帐,客曰:'夥颐!涉之为王沈沈者!'"夥颐,楚地方言,用于表示惊讶、羡慕、赞美,有"真多呀"之意。

② 《晋书·王衍传》:"衍字夷甫,神情明秀,总角尝造山涛。涛嗟叹良久,既去,目而送之曰:'何物老妪,生宁馨儿!然误天下苍生者,未必非此人也。'"宁馨儿,晋时俗语,这样的孩子。

第十八讲

曹植(子建)《与吴季重书》

植白:季重足下。前日虽因常调,得为密坐。虽燕饮弥日,其于别远会稀,犹不尽其劳积也。若夫觞酌凌波于前,箫笳发音于后,足下鹰扬其体,凤叹虎视,谓萧曹不足俦,卫霍不足侔也。左顾右眄,谓若无人,岂非吾子壮志哉!过屠门而大嚼,虽不得肉,贵且快意。当斯之时,愿举太山以为肉,倾东海以为酒,伐云梦之竹以为笛,斩泗滨之梓以为筝,食若填巨壑,饮若灌漏卮,其乐固难量,岂非大丈夫之乐哉!然日不我与,曜灵急节。面有逸景之速,别有参商之阔。思欲抑六龙之首,顿羲和之辔,折若木之华,闭濛汜之谷。天路高邈,良久无缘,怀恋反侧,如何如何!

得所来讯,文采委曲,晔若春荣,浏若清风,申咏反覆,旷若复面。其诸贤所著文章,想还所治,复申咏之也,可令憙事小吏讽而诵之。夫文章之难,非独今也。古之君子,犹亦病诸。家有千里,骥而不珍焉;人怀盈尺,和氏无贵矣。夫君子而知音乐,古之达论,谓之通而蔽。墨翟不好伎,何为过朝歌而迥车乎?足下好伎,值墨翟迥车之县,想足下助我张目也。

又闻足下在彼,自有佳政。夫求而不得者有之矣,未有不求而得者也。且改辙易行,非良乐之御;易民而治,非楚郑之政,愿足下勉之而已矣。适对嘉宾,口授不悉,往来数相闻。曹植白。

《昭明文选》卷第四十二"书中"载《与吴季重书》。

第一段:

"前日虽因常调","常调"①,谓常戏。

"觞酌凌波于前,箫笳发音于后"二句,即文帝"觞酌流行,丝竹并奏"(《与吴质书》),而文帝简练。

"足下鹰扬其体,凤叹虎视","凤叹",李善注:"叹犹歌也。"五臣本作"凤观",注:"言有和容也。"

"岂非吾子壮志哉","吾子",五臣本作"君子"。

文艺上夸大,生活上奢华,性也。

心上要有秤、尺,然须闭门造车,出门合辙。自本心而出是闭门造车;《水浒》所谓"普天下伏侍看官"(第五十一回),元遗山《论诗三十首》②末章所谓"老来留得诗千首,却被何人校短长",是出门合辙。不要管观众,只要自本心称量而出,如此方为文学表现正路。尽可不管观众、听众,而无论如何总得有观众、听众,这是文艺上的"悲哀"。

文艺上的夸大是自本心称量而出,其人美恶未必如此,而在你

---

① 常调:守土之官在一定时期向执政者述职。
② 元遗山:元好问(1190—1257),字裕之,号遗山,世称遗山先生,金末元初文学家、文学批评家,仿杜甫《戏为六绝句》体例作《论诗三十首》。

心上是如此。李白《于阗采花》诗云：

> 乃知汉地多名姝，胡中无花可方比。

此是夸大，乃自太白心中称量而出，而我们听了承认，此夸大便成功了。李白又有句：

> 咳唾落九天，随风成珠玉。
>
> （《妾薄命》）

夸大到极点，而我们承认它，不讨厌。

利用想象与联想，可创造出文艺上之夸大。然文艺上的夸大不可太过，须有情操、节制。否则任其自由，则如禅家所言"堕坑落堑"①。

子建之情操、节制不及子桓，其夸大太过，不合辙；渺渺茫茫，不可靠。文艺上夸大可以，然要有情趣。放肆不是情趣。情趣多生自情操、节制。

"面有逸景之速"，"面"，会面；"逸"，急驰；"景"，影也，景、影古通。

"抑六龙之首，顿羲和之辔，折若木之华，闭濛汜之谷"，四句重复，但不是夸大，是浪费。

第二段：

"旷若复面"，"旷"，五臣注："远也。"

"其诸贤所著文章"，"其"，不作主词，若作主词当在 subordinate（从属状态）。如：

---

① 《续传灯录》卷二载汝州高阳法广禅师事："僧问：'如何是大悲千手眼？'师曰：'堕坑落堑。'"

曹植的情操、节制不及曹丕，其会女太过，不合辙；渺渺茫茫，不可靠。图为东晋顾恺之根据曹植作品所作的《洛神赋图》（宋摹本）。

其来也，我见之；其去也，我未之见也。

"我未之见也"，否定词在前（"吾谁欺？欺天乎？"[《论语·子罕》]）。文言文中，第三人称作主词多省，如：

某甲者江南人，（其、彼）有田园在江北，其弟欲有之，某甲患之。

"可令憙事小吏讽而诵之"，"小吏"，五臣作"小史"。

"夫君子而知音乐"，"知"上，五臣有"不"字。

描写有二种：一为绘画的。如《左传》，似水墨画，有飘逸之致；如云龙，得其神气。然此须高手始能生动，否则易成模糊。一为雕刻的。如《水经注》之写景，近于雕刻，形态清楚、逼真。柳宗元山水游记出自《水经注》，故生动、飘逸之致少，长处在清楚、逼真。如《小石潭记》写鱼：

潭中鱼可百许头，皆若空游无所依。日光下澈，影布石上，怡然不动。

又《小丘记》写石：

其欹然相累而下者，若牛马之饮于溪；其冲然角列而上者，若熊罴之登于山。

用雕刻的表现法写逼真的形态。用"若"字已有点笨，不如"日光下澈，影布石上，怡然不动"十二字。《袁家渴记》：

每风自四山而下，振动大木，掩苒众草，纷红骇绿。

"纷红骇绿"四字，不但不像文，且不像诗；像词，且为二等小词。真固真，而品不高。大概凡逼真的，品就不易高。《始得西山宴游记》之"萦青缭白"四字与"纷红骇绿"句法同，而此句比前句高得太多，"青""白"之色就比"红""绿"高，"萦""缭"又比"纷""骇"好，再加还有"外与天际，四外如一"。柳子厚游记有"萦青缭白"句，东坡诗有"山耶云耶远莫知"（《书王定国所藏烟江叠嶂图》），二者意境相近，而柳文高于苏诗远矣，融四字成一境界，千言万语只是一义。

绘画的，神品；雕刻的，能品。《水浒》近于前者，《红楼》近于后者。

鲁迅先生受西洋作品影响，加以本人之刻峭，且曾学医，故下笔如解剖刀。

第十九讲

嵇康(叔夜)《与山巨源绝交书》①

康白：足下昔称吾于颍川，吾常谓之知言。然经怪此意，尚未熟悉于足下，何从便得之也？前年从河东还，显宗、阿都说足下议以吾自代，事虽不行，知足下固不知之。足下傍通，多可而少怪，吾直性狭中，多所不堪，偶与足下相知耳。间闻足下迁，惕然不喜，恐足下羞庖人之独割，引尸祝以自助，手荐鸾刀，漫之膻腥，故具为足下陈其可否。

吾昔读书，得并介之人，或谓无之，今乃信其真有耳。性有所不堪，真不可强。今空语同知有达人，无所不堪，外不殊俗，而内不失正，与一世同其波流，而悔吝不生耳。老子、庄周，吾之师也，亲居贱

---

① 嵇康(224—263)：字叔夜，谯国铚(今安徽宿州)人，与阮籍齐名，为"竹林七贤"之一。因官至中散大夫，世称嵇中散。著有《嵇中散集》。山涛(205—283)：字巨源，与嵇康同为"竹林七贤"中人物，由选曹郎迁官大将军从事中郎(一说迁散骑常侍)时欲举荐嵇康代其原职，嵇康作此书谢绝。

职；柳下惠、东方朔，达人也，安乎卑位。吾岂敢短之哉！又仲尼兼爱，不羞执鞭；子文无欲卿相，而三登令尹，是乃君子思济物之意也。所谓达能兼善而不渝，穷则自得而无闷。以此观之，故尧舜之君世，许由之岩栖，子房之佐汉，接舆之行歌，其揆一也。仰瞻数君，可谓能遂其志者也。故君子百行，殊途而同致，循性而动，各附所安。故有处朝廷而不出，入山林而不反之论。且延陵高子臧之风，长卿慕相如之节，志气所托，不可夺也。

吾每读尚子平、台孝威传，慨然慕之，想其为人。少加孤露，母兄见骄，不涉经学。性复疏懒，筋驽肉缓，头面常一月十五日不洗，不大闷痒，不能沐也。每常小便，而忍不起，令胞中略转乃起耳。又纵逸来久，情意傲散。简与礼相背，懒与慢相成，而为侪类见宽，不攻其过。又读庄老，重增其放。故使荣进之心日颓，任实之情转笃。此由禽鹿少见驯育，则服从教制；长而见羁，则狂顾顿缨，赴蹈汤火。虽饰以金镳，飨以嘉肴，逾思长林而志在丰草也。

阮嗣宗口不论人过，吾每师之，而未能及。至性过人，与物无伤，唯饮酒过差耳。至为礼法之士所绳，疾之如雠，幸赖大将军保持之耳。吾不如嗣宗之贤，而有慢弛之阙；又不识人情，闇于机宜；无万石之慎，而有好尽之累。久与事接，疵衅日兴，虽欲无患，其可得乎？

又人伦有礼，朝廷有法，自惟至熟，有必不堪者七，甚不可者二：卧喜晚起，而当关呼之不置，一不堪也。抱琴行吟，弋钓草野，而吏卒守之，不得妄动，二不堪也。危坐一时，痹不得摇，性复多虱，把搔无已，而当裹以章服，揖拜上官，三不堪也。素不便书，又不喜作书，而人间多事，堆案盈机，不相酬答，则犯教伤义，欲自勉强，则不能久，四不堪也。不喜吊丧，而人道以此为重，已为未见恕者所怨，至欲见中伤者，虽瞿然自责，然性不可化，欲降心顺俗，则诡故不情，亦终不能获无咎无誉如此，五不堪也。不喜俗人，而当与之共事，或宾客盈坐，鸣声聒耳，嚣尘臭处，千变百伎，在人目前，六不堪也。心不耐烦，而官事鞅掌，机务缠其心，世故繁其虑，七不堪也。又每非汤武而薄周孔，在人间不止，此事会显世教所不容，此甚不可一也。刚肠疾恶，轻肆直言，遇事便发，此甚不可二也。以促中小心之性，统此九患，不有外难，当有内病，宁可久处人间邪！又闻道士遗言，饵术黄精，令人久寿，意甚信之；游山泽，观鱼鸟，心甚乐之。一行作吏，此事便废，安能舍其所乐，而从其所惧哉！

　　夫人之相知，贵识其天性，因而济之。禹不偪伯成子高，全其节也；仲尼不假盖于子夏，护其短也；近诸葛孔明不偪元直以入蜀，华子鱼不强幼安以卿相。此可谓能相终始，真相知者也。足下见直木必不可以为轮，曲者不可以为桷，盖不欲以枉其天才，令得其所也。故四民有业，各以得志为乐，唯达者为能通之，此足下度内耳。不可自见好章甫，强越人以文冕也；己嗜臭腐，养鸳雏以死鼠也。吾顷学养生之术，方外荣华，去滋味，游心于寂寞，以无为为贵。纵无九患，尚不顾足下所好者，又有心闷疾，顷转增笃，私意自试，不能堪其不乐。自卜已审，若道尽途穷则已耳。足下无事冤之，令转于沟壑也。

　　吾新失母兄之欢，意常凄切。女年十三，男年八岁，未及成人，况复多病，顾此恨恨，如何可言！今但愿守陋巷，教养子孙，时与亲旧叙阔，陈说平生，浊酒一杯，弹琴一曲，志愿毕矣。足下若嬲之不置，不过欲为官得人，以益时用耳。足下旧知吾潦倒粗疏，不切事情，自唯亦皆不如今日之贤能也。若以俗人皆喜荣华，独能离之，以此为快，此最近之，可得言耳。然使长才广度，无所不淹，而能不营，乃可贵耳。若吾多病困，欲离事自全，以保余年，此真所乏耳，岂可见黄门而称贞哉！若趣欲共登王途，期于相致，时为欢益，一旦迫之，必发其狂疾，自非重怨，不至于此也。

野人有快炙背而美芹子者，欲献之至尊，虽有区区之意，亦已疏矣，愿足下勿似之。其意如此，既以解足下，并以为别。嵇康白。

《昭明文选》卷第四十三"书下"载《与山巨源绝交书》。

嵇叔夜好锻。凡有思想、有感觉的人，其嗜好、其习惯皆是有意的、自觉的、象征的。世上许多事无法改善，硬得和铁一样，怎样能拿来放到火里烧一烧，用钳锤在砧子上凿一凿，炼得它软得如同面条子一样，要它怎样便怎样，岂不痛快！

黄山谷曰："士大夫处世，可以百为，唯不可俗，俗便不可医也。"（《书缯卷后》）子弟们处世，可以百为，唯不可真，一真，便行不通。

鲁迅《野草·立论》讲一个故事：小儿弥月，汤饼会客①（饼、面、饵，有甜味的）。客见小儿，或曰将来做官，或曰将来发财。一客谓将来要死的，主人怒捆之。前二人皆假话，后者乃实话却被打。鲁迅接着说：我不想说谎恭维人，也不想说真话挨打。文中老师回答：

那么，你得说"啊呀！这孩子呵！您瞧！那么……阿唷！哈哈！He he！he，he he he he he！"

周作人说，这年头里尽说我爱你不成，最好说天气，还不与人相

---

① 汤饼会：旧俗小儿出生三日或满月，设筵招待亲友，中有一道汤饼，故谓之"汤饼筵"，或谓之"汤饼会"。后则演变为寿辰之用，成为对长寿的预祝。所谓汤饼，即汤面。

>>> 嵇康好锻。凡有思想、有
感觉的人,其嗜好、其习惯皆是
有意的、自觉的、象征的。图为
明代文徵明《蕉石鸣琴》中的
嵇康。

干。然而天气好坏在个人也有不同处,所以只好"今天天气哈哈哈"①。

俗云,打人别打脸,揭人别揭短。此是与世无患,与人无争。又云,西瓜皮打秃子,王八盖刻格子。此则情理难容。

鲁迅先生有与嵇叔夜相似处,他们专拿西瓜皮打秃子的脸,所以到处是仇敌。(鲁迅《魏晋风度及文章与药及酒之关系》,收于《而已集》,北新有活页。)老杜写李白:

> 不见李生久,佯狂真可哀。
>
> 世人皆欲杀,吾意独怜才。
>
> (《不见》)

其实李白尚不至如此,嵇叔夜才真是如此,就因为他爱说真话,好揭人的短处,戳破人的纸老虎。(其实一年三百六十日,百年三万六千场,人都是护着短处生活,人就是在虚伪中鬼混。个人是在护短中生活,社会是在虚伪中过活。)你揭人的短,戳破人的虚伪,虽是求真,却行不通。这样人有四字送他:"愤世疾邪。"这样人看着人都不顺眼,别人看了他也不会顺眼,"你眼中的人,就是人人眼中的你自己"。

然愤世疾邪的人是世上不可少的。这与无聊的名士、狂人截然不同。后者骂世是自我出发,自命不凡,嫌人不称他是天才。这种

---

① 周作人《看云集·哑巴礼赞》:"语云:'病从口入,祸从口出。'说话不但于人无益,反而有害,即此可见。一说话,话中即含有臧否,即是危险,这个年头儿。人不能老说'我爱你'等甜美的话——况且仔细检查,我爱你即含有我不爱他或不许他爱你等意思,也可以成为祸根。哲人见客寒暄,但云'今天天气……哈哈哈'!不再加说明,良有以也,盖天气虽无知,唯说其好坏终不甚妥,故以一笑了。"

名士、文人，要说杀就该杀，他们一不如意便使酒骂座。无以名之，只好名曰疯狗，既是疯狗，还是打杀为妙。然要像嵇康、鲁迅他们，说真话，是社会的良医，世人欲杀，哀哉！

为文不可不会利用骈句，此乃中国文字特长，而不可用死。

骈句（parallel sentence），不一定是四六对句。如汪中（容甫）[①]自述：

> 俯仰异趣，哀乐由人。
>
> （《经旧苑吊马守真》）

汪中为人做秘书，故云。此乃四六骈句，较为自由。骈句意思"对"，句法不甚"对"。又如《礼记·礼运》：

> 货，恶其弃于地也，不必藏于己；力，恶其不出于身也，不必为己。

这是骈句，不是对句。

凡骈句多为警句（佳句），可为格言、座右铭；对句则分量上差。曹丕《典论·论文》：

> 贫贱则慑于饥寒，富贵则流于逸乐。遂营目前之务，而遗千载之功。

此亦骈句，且字数较整齐。（上古则淳朴，From hand to mouth，糊口度日，目前之务。）欧阳修《五代史·伶官传序》：

> 夫祸患常积于忽微，而智勇多困于所溺。

---

① 汪中（1744—1794）：字容甫，号颂父，江都（今属江苏扬州）人，清代文学家、史学家，清代骈文中兴的代表人物。

人有所嗜，必为之累；佛无所溺，故曰大雄、大勇、大智。欧氏此二句是骈句，近于格言，而非警句。读书要看警句，必有与一己之心相合者。

格言是教训，没有感情。如朱用纯①《朱子家训》：

> 黎明即起，洒扫庭除。

（第一章）

警句有哲理，凡哲理多带有感情。格言没有感情，是干枯，不是严肃。《礼记》"货，恶其弃于地也，不必藏于己；力，恶其不出于身也，不必为己"二句，也许带有教训意味，然而又有些"劝"的意味。教训不必有感情；劝，要有感情色彩，才能感动人心。古圣先贤悲天悯人之心，是多么大的感情。

文中散句过多，易于散漫。后人文章散漫，多因不会用骈句。鲁迅、周作人的白话文都有骈句。白话文不是白话，如同京剧中的"京白"不是"京话"，京话是散行，京白便有骈句、有锤炼了。而鲁迅、周作人并非有意如此，一写便如此，且便该如此。如《论语》，孔子以为话便该如此说，理便该如此讲。凡自以为了不起的人，都是很浮浅的人。用骈句成心也不成，须瓜熟蒂落，水到渠成，是人工而又要自然。如空手入白刃，必须纯熟，稍一生疏，便害事不浅。然亦不可过熟，过熟易成滥调。熟，易致于烂，乃因不用心；若用心，熟不至烂熟。在有心无心之间来了，便因极熟。

骈文又不可用死。

---

① 朱用纯（1627—1698）：字致一，自号柏庐，江苏昆山人，明代理学家、教育家，著有《四书讲义》《春秋五传酌解》等。

骈散，即骈中带散。文用散句，文气流畅。

上所举《典论·论文》"贫贱则慑于饥寒，富贵则流于逸乐"二句是骈；"遂营目前之务，而遗千载之功"二句是骈散。"遂营目前之务"是因，"而遗千载之功"是果。杜甫：

> 朝回日日典春衣，每日江头尽醉归。
>
> 酒债寻常行处有，人生七十古来稀。
>
> （《曲江二首》其二）

此后二句不但"骈"，简直是"对"，但是上下的，不是平行的；字句是平行，意思是上下，亦骈中带散。义山诗：

> 露如微霰下前池，风过回塘万竹悲。
>
> 浮世本来多聚散，红蕖何事亦离披。
>
> （《七月二十九日崇让宅宴作》）

"浮世"二句亦骈中带散。义山学老杜而比老杜还美，且美中有力。柳子厚"纷红骇绿"（《袁家渴记》）自己骈。

散——流动，如水；骈——凝练，如石。只散不好，只骈亦不成，应骈散相间。大自然中无美过水与石者，而中国人最能欣赏水与石之美。

处世不可真，而文人是表现性情的，必须真。"世人皆欲杀"，不必世人杀，亦必自杀。"若使忧能伤人，此子为不得永年矣"（孔融《论盛孝章书》），岂但忧能伤人，凡感情皆能伤人。现在世上真的没有真感情了，诗人以不说强说、不笑强笑为苦，世人以不说强说、不笑强笑为本分，将本性已剥削殆尽。

不但忧愤能伤人，欢乐亦能伤人，除非不是真欢喜。每日欢喜，摇散精神，如日消雪。然此与夫子所谓"乐天知命"、与颜回"不改其乐"之"乐"不同。夫子、颜回之乐，如花之开、水之流，不是摇散精神，是生长，即禅家所谓法喜，即西洋宗教所谓 ecstasy。一人写一快乐的人，说，我今天真高兴，我的心如氢气球一样——一碰就崩了。这是摇散精神。凡真的感情都是侵蚀人的生命的。忧能伤人，只说到一面。故佛教、道教皆要人压制感情，感情是学道的对头、魔头。而学文必须助长之不可。这两面不是不能调和，而终有点儿抵触。学文要助长感情，才能有创作表现；学道必须打倒之，才能有真我、真乐。文人有真性情、真感情，不必世人欲杀，便足以自杀。西洋说文人是蜡烛，由两头点起来，比别人加一倍亮，而不能延长，以其加一倍消耗。

第一段：

"吾常谓之知言"，常，always，永远；尝，sometimes，时而、曾经。"常"，五臣作"尝"。

"知足下固不知之"，"故"，就；"固"，绝对。

"足下傍通"，"傍通"，知己知彼。"傍"字便从自我中心出发。

"直性狭中"，"中"，衷心；"狭中"，narrow-minded；"直性狭中"意谓个性太强，知有己、不知有人。

"足下傍通，多可而少怪，吾直性狭中，多所不堪"，是骈，意骈。

"偶与足下相知耳"句，字法、修辞、意思，都好。

"间闻足下迁"，"间"，近来，五臣注："顷也。"

从"足下昔称吾于颍川"至"故具为足下陈其可否"，是开端，而关系、性情、近日事情都说清楚了。写文当如此。

第二段：

"得并介之人"，"并介之人"。"并"，狂、进取，好帮人忙，好做事；"介"，狷，有所不为，不帮人忙，然亦不妨碍人。"并""介"在一句，自己骈。

"或谓无之，今乃信其真有耳"，"无""有"，亦骈。

骈散不在字数、句法，有似骈而非骈、似非骈而实骈者。如：

> 子曰："富贵而可求也，虽执鞭之士，吾亦为之；如不可求，从吾所好。"
>
> （《论语·述而》）
>
> 美而艳。
>
> （《左传》）

陶渊明"纡辔诚可学，违己讵非迷。且共欢此饮，吾驾不可回"（《饮酒二十首》其九）；杨恽"人生行乐耳，须富贵何时"（《报孙会宗书》），与孔子"从吾所好"不同。孔子有吃苦忍辱的精神，杨恽只是放纵。儒家"修其天爵而人爵从之"（《孟子·尽心上》），"天爵"，可，是情势；"人爵"，能，是能力。六朝时陶渊明大诗人真是儒家精神，比韩愈、杜甫通。陶渊明够圆通、冲淡了，而所说仍不及孔子缓和。陶究竟是诗人，负气得很（士多有志，斯固然矣）；孔子"从吾所好"，是伟大哲人、诗人态度。

道德是内心的约束，礼法是外身的约束。由身的放纵、礼法的约束，便可看出其精神已散漫懈怠。"坐如钟，立如松"是礼法，如此精神才能集中。而"礼法岂为吾辈设"[①]？六朝人就犯这劲，不可为法。然若替他做心理分析，则亦自有其故。鲁迅先生以为乃由愤激

---

① 《晋书·阮籍传》："籍嫂尝归宁，籍相见与别。或讥之，籍曰：'礼岂为我设邪！'"

生出之矣,世人讲道德、仁义,都是假面具,所以有志之士(血性人)便故意不守礼法。① 世事不坏于真小人,而坏于伪君子。《水浒》一百单八人是真强盗,而不是伪君子。鲁智深是大诗人,"人生行乐耳""从吾所好"。六朝人对礼法不敬,已成无理由的了。鲁迅论魏晋人,六朝已是末流,故不论。

魏武帝比始皇还狠、还辣。蜀、吴二敌手比六国厉害,若是始皇,或者还教二人给灭了。做皇帝不得不摧残文人,当时文人受老曹收拾最厉害,故志士必激愤而反抗。到晋初司马氏父子,则成"害人之心不可有,防人之心不可无"。(人不可太忠厚,司马炎忠厚,其子惠帝傻。)

嵇叔夜反对司马氏父子。然何不"外不殊俗,而内不失正",外圆内方? 都知有这样的人,嵇叔夜自己也说了,可自己做不到。

"而悔吝不生耳","悔吝",犹言悔恨。《易传·系辞》言"吉凶悔吝生于动",此乃中国最早的人生哲学。"好事不如无"(云门文偃禅师语)②,亦是人生哲学。

悔吝,天下无悔吝之人,一种是阿Q式人物,不算。一种是理

---

① 鲁迅《而已集·魏晋风度及文章与药及酒之关系》:"因为魏晋时代所谓崇尚礼教,是用以自利,那崇奉也不过偶然崇奉,如曹操杀孔融,司马懿杀嵇康,都是因为他们和不孝有关,但实在曹操司马懿何尝是著名的孝子,不过将这个名义,加罪于反对自己的人罢了。于是老实人以为如此利用,亵渎了礼教,不平之极,无计可施,激而变成不谈礼教,不信礼教,甚至于反对礼教。"

② 云门(864—949):名文偃,号匡真,唐代禅师,开创禅宗云门宗。因居韶州云门山光奉院,故人称云门文偃。"好事不如无",文偃多次使用的禅语。《云门广录》卷中:"上堂云:'乾坤侧,日月星辰一时黑,作么生道?'代云:'好事不如无。'又或云:'古人道:人人尽有光明在,看时不见暗昏昏,作么生是光明?'代云:'厨库三门。'又云:'好事不如无。'"卷下:"师问僧:'还有灯笼么?'僧云:'不可更见也。'师云:'猢狲系露柱。'代云:'深领和尚佛法深心。'代前语云:'好事不如无。'"

想人物，所做过事无不对者，圣贤事无不可对人言。常人岂但不敢对人言，简直怕敢想。另一种则是英雄，如曹操一流人物，错就错了，我负责任，决不后悔。我们既不像阿 Q 那样糊涂，又没有圣贤那样的健全人格，又不能像英雄那样坚决，真是平凡的悲哀，具是凡夫。而人味（人情味）最充足的还是那种有平凡的悲哀的"具是凡夫"。圣贤真来了，你和他一起舒服吗？神仙更了不得，英雄也令人害怕，还是"具是凡夫"令人可亲了。

王静安云：

> 人生过处唯存悔，知识增时只益疑。

> （《六月二十七日宿硖石》）

以诗论不佳，以内容论可取，上句是，下句可商量。"知识增时只益疑"，还是不是真知识？静安先生治哲学，对人生总之是想过的。"外不殊俗，而内不失正"，已是难事，"与一世同其波流，而悔吝不生"，更难！

宋真宗时，宰相王旦临殁不著朝服，衣着僧衣，可见其后悔之心，遗命以僧服入殓。① 又明末吴伟业②临死，作《贺新郎·病中有感》词，言"竟一钱、不值何须说"③，可见其后怕。不降清也罢，降就

---

① 吴处厚《青箱杂记》卷一："王旦遗命，剃发，以僧服殓，家人不欲，止以缁褐一袭纳诸棺而已。"

② 吴伟业（1609—1671）：字骏公，号梅村，江苏太仓人，明末清初诗人，与钱谦益、龚鼎孳并称"江左三大家"。其诗以七言歌行最能自成一体，世称"梅村体"。

③ 《贺新郎·病中有感》，全词如下："万事催华发。论龚生、天年竟夭，高名难没。吾病难将医药治，耿耿胸中热血。待洒向、西风残月。剖却心肝为置地，问华佗、解我肠千结。追往恨，倍凄咽。 故人慷慨多奇节。为当年、沉吟不断，草间偷活。艾灸眉头瓜喷鼻，今日须难决绝。早患苦、重来千叠。脱屣妻孥非易事，竟一钱、不值何须说。人世事，几完缺。"

降了，何必后悔？与一世同其波流，而悔吝生了，不成。

曹操是担荷；叔夜所说是达人，如行云流水，是"随喜"，老子、庄周、柳下惠①、东方朔②只是完成自我。完成自我，一类人易成玩世不恭。常人有人格的分裂，自己骂自己，反对自己，常人一做坏事而有内心牵涉。仲尼、子文③是牺牲自己济世，释、耶都是。老子、庄周无所作为。济世，有所作为；玩世不能做什么，而完成自我，自己一点不受屈；释迦是自己受苦，真伟大。干事的人非是牺牲自己不可，不像圣贤豪杰。现在人，事做不好，就因其但想升官发财、完成自我。

叔夜两种都不能学，玩世不能圆，济世又不能完全无我，我的意识太强，不能牺牲。

"所谓达能兼善而不渝"，"渝"，变也，自动。夺，使之变也。

庄子以为人得自天，唯足以能全。得于天者不当破坏，故赞美婴儿是天是全。庄子对婴儿是物格，儿科医生对婴儿是格物。物格不见得真懂，只是"于我心有戚戚焉"（《孟子·梁惠王上》）。"戚戚"是心动了，喜欢的人不见得是好。"慨然慕之"，可见心如何戚戚，心动。老子是机心，庄子无机心，六朝乃末流。

"仰瞻数君，可谓能遂其志者也"，"遂"，副词，亦可用为动词。

"且延陵高子臧之风，长卿慕相如之节，志气所托，不可夺也"以上，历举前贤事迹而加以说明。

---

① 柳下惠(公元前 693—前 609)：展氏，名获，字禽，春秋时期鲁国人。因其食邑柳下，谥号惠，故后称柳下惠。孟子称其为"圣之和者"，后世尊之为"和圣"。

② 东方朔(公元前 154—?)：字曼倩，平原厌次（今山东惠民）人，汉武帝时文学侍臣，滑稽多智，长于辞赋，著有《答客难》《非有先生论》等。

③ 子文(生卒年不详)：斗氏，名谷於菟，字子文，春秋时楚国令尹，曾自毁其家以纾楚国之难。

>> > 嵇康玩世不能圆,济世又不能完全无我。图为唐代孙位《高逸图》,上部右起第二人为山涛。

以下第三段，乃自述。

"少加孤露。"《诗经》："舍彼有罪，予之佗矣。"（《小雅·小弁》）毛传："佗，加也。"马瑞辰①《毛诗传笺通释》："驼、佗古通用。中国古无骆驼，亦无驼字。"驼、驰，朱注楚辞《涉江》"高驰而不顾"。驰，加也。"少加孤露"，"加"，驰也，被也，受也。

"母兄见骄"，"见"，被动语气 passive voice，如"见欺""动见观瞻"；又用作助动词，加重语气。（auxiliary verb：must，will，shall，can，ought to.）

"筋驽肉缓"，五臣注："谓宽缓如驽马也。"

"不攻其过"，"攻"，五臣注："击也。"

"故使荣进之心日颓"，"颓"，五臣注："坠也。""从善如登，从恶如奔"（《国语·周语下》）；"欲求生富贵，须下死功夫"（《增广贤文》）。

"任实之情转笃"，"任实"，五臣注："用本情也。"盖不勉强之意。"任实"，用本情，信意。学文、学道，须在意，不能信意。

"此由禽鹿"，"由""犹"通。"禽"，古擒字，飞禽；"兽"，鸟兽之总名。

"狂顾顿缨"，"缨"，缰。"顿"不是"断"，而"断"是"顿"的结果。

"虽饰以金镳"，"镳"，马衔。

美丽、简明，六朝文兼之。简明乃美丽之本。如嵇叔夜此段中所言：

---

① 马瑞辰(1782—1853)：字献生，又字元伯，安徽桐城人，清代学者、经学家，著有《毛诗传笺通释》三十二卷。

简与礼相背,懒与慢相成。

二句简明、美丽,至若李谔①所言:

连篇累牍不出月露之形,积案盈箱唯是风云之状。

(《上隋高祖革文华书》)

二十字一个意思,又有一段文字:

夫人莫大于为善,为善莫大于修庙,而尤莫大于修二郎庙。夫二郎者,乃大郎之弟、三郎之兄,而老郎之子也。庙有树一株,人皆曰树在庙前,余独谓庙在树后。是为记。

(《二郎神庙碑记》)②

像《二郎神庙碑记》,多数作家都不免堕坑落堑。读鲁迅文章,是使死尸站起来看见自己的腐烂③,锤炼,坚实,有弹性。

散文是因果相生,纵的;骈文是并列的。散,因果相生;骈,甲乙并立,不但无因果关系,简直无关。

"简与礼相背,懒与慢相成"二句,寓散于骈。

"少见驯育,则服从教制;长而见羁,则狂顾顿缨,赴蹈汤火",二句寓骈于散,是因果相生;"虽饰以金镳,飨以嘉肴,逾思长林而志在丰草也",亦寓骈于散,因果相生。

以上二长句以图示:

---

① 李谔(生卒年未详):字士恢,赵郡(今属河北)人,隋代学者、文人。
② 此文盖为晚清淮阳县令韩好古手笔。
③ 鲁迅《坟·娜拉走后怎样》:"为了这希望,要使人练敏了感觉来更深切地感到自己的苦痛,叫起灵魂来目睹他自己的腐烂的尸骸。"

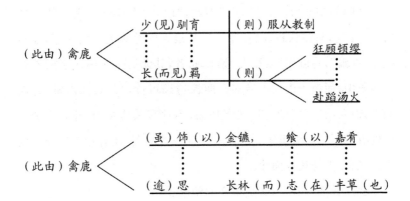

"狂顾顿缨,赴蹈汤火"二句,本可对而不对。凡物反常必贵,而反常又可为妖,差以毫厘,谬以千里。反常而须看不出。

"骈",唯中国有,刘师培《中古文学史》所谓"华夏所独"①。韩愈"文起八代之衰"(苏轼《潮州韩文公庙碑》),改骈为散,而如《原道》:

> 博爱之谓仁,行而宜之之谓义,由是而之焉之谓道。

仍是骈。苦苦思之,骈、散二者应同时并用。柳子厚深于六朝,其《种树郭橐驼传》:

> 虽曰爱之,其实害之;虽曰忧之,其实仇之,故不我若也。

不但骈,不但能把诗的情调融入散文,且能将诗的格律、形式融入散文。韩、柳文实乃寓骈于散,寓散于骈;方散方骈,方骈方散;即骈即散,即散即骈。

---

① 刘师培《中古文学史·概论》:"此一则明俪文律诗为诸夏所独有,今与外域文学竞长,唯资斯体。"

六朝的骈文与唐之"四六"不同,"四六"太匠气。而六朝末庾信①已匠气,只注意骈,没有散了。其最大的毛病是好用代字,如写桃用"红雨",写柳用"灞岸"。始作俑者,其无后乎? 用代字固不始于庾子山,而庾子山用得最多。庾氏境遇可怜,写《哀江南赋》应能动人,而人读后只觉其美,文字华丽,不觉其感情真挚,外有所余者而内有所不足。美男子,美女子,试问去掉其美,还有什么! 应从内生出光彩,不是从外面涂上。

骈文成为"四六",实是骈文的堕落。

　　民②一日谓悟③曰:"古人道如一滴投于巨壑,殊不知大海投于一滴耳。老和尚还肯此语否?"悟曰:"你看,争奈他何!"

　　　　　　　　　　　　　　　　　　　　　(道行《雪堂行拾遗录》)

禅家语录文章美,似《世说新语》,伟大或不如泰山恒岳,而明秀过之。一丘一壑虽小,而明秀驾泰山恒岳之上。

"大海投于一滴",由博返约。

人有不知、知、忘三种境况:

　　(一)习矣而不察焉,终身由之而不知其道

　　　　　　　　　　　　(《孟子·尽心上》)　不知

　　(二)日知其所亡,月无忘其所能

　　　　　　　　　　　　(《论语·子张》)　知

---

① 庾信(513—581):字子山,南阳新野(今属河南)人,南朝梁诗人庾肩吾之子,南北朝文学集大成者,一生以554年出使西魏并从此流寓北方为标志,分为前后两期。因其官至骠骑大将军、开府仪同三司,故称"庾开府"。

② 民:峨眉中峰民和尚,宋代禅师。

③ 悟:圆悟克勤禅师。圆悟禅师(1063—1135),名克勤,字无著,号碧岩,北宋临济宗杨岐派代表人物。

（三）不知不识，顺帝之则

　　　　　　　（《诗经·大雅·皇矣》）　忘

鱼"相忘于江湖"

　　　　　（《庄子·大宗师》）

人都带点阿 Q 气，是知道好，还是不知道好？往积极说，还是知道好，去得一分是一分。人言"高山仰止，景行行止"（《诗经·小雅·车辖》）；然禅宗忌讳"从门入"，要跳墙过去。

旧作品已失去刺激性，不能启发。启发是生，生于其心。西洋只有从"不知"到"知"，没有"忘"。鱼鱼相忘，鱼水相忘。

文章中言中之物——内容；物外之言——文章美。

初学者当先懂言中之物，后懂物外之言。读书之过程：（一）茫然，（二）了解（言中之物，内容），（三）欣赏（物外之言，文章美）。创作亦然：（一）茫然，（二）表达情意，（三）文章美之表现。第二步只是"是"，不是"美"。如唱戏，合板眼未必好。《儿女英雄传》，八股气，骈而不化。

"盖所能言者，具于此云。"（陆机《文赋》）

"不诚无物"（《中庸》廿五章），"不打诳语"，作文以诚。

嵇康《与山巨源绝交书》，事既不足为训，文亦不足为法。仅"此由禽鹿，少见驯育，则服从教制；长而见羁，则狂顾顿缨，赴蹈汤火。虽饰以金镳，飨以嘉肴，逾思长林而志在丰草也"一节好。只是"诚"，可取，可爱。

诳与诚非二事，文人最善于说谎。《大学》言"正心，诚意，修身，齐家，治国，平天下"，文人没有下半截功夫，主要是正心、诚意。文人有思想、有感觉、有感情，而无能力、无作为。嵇氏在文中第五段历述"有必不堪者七,甚不可者二",说不成,真是不成。文人若不能正心、诚意,从根坏起,便不可救药了。文人说谎亦自正心、诚意出发,是虚伪,不是欺骗。

虚伪是文学艺术,欺骗是罪恶。文学艺术从说谎来,而心是"诚"。"大藏"中有佛说《百喻经》,每段故事后皆说明此故事是何用意。(有人标点《百喻经》,改名为《痴花鬘》①,删去其说明。)如:

> 昔有一人,有二百五十头牛,常驱逐水草随时喂食。时有一虎,啖食一牛。尔时牛主即作念言:"已失一牛,俱不全足,用是牛为?"即便驱至深坑高岸,排著坑底,尽皆杀之。凡夫愚人亦复如是。受持如来具足之戒,若犯一戒,不生惭愧清净忏悔,便作念言:"我已破一戒,既不具足,何用持为?"一切都破无一在者。如彼愚人尽杀群牛无一在者。

前为故事,后为说明。文人则不然,只说故事,不作说明。各子书亦好说故事,皆是诚,借说谎达意。且一个人若不诚,说谎也不会。

第四段:

"唯饮酒过差耳","过差",五臣注:"差,失也。"过差,盖过量意。

"幸赖大将军保持之耳","大将军",善注:"太祖。"五臣注:"司马文王。"二人所指皆司马昭。

自然无情,社会更是无情。自然花落,明年尚可重开;社会则一

---

① 《百喻经》:全称《百句譬喻经》,古天竺高僧伽斯那著,由九十八则譬喻故事组成。称"百喻":(一)就其整数而言,(二)九十八则故事加上卷首引言与卷尾偈颂共百则。《百喻经》单行本有1914年金陵刻经处刻本,分上下两卷,系鲁迅断句。1926年王品青校订此书,改名为《痴花鬘》,于上海北新书局铅字印行,鲁迅为之作题记。

槌打倒,永世不得翻身。

　　人最好没有感觉,没有血性,像阿Q似的,否则自取苦恼。人是好管闲事的,即如圣贤之悲天悯人,亦岂非好管闲事?

　　第五段:

　　"自惟至熟","惟",思,亦可作"维"。

　　"有必不堪者七,甚不可者二","不堪"者,就个性而言;"不可"者,就情势而言。

　　"而当关呼之不置","当关",五臣注:"汉置当关之职,欲晓,即至门,呼人使起。"

　　"素不便书","便",善也。

　　"则诡故不情","诡",五臣注:"诳。""故"当是作意,即"故意"之"故"也。

　　"每非汤武而薄周孔",五臣注:"汤与武王以臣伐君,故非之。周公、孔子立礼使人浇竞,故薄之。"

　　此一段言"七不堪,二不可",概言之如下:

　　"七不堪":(一) 喜晚起,(二) 行吟弋钓(爱自然),(三) 不拘形迹,(四) 不喜作书,(五) 不喜吊丧,(六) 不喜俗人,(七) 心不耐烦。

　　"二不可":(一) 非汤武而薄周孔;(二) 刚肠疾恶,轻肆直言。

　　嵇叔夜是任性纵情,不愿受约束限制,不能勉强;而社会是束缚,是勉强。用两大剪子修理庭树之办法,则叔夜不得有;若一切任之亦可,而又知其不可,此叔夜之所以痛苦。耳不闻不厌,目不见不烦,难奈者有耳目在也。害人之心不可有,防人之心不可无;害人之心是机心,防人之心何尝不是机心?人自欺犹可,欺人难容;自杀尚可,杀人难容。(其实自杀也不该。)人有时活着要有点自欺,如此还有活着的勇气。六不堪、七不堪，是真不堪，欲入世首须打破此二关。而高洁如蝉，又有何用？人须入世，而不得不磨练。若有感觉，谅人情则多事矣。

"以促中小心之性"，"促中小心"narrow-minded。此数句，不但愤慨，直是悲哀。

"千斤之弩不为鼷鼠而发机。"①鲁迅千斤之弩竟为鼷鼠而发机，真可怜，真是受不了。

"巧迟不如拙速"，而天下道理总是药多而饭少。左思《三都赋》十年而成，凡一部伟大作品皆是巧迟，决无拙速。著作是要巧迟，而练习要拙速。如此，方不致视作为畏途，而"潦倒不能横飞"（蒲松岭《聊斋志异·八大王》）。

"涓涓不塞，将成江河"（《六韬》）；"泉涓涓而始流"（《归去来兮辞》），星星之火可以燎原。人要爱惜自己，不可娇惯自己，由爱惜所生是上进，由娇惯所生是懒散。作文还是小事。

文章可分为两类：一类，为读诵（朗诵）的文章；一类，为玩味（欣赏）的文章。前者念着好，而往往说理不周，是音乐的，可以催眠。中国字方块、独体、单音，很难写成音乐性，而若于此中写出音乐性，便成功了。

三代两汉散文著作是有音乐性的；文章发展到六朝，有音乐性，而是用骈；至韩愈退之始能用散文写出音乐性。韩愈是革新也是复古，日光下无新事。凡革新的事情，其中往往有复古精神。若只提倡革新，其中没有复古精神，是飘摇不定的；若只提倡复古，其中没

---

① 《三国志·魏志·杜袭传》："臣闻千钧之弩不为鼷鼠发机，万石之钟不以莛撞起音。"

有革新精神，是失败的。韩退之有革新精神，有复古意义。退之文不见得好，而有独到之处。"文起八代之衰"（苏轼《潮州韩文公庙碑》)，此语至少有一部分是对的。

陶渊明文章好，而切忌滑口读过，是玩味的；柳子厚文也是玩味的，不宜朗诵，眼看心唯，不可用口。柳子厚山水游记出自《水经注》，而与《水经注》不同。《水经注》是自然而然，如生于旷野沃土之树木；柳氏游记是不自然的，如生于石罅瘠土中的树木，臃肿蜷曲。柳氏游记是受压迫的，如生于严厉暴虐父母膝下的子女；《水经注》条达畅茂，即如生于慈爱贤明父母之下的子女。生于石罅瘠土中之树木折枝偃抑，是病态的。《水经注》是健康的，柳子厚游记是病态的，何能滑口读过？

文章无论读诵（音乐）的，还是玩味（造型）的，没有一个好的造形是不会有很深意义的，不能动人。六朝文是偏于音乐的，若更能值得人玩味，便是了不起的文章，如《洛阳伽蓝记》《水经注》。

鲁迅先生文章是病态的，胡适说理文章条达畅茂，而抒情写景不成，胡先生过不掩功。《归震川①文集》浮浅，而条达畅茂。条达畅茂的文章是富于音乐性的，而易成为滥调。

内容——言中之物，须看，了解（看不能只一遍）。凡说理周密、思想深刻之文章，多不宜朗诵。文气、作风——物外之言，须读，欣赏。欣赏不是了解。如看花，不必知其名目、种类，而不妨碍我们欣赏。而有时欣赏所得之了解，比了解之了解更了解。欣赏非了解，但其为了解或在寻常了解之上。

---

① 归震川：归有光（1506—1571），字熙甫，又字开甫，别号震川，又号项脊生，江苏昆山人，明代唐宋派散文家，著有《震川先生集》。

文人所了解的有时为植物学家、科学家所不能了解的。柳子厚山水游记之好,便因其看到了、了解了别人所未见到、未了解的东西。

"气盛则言之短长与声之高下者皆宜"(韩退之《答李翊书》),魏文帝文章宜看,气舒则言之长短与声之高下亦皆宜。苏辙说"气可以养而致"(《上枢密函太尉书》),而养气要读,而且要整篇整段读,不可一句一句读。"群居终日,言不及义,好行小慧,难矣哉!"(《论语·卫灵公》)说话顶碍学道、学文。"难矣",难于为仁为道了。

以上第五段"七不堪""二不可",乃自白;以下第六段乃对山公而言。

"仲尼不假盖于子夏",小善。"勿以善小而不为"[1],泰山不让土壤,故能成其高。

"护其短也",护人之短,难。

"曲者不可为桷","桷",椽也。

"此足下度内耳","度内",犹言推己以及人。

《与山巨源绝交书》第二段中有"外不殊俗,而内不失正"之语,嵇叔夜自己承认办不到。至第七段中嵇氏说:

> 今但愿守陋巷,教养子孙,时与亲旧叙阔,陈说平生,浊酒一杯,弹琴一曲,志愿毕矣。

"浊酒一杯,弹琴一曲",不是坏人心术,而是堕人志气,可是真舒服。潦倒,不整饬。人之吃苦是为了愉快,宗教上苦行也是为了

---

[1] 《三国志·蜀书·先主传》裴松之注:"勿以恶小而为之,勿以善小而不为。唯贤唯德,能服于人。汝父德薄,勿效之。"

精神上愉快、灵魂上自由。天下没有为吃苦而吃苦的。"一箪食,一瓢饮,居陋巷,人不堪其忧,回也不改其乐"(《论语·雍也》),此语句子很长,而真好:(一) 思想丰富,(二) 修辞技巧好。

狂,乃进取,然此必须有真气,否则狂妄是"客"气。狷者,有所不为,而结果易成为自私。凡狷而不成为自私的,都是有反省的。"己所不欲,勿施于人"(《论语·颜渊》),此即有反省之狷,是消极的;"己所欲者,施之于人"(《新经》),此也仍是反省,唯较积极,是狂。

"大音希声"(《道德经》四十一章),人之聪明不可使尽。

陶渊明十二分力量只使十分,老杜十分力量使十二分,《庄子》十二分力量使十二分。《论语》十二分力量只使六七分,有多少话没说出来。词中大晏①、欧阳高过稼轩,便因力不使尽。文章中《左传》比《史记》高,便因《史记》有多少说多少。不过,所谓"十分聪明别使尽",亦有两种:一是有机心,一是自然的。

日人小泉八云(L. Hearn)②《论读书》说:大文章要速读得其气势,小文章要细读得其滋味,读完之后要合上书想我们所得到的印象。《与山巨源绝交书》是大文章,以下讲小文章《重答刘秣陵沼书》。

---

① 大晏:晏殊。晏殊(991—1055),字同叔,抚州临川(今属江西)人,北宋词人,被誉为"北宋倚声家初祖",著有《珠玉词》。晏殊与其子晏几道并称"二晏",又称"大小晏"。

② 小泉八云(1850—1904):原名拉夫卡迪奥·赫恩(Lafcadio Hearn),英国人,后归化日本,从妻姓小泉八云。著有《日本:一个解释的尝试》《文学的解释》《西洋文艺论集》等。

第二十讲

刘峻(孝标)①《重答刘秣陵沼书》

刘侯既重有斯难,值余有天伦之戚,竟未之致也。寻而此君长逝,化为异物,绪言余论,蕴而莫传。或有自其家得而示余者,余悲其音徽未沫,而其人已亡;青简尚新,宿草将列,泫然不知涕之无从也。虽隙驷不留,尺波电谢,而秋菊春兰,英华靡绝。故存其梗概,更酬其旨。若使墨翟之言无爽,宣室之谈有征,冀东平之树,望咸阳而西靡;盖山之泉,闻弦歌而赴节。但悬剑空垅,有恨如何!

《昭明文选》卷第四十三"书下"载《重答刘秣陵沼书》。

文章有的痛快淋漓(老杜诗痛而不快),有的蕴藉缠绵,有的晦涩艰深。蕴藉不是半吞半吐,不是含糊,不是想做不做,也不是做而不肯干,是适可而止。《史记》有思想,《左传》无思想,可欣赏其纯文

---

① 刘峻(462—521):字孝标,以字行,平原(今山东淄博)人,南朝梁学者,以注释《世说新语》而著称于世。

艺。《左氏传》《公羊传》《谷梁传》皆蕴藉,《世说新语》蕴藉。后世宋人笔记近之,陆游《入蜀记》、范成大《吴船录》皆好。蕴藉是自然;痛快、晦涩皆是力,一用力放,一用力敛。鲁迅先生文章骂人真是痛快淋漓,周作人先生文章是蕴藉。鲁迅先生文章虽非保养品,而是防腐剂。(三代而后,诸葛亮盖第一蕴藉人物。司马懿曰,诸葛是真名士也。[①] 三国司马懿真是诸葛亮知己。)

嵇叔夜是魏晋人,《与山巨源绝交书》是魏晋文,刘孝标此文是六朝文。六朝文华丽,不易蕴藉,而此文收得真蕴藉,一点也不觉得秃,不觉其不足。

沈尹默《题儿岛氏[②]所作〈中国文学史〉》云:

> 莫从高古论风雅,体制何曾有故常。
>
> 寂寞心情谁会得,齐梁中晚待平章。

人皆以为六朝至齐梁、唐至中晚是衰落,不然。

《重答刘秣陵沼书》一文,刘孝标作。见《昭明文选》卷四十三。五臣注曰:

> 初,孝标以仕不得志,作《辩命论》,秣陵令刘沼作书难之,言不由命,由人行之。书答往来非一,其后沼作书未出而死,有人于沼家得书以示孝标,孝标乃作此书答之,故云"重"也。

刘孝标作《重答刘秣陵沼书》时,刘沼已死。活人给死人写信,

----

① 晋裴启《语林》载:"诸葛武侯与宣王在渭滨,将战,宣王戎服莅事,使人观武侯,乃乘素舆,着葛巾,持白羽扇,指麾三军,众军皆随其进止。宣王闻而叹曰:'可谓名士矣!'"

② 儿岛氏:儿岛献吉郎(1866—1931),日本汉学家,著有《支那文学史》《支那文学史纲》《支那文学考——韵文考》等。

不是无聊，必是寂寞。人写东西，有人赞成固然好，有人反对也好，最怕无响应。孝标所作，沼虽不赞成，而究竟还有人反对，今沼一死，无人言之。

刘孝标《重答刘秣陵沼书》真是寂寞心情。

禅家有"颂语"[①]云：

> 彩云影里神仙现，手把红罗扇遮面。
>
> 急须著眼看仙人，莫看仙人手中扇。
>
> （佛鉴勤和尚语）[②]

此意即《庄子》所谓"用志不分，乃凝于神"（《达生》）。人类最大的盲目、最大的痛苦莫过于看着这个想着那个。人凡在专一之时，都是一颗寂寞心。青年、中年不甘于寂寞，老年则甘于寂寞，而人在寂寞中未始不有一点小小受用——寂寞中心是静的，可以做事，可以思想。能做轰轰烈烈事业之人，多是冷静的人。

沈兼士[③]先生诗云：

> 轮囷胆气唯宜酒，寂寞心情好著书。

在文人来说，寂寞心是文人的静的功夫。要静，必须清净，由净得到静，而有所受用。有人以为至此而已，余以为由净得到静、有所

---

① 颂语，梵语 Gatha 的意译，音译为"伽佗""偈佗"，又称"偈子"，指佛经中的唱颂词，通常为四句联结而成的韵文，用于教说的段落或经文的末尾。

② 宋代道行《雪堂行拾遗录》载："圆悟在五祖为座元，有僧请益风穴'语默涉离微，如何通不犯'因缘。偶佛鉴来，悟曰：'勤兄可为颂出，布施他。'鉴即颂曰：'彩云影里神仙现。手把红罗扇遮面。急须著眼看仙人。莫看仙人手中扇。'悟深喜之。"圆悟与佛鉴，均为宋代高僧。

③ 沈兼士(1887—1947)：名臤，沈尹默之弟，浙江吴兴人，语言文字学家，曾任教北京大学、辅仁大学，顾随之师。

受用,还当有所作为。余常说"天下药多饭少",清导有余,滋补不足,故当有所作为。鲁迅先生文章若不如炮亦如锥,而本人满面是寂寞。鲁迅先生寂寞心情寂寞得阴森森的,怕人。天机最敏、生机最旺时读此种作品是否合适?可惜的是鲁迅先生不早十年写《呐喊》《彷徨》,如今只是"夕阳无限好,只是近黄昏"(李商隐《登乐游原》),如菊花,虽好,终不免凄凉。

《重答刘秣陵沼书》一文,全文仅一百四十七字。

自"刘侯既重有斯难"至"蕴而莫传"为第一部分,写答书之由;

自"或有自其家得而示余者"至"泫然不知涕之无从也"为第二部分,承上义;

自"虽隙驷不留"至"更酬其旨"为第三部分,述答书之旨;

自"若使墨翟之言无爽"至"闻弦歌而赴节"为第四部分,述希望;

末二句,写幻灭。

写文章先要清顺,文章一坑一块不成,成浆(jiàng)子也不成,清顺又要有顿挫。(胡适之文清顺,流利有余,顿挫不足,有物内之言,也能表现,只是少文章美。)此文"寻而"后有四个短句:

此君长逝,化为异物,绪言余论,蕴而莫传。

"绪",《文选》五臣注曰:"遗也。""绪言"与"余论"同义,而必须如此写,此中国方块字声音的必然现象。若只说"绪言",改为"绪言蕴而莫传",六字句,便顿挫不足矣。六朝文多四字一读(句用"。",读用","。读,音逗),有顿挫。顿挫好,而有时少年不易作到,少年文字,气象峥嵘。少年老成,老年癫狂,真无道理。

写文章首先要流利,然后始可求顿挫。文章尺幅有千里之势,尤其短篇要如此。《公羊》《谷梁》短，《左氏传》长，而读《公羊》《谷梁》并不觉其短，全在顿挫，个个字锤炼而出。此在曹子桓已最成熟，六朝乃汉末遗风，承其余绪。六朝人坚刚不如曹子桓，而优美或过之。

第一部分中，"蕴而莫传"，蕴，藏也，《论语》有"韫椟而藏诸"（《子罕》），又常言"蕴藉风流"。

下段"音徽未沫"，徽，美也。音形于外，徽藏于内。"沫"，止也，楚辞有"身服义而未沫"（《招魂》）之语。"音徽未沫，而其人已亡"，沉痛。

刘氏此文多处用典。一般用典是偷懒，而杰出的天才用之不在此列，他用典给我们的是象征、是暗示。用典有两种：其一，for example；其二，for indication。For example 是抄录，例如嵇叔夜《与山巨源绝交书》中举"元直入蜀"一段。For indication 是暗示，我们要知道原来典故，然后在文章中别人一说，我们想起从前印象，如此才成为象征。文中"尺波电谢"之"谢"有拒绝接受之意。而花开花谢，人死，亦谢也。中国一切都是象征。象征，symbol，是符号（symbolism，象征主义）。外国除形的象征外，还有声的象征。汉字有形、音、义，形、音、义皆有象征，中国戏曲之勾脸是象征，不是野蛮。而此文整个文章是象征，刘氏此文象征寂寞心，不然何必给死人写信？即因活人便无一知己。（司马懿知诸葛最深，知之极故恨之深，因处在敌位。）

"一个死人要不活在活人的心上，是真的死了。"所谓三不朽——立德、立功、立言（立德，思想；立功，事业；立言，文章）——是瞎说，必须能活在活人心上才算没死，否则纵使有书在也是死了，如

《王文成公全书》虽在，王氏在中国是死了，而在日本还活着。[①] 烈士殉国、人之守节，便因死人活在活人心上。

> 音徽未沫，而其人已亡；青简尚新，宿草将列，泫然不知涕之无从也。

数句写来，真是动人，真是悲哀。

文中言刘秣陵文章真是：

> 秋菊春兰，英华靡绝。

此二句出自屈原《九歌·礼魂》"春兰兮秋菊，长无绝兮终古"。《九歌》中女巫祀神，传花而舞，春兰、秋菊，是各时有各时美好的东西。现在祀神一点象征也没有，象征唤起人的精神。刘氏此二句虽自《九歌》来，而意义不同，不是说花开不谢，人永不死。人总是要死的，春兰秋菊是生命的延续、生的延续，是自然的。五臣注此二句曰：

> 言文章之美，如兰菊英妙之华，永无绝也。

人死而文章不死，精神不死，给人的影响永存。《九歌》及刘氏此文用春兰秋菊，虽意义不同，但皆是唤起精神，给予暗示。

俗谓六朝文浮华——浮而不沉，华而不实。沉实要有内容、有思想、有感觉。近来余觉得此评不对。六朝文章美，有内容，沉痛得很。人是死了，虽然书还在，然究竟能看到兰菊之美的有几人？能欣赏兰菊之美的有几人？能有几人真能知道花之美？花开给我们

---

① 王守仁(1472—1529)：字伯安，号阳明子，谥号文成，世称阳明先生，浙江余姚人，明代哲学家、文学家、军事家，著有《王文成公全书》。明末朱舜水远渡日本，将阳明学传至日本，至今影响犹存。

看,真是冤枉！它对得起我们,我们对不起它!"时见此一株花,与梦相似",此南泉语陆亘言。[①] 南泉俗家姓王,真是大师。此言美丽、沉痛、深刻。秋菊春兰,人人说好,而人人看此一株也与梦相似。

> 虽隙驷不留,尺波电谢,而秋菊春兰,英华靡绝。故存其梗概,更酬其旨。

"虽""而""故",用得真好。可惜活人虽是活着的,而死人是死了;活人虽有"存其梗概,更酬其旨"之心,而死人未必有知,故有下面"若使墨翟之言⋯⋯"一段。

墨家重鬼神,"墨翟之言无爽,宣室之谈有征",谓魂而有灵,死而有知。"东平之树,望咸阳而西靡;盖山之泉,闻弦歌而赴节",亦神而有灵之意。人最大的快乐、安定是信、信仰,最痛苦是希望而不相信。希望是痛苦的,不是快乐的;是动摇的,不是安定的。安定虽非积极快乐,而是消极快乐。鲁迅先生《彷徨·伤逝》写希望而害怕,即因希望而无定。刘氏此文写"若使""墨翟之言""宣室之谈","冀""东平之树""盖山之泉",是希望而不相信,是最痛苦的。

刘氏此文在表现上真好。表现是自然,作者是无心的自然流露,而读者是有意的领会,表现不是暴露。诗人见到花想到美人,禅师见到花悟到禅机,而花本无意,诗人、禅师见到花,说是便都是,说不是便都不是。陆机《文赋》谓:

---

① 南泉(748—834):唐代禅宗高僧,马祖道一门下三大士之一。晚年卓锡池州南泉山,弘化一方,人称"南泉"或"南泉禅师"。陆亘(764—834):字景山,吴郡人。南泉晚年传法池州之时与陆亘关系密切。明代瞿汝稷《指月录》卷八载:"陆大夫向师道:'肇法师也甚奇怪,解道"天地与我同根,万物与我一体"。'师指庭前牡丹花曰:'大夫,时人见此一株花,如梦相似。'陆罔测。"

　　石蕴玉而山辉，水怀珠而川媚。

　　"蕴""怀"与表现正是两面，"蕴""怀"是作者无心流露，"山辉""川媚"则是读者有意领会，山无意于辉，水无意于媚。无心流露、有心领会是遇合，是机缘，佛与基督尚不能说法使所有人感动，何况凡人？（而其实遇合、机缘是极简单的事。）刘氏写此文若真正绝望，一了百了，也就完了。有希望是痛苦，孝标有此等希望而痛苦，是"石韫玉""水怀珠"，其文章的表现力自然如彼之凝重。

　　骈文到凝重已不易，而作到凝重只作到一半，最难的是要使人感到颤动。此在作者是最大成功，在读者是最大欢喜。（律诗凝重，老杜律诗《春望》"国破山河在，城春草木深"，凝重而颤动。）

　　文之结束二句，向死者赠剑。死者无知，则不必赠剑；死者有知，则赠剑死者可知。今明知死者虽无知而还要"悬剑空垅"，真是"有恨如何"，令人颤动！故开头余即说："此文收得真蕴藉，一点也不觉得秃，不觉其不足。"

第二十一讲

李康(萧远)^①《运命论》

夫治乱运也,穷达命也,贵贱时也。故运之将隆,必生圣明之君。圣明之君,必有忠贤之臣。其所以相遇也,不求而自合;其所以相亲也,不介而自亲。唱之而必和,谋之而必从,道德玄同,曲折合符,得失不能疑其志,谗构不能离其交,然后得成功也。其所以得然者,岂徒人事哉?授之者天也,告之者神也,成之者运也。

夫黄河清而圣人生,里社鸣而圣人出,群龙见而圣人用。故伊尹,有莘氏之媵臣也,而阿衡于商。太公,渭滨之贱老也,而尚父于周。百里奚在虞而虞亡,在秦而秦霸,非不才于虞而才于秦也。张良受黄石之符,诵三略之说,以游于群雄,其言也,如以水投石,莫之受也;及其遭汉祖,其言也,如以石投水,莫之逆也。非张良之拙说

---

① 李康(? 196—? 265):字萧远,中山(今属河北)人,三国时期魏文学家,曾作《游山九吟》,今存《运命论》一篇。《运命论》意在探讨国家治乱与士人个人出处之关系。

于陈项,而巧言于沛公也。然则张良之言一也,不识其所以合离?合离之由,神明之道也。故彼四贤者,名载于篆图,事应乎天人,其可格之贤愚哉? 孔子曰:"清明在躬,气志如神。嗜欲将至,有开必先。天降时雨,山川出云。"诗云:"唯岳降神,生甫及申;唯申及甫,唯周之翰。"运命之谓也。岂唯兴主,乱亡者亦如之焉。幽王之惑褒女也,祆始于夏庭。曹伯阳之获公孙强也,征发于社宫。叔孙豹之暱竖牛也,祸成于庚宗。吉凶成败,各以数至。咸皆不求而自合,不介而自亲矣。

昔者,圣人受命河洛曰:以文命者,七九而衰;以武兴者,六八而谋。及成王定鼎于郏鄏,卜世三十,卜年七百,天所命也。故自幽厉之间,周道大坏,二霸之后,礼乐陵迟。文薄之弊,渐于灵景;辩诈之伪,成于七国。酷烈之极,积于亡秦;文章之贵,弃于汉祖。虽仲尼至圣,颜冉大贤,揖让于规矩之内,闾阎于洙、泗之上,不能遏其端;孟轲、孙卿体二希圣,从容正道,不能维其末,天下卒至于溺而不可援。夫以仲尼之才也,而器不周于鲁卫;以仲尼之辩也,而言不行于定哀;以仲尼之谦也,而见忌于子西;以仲尼之仁也,而取雠于桓魋;以仲尼之智也,而屈厄于陈蔡;以仲尼之行也,而招毁于叔孙。夫道足以济天下,而不得贵于人;言足以经万世,而不见信于时;行足以应神明,而不能弥纶于俗;应聘七十国,而不一获其主;驱骤于蛮夏之域,屈辱于公卿之门,其不遇也如此。及其孙子思,希圣备体,而未之至,封己养高,势动人主。其所游历诸侯,莫不结驷而造门;虽造门犹有不得宾者焉。其徒子夏,升堂而未入于室者也。退老于家,魏文侯师之,西河之人肃然归德,比之于夫子而莫敢间其言。故曰:治乱,运也;穷达,命也;贵贱,时也。而后之君子,区区于一主,叹息于一朝。屈原以之沉湘，贾谊以之发愤，不亦过乎！

　　然则圣人所以为圣者，盖在乎乐天知命矣。故遇之而不怨，居之而不疑也。其身可抑，而道不可屈；其位可排，而名不可夺。譬如水也，通之斯为川焉，塞之斯为渊焉，升之于云则雨施，沉之于地则土润。体清以洗物，不乱于浊；受浊以济物，不伤于清。是以圣人处穷达如一也。夫忠直之迕于主，独立之负于俗，理势然也。故木秀于林，风必摧之；堆出于岸，流必湍之；行高于人，众必非之。前监不远，覆车继轨。然而志士仁人，犹蹈之而弗悔，操之而弗失，何哉？将以遂志而成名也。求遂其志，而冒风波于险途；求成其名，而历谤议于当时。彼所以处之，盖有算矣。子夏曰："死生有命，富贵在天。"故道之将行也，命之将贵也，则伊尹、吕尚之兴于商周，百里、子房之用于秦汉，不求而自得，不徼而自遇矣。道之将废也，命之将贱也，岂独君子耻之而弗为乎？盖亦知为之而弗得矣。凡希世苟合之士，蘧篨戚施之人，俛仰尊贵之颜，逶迤势利之间，意无是非，赞之如流；言无可否，应之如响。以窥看为精神，以向背为变通。势之所集，从之如归市；势之所去，弃之如脱遗。其言曰：名与身孰亲也？得与失孰贤也？荣与辱孰珍也？故遂絜其衣服，矜其车徒，冒其货贿，淫其声色，脉脉然自以为得矣。盖见龙逢、比干之亡其身，而不唯飞廉、恶来之灭其族也。盖知伍子胥之属镂于吴，而不戒费无忌之诛夷于楚也。盖讥汲黯之白首于主爵，而不惩张汤牛车之祸也；盖笑萧望之跋踬于前，而不惧石显之绞缢于后也。

　　故夫达者之算也，亦各有尽矣。曰：凡人之所以奔竞于富贵，何为者哉？若夫立德必须贵乎？则幽、厉之为天子，不如仲尼之为陪臣也。必须势乎？则王莽、董贤之为三公，不如杨雄、仲舒之阒其门也。必须富乎？则齐景之千驷，不如颜回、原宪之约其身也。其为实乎？则执枸而饮河者，不过满腹；弃室而洒雨者，不过濡身；过此以往，弗能受也。其为名乎？则善恶书于史册，毁誉流于千载；赏罚悬于天道，吉凶灼乎鬼神，固可畏也。将以娱耳目、乐心意乎？譬命驾而游五都之市，则天下之货毕陈矣。褰裳而涉汶阳之丘，则天下之稼如云矣。椎纷而守敖庾、海陵之仓，则山坻之积在前矣。扱袵而登钟山、蓝田之上，则夜光玙璠之珍可观矣。夫如是也，为物甚众，为己甚寡，不爱其身，而啬其神。风惊尘起，散而不止。六疾待其前，五刑随其后。利害生其左，攻夺出其右，而自以为见身名之亲疏，分荣辱之客主哉。天地之大德曰生，圣人之大宝曰位，何以守位曰仁，何以正人曰义。故古之王者，盖以一人治天下，不以天下奉一人也。古之仕者，盖以官行其义，不以利冒其官也。古之君子，盖耻得之而弗能治也，不耻能治而弗得也。原乎天人之性，核乎邪正之分，权乎祸福之门，终乎荣辱之算，其昭然矣。故君子舍彼取此。若夫出处不违其时，默语不失其人，天动星迴而辰极犹居其所，玑旋轮转，而衡轴犹执其中，既明且哲，以保其身，贻厥孙谋，以燕翼子者，昔吾先友，尝从事于斯矣。

《昭明文选》卷第五十三"论三"载《运命论》。

人有"命"，人所生的时代、环境、风气即其命运，能摆脱当时风气的，非妖怪即英雄。（文章风气亦然。）

命——由生到死，长；时——偶然，短。

"运命"，"运"，天地运流（自然的）；"命"，人命（人为的）。

对所谓运命的认识有三种：

一、神的，一切由神主宰。

遐稽古初孔曰性近禮亦有言人
生而静善惡未生是日本性心分
本虛與物相印習雜既陳是非斯
定餘姚性學千秋定論良知之說
孟氏所崇理遏欲未發為中洗
心藏密忠與民同任情自發有感
遏通湛然虛明廓然大公知行合
一性道事功

焦秉貞

王陽明先生真像

>>> 儒家并非真相信运命。王阳明提出"知行合一",认为"知"了便能行。图为清代焦秉贞《王阳明先生真像》。

二、自然的（玄学的）。"莫之为而为"，"莫之致而至"（《孟子·万章上》），不相信有神的主宰，也不相信自己的把握，即如《庄子》所云："适来，夫子时也；适去，夫子顺也。"（《养生主》）

三、科学的（近代的）。

Fate，运命；fatalist，运命论者。西洋之 fatalist 多是悲观的，以为人在天地间是最渺小的，短短的生命，小小的身体，无论你是圣贤、英雄，终归于死，凡事之不可挽回者皆归于命。

中国古代墨家事鬼神，不是为鬼而事鬼，是为人；儒家敬鬼神而远之，也是为人；神道设教也仍是为人。《论语·微子》篇子夏曰：

死生有命，富贵在天。

子夏之原意谓多活不必欢喜，早死也不必悲哀。我们应把死生富贵之心抛开，做点儿别的事情，活一天干一天，把心地打扫干净。"死生有命，富贵在天"八个字，颇似佛之扫除妄念。方生方灭是妄念，妄念把人的精力凌迟了。精神的专一从统一做起，平常人只注意生命、富贵，要扫除妄念，精修胜业。儒家并非真相信运命，没有纯神的运命论，中国传统的运命论是自然的，玄的，我们要用智慧、思想对传统道德进行新评价。

王阳明提出"知行合一"[①]，认为"知"了便能行。其实"信"了也能"行"，不"行"还是不"信"。

苏东坡有一文，说自己纵步力疲，就林止息，虽未至目的地而曰

---

① 王守仁《传习录》卷上："某今说个知行合一，正是对病的药。"

"此间有甚么歇不得处"①。如我们夏天走路,忽然遇到有树荫清泉的地方,喝点儿泉水休息休息,岂不舒服？走长途日暮途穷忽遇乡村野店,吃点儿饭,喝三杯酒,一觉好睡,岂不舒服？舒服么？舒服。而到家么？没到。庄子是只此而止,不求到家,而孔子则不然。《论语·宪问》曰:

> 子路宿于石门。晨门曰:"奚自?"子路曰:"自孔氏。"曰:
> "是知其不可而为之者与?"

"知其不可而为之。"——此晨门评夫子者。对晨门之评,胡适曾说:"认得这个真孔丘,一部《论语》都可废。"(《尝试集·孔丘》)"知其不可而为之",不是傻,是伟大。孔子所言"知命"是不妄求,不妄为,而不是不求、不为。

《运命论》之开篇三句曰:

> 夫治乱运也,穷达命也,贵贱时也。

此是一段总起,同时并为全篇之大旨。

文章的层次与系统不同,层次只是文字上的功夫,中国文章无层次而有系统,有中心思想。文章的中心思想,作"论",需点明;作"纪",可暗示;作史只是要真实、生动,不要用自己意见去征服别人,只把事实点出,自然形成别人的意见。《左氏传》并不点明中心思

---

① 苏轼《记游松风亭》:"余尝寓居惠州嘉祐寺,纵步松风亭下,足力疲乏,思欲就林止息,望亭宇尚在木末,意谓是如何得到？良久忽曰:'此间有甚么歇不得处?'由是如挂钩之鱼,忽得解脱。若人悟此,虽兵阵相接,鼓声如雷霆,进则死敌,退则死法,当甚么时也不妨熟歇。"

想，尤其末后"君子曰"①。作论则不同，贾谊②《过秦论》之结尾说：
"一夫作难而七庙隳，身死人手，为天下笑，何也？仁义不施而攻守
之势异也。"陆士衡的《辩亡论》仿之，大旨亦置于最后，此种写法冒
险。《运命论》将一篇大旨置于篇首。

《运命论》首三句总起之后，"故运之将隆"至"必有忠贤之臣"数
句为前提；"其所以相遇也"至"谗构不能离其交，然后得成功也"数
句为发挥；"其所以得然者"至"成之者运也"数句为结束。（然，如
此。此处"然"，指以上发挥之部分。）

文中用故事，在纯文学中是为求美，在议论文是举例作证。连
用典故，行文上要有排比，其顺序或依时代，或依事类。文章当用排
比而又不可堆砌，"导之则泉注，顿之则山安"（孙过庭《书谱》），文如
水流山立。《过秦论》即如此。排比与堆砌，真如鲁迅所谓：肉麻与
有趣，相去一间耳。③ 散文中之排比，或有因果相生，有因果相生则
不显堆砌。如韩愈《原道》开篇即曰：

> 博爱之谓仁，行而宜之之谓义，由是而之焉之谓道，足乎己
> 无待于外之谓德。

如此排比而绝无堆砌。以修辞论，此胜过《运命论》开头之前
三句。

---

① 《左传》行文末尾处常有一段议论文字，以"君子曰"开头。"君子曰"实为《左传》
对所载人物史事发表评论的一种独特形式。

② 贾谊（公元前 200—前 168）：洛阳（今属河南）人，西汉初年政论家、文学家，曾为
长沙王太傅，故世称贾太傅、贾长沙。《汉书·艺文志》记载其散文有五十八篇，收录于
《新书》。

③ 鲁迅《〈朝花夕拾〉后记》："人说，讽刺和冷嘲只隔着一张纸，我以为有趣和肉麻
也一样。"

文人是冒险的。凡事皆有分际、限度。文人创作时觉得不这样写不成,此非对读者而言,是自己心里觉得不如此写不行,而写出之后由读者一看,有分际、有限度,如悬崖勒马,要分际恰好,离太远让人觉得没劲,而过了掉下去,摔死了。太史公、老杜有时皆不免"过",《汉书》是不够,只有《左传》真了不得。

作文如蜂酿蜜,当博采。文章之表现当动人,使人相信。而读文章,若只注意形式、音节之美,则容易受其蛊惑而忽略其内容。当以近代头脑读古人书。古文形式、音节好,而说理未必是。若孙过庭《书谱》中论学书:

> 有学而不能者矣,未有不学而能者也。

形式、音节、说理,须均好。(即领袖之用人才亦如是:"有求而不得者矣,未有不求而得者也。"人溺己溺,人饥己饥。不得已而求其次,领袖亦当以事业为前提,不可以个人福利为前提。此非一手一足之力,故必有辅佐。明思宗云:"朕非亡国之君,诸臣皆亡国之臣也。"[①]就凭这句话,思宗便是亡国之君。弈棋下子,脚步一乱,求生反死。思宗求治太急,用人不专,知人不明,人才求而不得,盖亦由知人不明。)

《论语》中孔子曰:

---

① 明思宗:朱由检(1610—1644),明代最后一位皇帝,自缢于煤山。"思宗"为其庙号。清代龚炜《巢林笔谈》卷下载:"明怀宗(即崇祯帝)言:'朕非亡国之君,诸臣皆亡国之臣。'甚矣,其自恕也!孟子曰:'不信仁贤,则国空虚。'又曰:'不用贤则亡。'皆专责其君之词也。崇祯朝,未尝无仁贤,而信之不专,用之不久,则偾事之小人日益进,而国亡矣。此所谓虽有善者,亦末如何之候,而概责之曰'诸臣皆亡国之臣'哉!且亦思用此亡国之臣者谁乎?奈何其不自反也?故帝之贤,贤在死社稷,而言乎亡国,则不得但诿罪于诸臣。"

学而时习之。

学，由勉强而得自然的过程谓之学。上智，不学不能；下愚，学而不能；我们是学然后勉强而得。只觉勉强，不得自然，是功夫不到；只有自然，没有勉强，不是天才就是不长进；由勉强得自然，是大自在。如练拳的式子是不舒服的，功夫练到家则自在舒服；禅宗戒律束缚人，而大师则行所无事。老杜的律诗亦然。（现在的诗无格律，倒自由，可是也未能好。）自由要不妨害他人自由，自由便是很严的戒律。高深的地方不是玄，若"玄"，不是欺骗便是偷懒；或者以为玄乃高妙，实是不肯追求。即俗之迷信，亦有象征意味：红，象征吉，如花如火，是发煌；白，象征哀，如霜如雪，是冷静。禅家有"透网金鳞"之话头：

僧问："透网金鳞以何为食？"师曰："罗笼不肯住，呼唤不回头，并非不落网，而要透出去。"①

透网之金鳞，是穿透罗网穿梭式一直向前。而平常人活了不肯死，死了不肯活，落入罗网就透不出去。"死"的人却如何得"活"？生，有生命、生活二义，今所谓"死"是生活的死，则虽生命存在亦犹死也。透网金鳞，得大自在，而并非成为余故乡所谓"没事人儿"②了。"没事人儿"，就是有生命而没有生活。透网金鳞还要精修猛进，人不可不吃饭，而不可吃饱了便成"没事人儿"。吃饭也许艰难，但绝

---

① 《五灯会元》卷十五载奉先深禅师事："师同明和尚到淮河，见人牵网，有鱼从网透出。师曰：'明兄，俊哉！一似个衲僧相似。'明曰：'虽然如此，争如当初不撞入网罗好！'师曰：'明兄，你欠悟在。'明至中夜方省。"宋代道行《雪堂行拾遗录》载："僧曰：'有问透网金鳞以何为食？'答曰：'罗笼不肯住，呼唤不回头。'"

② 没事人儿：方言俗语，"没"读如 mú。亦可说"没事身儿"，甚之曰"不觉没事身儿"，其深意即没有感觉的人。

不是伟大。

文章应有：（一）义理（内容），（二）文字美。

英人谓英国文章至沃尔特·佩特（W. Pater）[①]则"盛服大殓，寿终正寝"。此言虽不能说不严肃，但也很刻薄，也很公平，便因生命、生活都没有了。文字弹性的大小便是活动力的大小，六朝文便近于"盛服大殓"。而刘孝标《重答刘秣陵沼书》乃士大夫"盛服"而未"大殓"，生命力毫不减少。曹子桓文亦然。

文人写作所用语言，所走的有两条路：一是从旧书本子上学的，另一则是活的语言。退之虽称"文起八代之衰"（苏轼《潮州韩文公庙碑》），而"非三代两汉之书不敢观"（《答李翊书》），尚非活的语言，与六朝文路子同，唯标准不同耳。余对史、汉[②]、庄子只是理智上觉得好，理智、感情都觉得好的是曹子桓、鲁迅，清峻峭厉，而鲁迅走的也是古典派。韩退之革新是复古；鲁迅先生是跳过"八家"回到《文选》，是"白话"而不是活的语言；《海上花列传》《九尾龟》[③]是用当时活的语言写的。

①　沃尔特·佩特（1839—1894）：英国文学家、文艺批评家，19 世纪晚期英国唯美主义运动代表人物，倡导"为艺术而艺术"，著有哲学小说《享乐主义者马利乌斯》。

②　史：《史记》；汉：《汉书》。

③　《海上花列传》，韩邦庆著；《九尾龟》，张春帆著，二者均为清代狭邪小说。

附一

简说《文选序》①

　　式观元始,眇觌玄风。冬穴夏巢之时,茹毛饮血之世,世质民淳,斯文未作。逮乎伏羲氏之王天下也,始画八卦,造书契,以代结绳之政,由是文籍生焉。《易》曰:"观乎天文,以察时变;观乎人文,以化成天下。"文之时义远矣哉! 若夫椎轮为大辂之始,大辂宁有椎轮之质;增冰为积水所成,积水曾微增冰之凛,何哉? 盖踵其事而增华,变其本而加厉。物既有之,文亦宜然。随时变改,难可详悉。

　　尝试论之曰:《诗序》云:"诗有六义焉:一曰风,二曰赋,三曰比,四曰兴,五曰雅,六曰颂。"至于今之作者,异乎古昔,古诗之体,今则全取赋名。荀、宋表之于前,贾、马继之于末。自兹

---

　　① 《简说〈文选序〉》与下《简说〈文选〉文体分类》,据萧雨生笔记整理。1959 年 10 月,顾随先生在天津师范学院为中文系研究生讲授《文选》,学生萧雨生有笔录,今据以辑录整理,以为附录。

以降，源流寔繁。述邑居则有"凭虚""亡是"之作，戒畋游则有《长杨》《羽猎》之制。若其纪一事，咏一物，风云草木之兴，鱼虫禽兽之流，推而广之，不可胜载矣！又楚人屈原，含忠履洁，君匪从流，臣进逆耳，深思远虑，遂放湘南。耿介之意既伤，壹郁之怀靡愬。临渊有怀沙之志，吟泽有憔悴之容。骚人之文，自兹而作。

诗者，盖志之所之也。情动于中而形于言。《关雎》《麟趾》，正始之道著；桑间濮上，亡国之音表。故风雅之道，粲然可观。自炎汉中叶，厥途渐异。退傅有"在邹"之作，降将著"河梁"之篇；四言五言，区以别矣。又少则三字，多则九言，各体互兴，分镳并驱。颂者，所以游扬德业，褒赞成功。吉甫有"穆若"之谈，季子有"至矣"之叹。舒布为诗，既言如彼；总成为颂，又亦若此。次则箴兴于补阙，戒出于弼匡。论则析理精微，铭则序事清润，美终则诔发，图像则赞兴。又诏诰教令之流，表奏笺记之列，书誓符檄之品，吊祭悲哀之作，答客指事之制，三言八字之文，篇辞引序，碑碣志状，众制锋起，源流间出。譬陶匏异器，并为入耳之娱；黼黻不同，俱为悦目之玩。作者之致，盖云备矣！

余监抚馀闲，居多暇日，历观文囿，泛览辞林，未尝不心游目想，移晷忘倦。自姬、汉以来，眇焉悠邈，时更七代，数逾千祀。词人才子，则名溢于缥囊；飞文染翰，则卷盈乎缃帙。自非略其芜秽，集其清英，盖欲兼功，太半难矣！若夫姬公之籍，孔父之书，与日月俱悬，鬼神争奥，孝敬之准式，人伦之师友，岂可重以芟夷，加之剪截？老、庄之作，管、孟之流，盖以立意为宗，不以能文为本，今之所撰，又以略诸。若贤人之美辞，忠臣之抗直，谋夫之话，辨士之端，冰释泉涌，金相玉振。所谓坐狙丘，议稷下，仲连之却秦军，食其之下齐国，留侯之发八难，曲逆之吐六奇，盖乃事美一时，语流千载。概见坟籍，旁出子史，若斯之流，又亦繁博，虽传之简牍，而事异篇章，今之所集，亦所不取。至于记事之史，系年之书，所以褒贬是非，纪别异同，方之篇翰，亦已不同。若其赞论之综缉辞采，序述之错比文华，事出于沉思，义归乎翰藻，故与夫篇什，杂而集之。远自周室，迄于圣代，都为三十卷，名曰《文选》云耳。

凡次文之体，各以汇聚。诗赋体既不一，又以类分；类分之中，各以时代相次。

昭明太子萧统编《文选》，作《文选序》。序要说明为什么写（原因、动机），怎样写（方式、方法）。

《文选》给后人影响很大。没有一个知识分子不读《文选》，直到"五四"。五四运动《新青年》提出两个口号——"桐城"是"谬种""选学"是"妖孽"（钱玄同《致陈独秀函》）。

其实，无论骈散，修辞、句法大有可学之处，应各种文学形式皆备。所谓"宽打窄用"，闲时置下忙时用。鲁迅、毛泽东都能极好地运用骈文、韵文，刘师培亦为近代选学大师。

文学是社会之缩影，形形色色。

附二

简说《文选》文体分类

以下简说《文选》文体分类。

一、赋体分类。

昭明太子萧统,统治阶级中人物,其选文之观点、角度与我们的标准不同,他尊崇统治者。且六朝时,赋大兴,成为文人最崇尚之风气,故《文选》以赋体开卷,置京都赋于卷首。

京都赋:卷一至卷六。

郊祀、耕籍、畋猎:卷七至卷九。郊祀:祭祀天地。耕籍:古以农业立国,天子躬耕是一种仪式,所耕之田为籍田。今所见先农坛,即为皇帝耕地之处。畋猎:打猎表示尚武精神。兵可以百年不用,不可一日不备。历代帝王无不以武夷边,内镇压异己分子,镇压人民起义。畋猎是练武的一种制度,不唯皇帝游乐而已,武备。

纪行:旅行,为干事出游。卷九、卷十。

游览、宫殿:偏于人事。卷十一。

江海：抒情于此始。卷十二。

物色："物"指大自然，"色"指现象。（狭义之色，颜色；广义则凡表面现象均称色。）卷十三。

鸟兽：卷十三、卷十四。

志：纯粹的抒情。卷十四至卷十六。

哀伤：对死去之人、过去之事的追悼、留恋。卷十六。

论文：唯一之一篇讨论文学创作。卷十七。

音乐：如傅武仲《舞赋》。卷十八。

情：为性、爱情。卷十九。

《文选》共六十卷，赋占十九卷，可见对赋之重视。

二、诗体分类。

补亡：毛诗有六篇有目无诗，仿《诗经》六篇亡目补作。卷十九。

述德：述其祖先德行，封建家族观念之反映。卷十九。

劝励：劝人为好事。卷十九。

献诗：自下对上向皇帝献诗。卷二十。

公宴：上本是主，下臣本是客，下臣写诗献其主。卷二十。

祖饯：祭祀的仪式。祖，祖道；饯，饯行。卷二十。

咏史：以历史人物事迹为题材。卷二十一。中有应休琏①《百一诗》。百一：少见。百字成一篇，五句为一韵。又一说：作本自谦。百字无不有一字之差。又一说：百字能无一字之差乎？就此篇，无从考其说孰为是。《百一诗》是有政治性之诗。

游仙：赞羡仙人之诗。卷二十一。凡人不能来去自由，寿命不

① 应璩(190—252)：字休琏，汝南(今属河南)人，三国时期魏文学家，博学好文，长于书记。

过百,而仙则遨游、百寿。游仙诗,以仙为主;游仙词,以仙说人,人为主,仙为辅。唐以后游仙诗作的很少。今之毛主席《蝶恋花》,游仙。

招隐:招抚隐士为其辅政,又一说是社会政治腐败招来避世。卷二十二。

反招隐:不以隐士为尊,隐士无意义。卷二十二。

游览:以人为主,与"物色"以人为主不同。卷二十二。

咏怀:抒情诗。卷二十三。

哀伤:实亦为咏怀,但单列一体。咏怀表现作者整个世界观,哀伤则仅就某事某人抒哀伤之情。卷二十三。

赠答:赠人与被赠,文人应酬之作。卷二十三至卷二十六。

行旅:卷二十六、卷二十七。

军戎:军队。卷二十七。

郊庙:皇帝祭天为郊,祭祖为庙。卷二十七。

乐府:分为民歌与文人仿作。卷二十七、卷二十八。乐府其名始于汉。原本能歌唱者为乐府,不能歌唱者为徒诗。至唐乐府依然盛行,但已不可歌,成为乐府诗。

挽歌:拉车为挽。亲友拉丧车并歌以祭死者,后成为追悼歌。卷二十八。

杂歌:无名之歌。如《易水歌》《大风歌》。卷二十八。

杂诗:无以分类之诗。卷二十九、卷三十。

杂拟:模仿古人者曰拟。卷三十、卷三十一。

骚:卷三十二、卷三十三。

七:枚乘①作《七发》,以后模拟《七发》的作品,统谓之"七"。卷三十四、卷三十五。

诏、册:诏为皇帝书,册为皇帝下于某层之书。卷三十五。

令、教:皇帝次一等的官属之令为教,教次于令。卷三十六。

文:应为策文。皇帝为考试秀才出的题目,六朝后谓之策问。卷三十六。

表:臣对君献的表文,俗谓上表、表章。表者,表明之意,如《出师表》。卷三十七、卷三十八。

上书:对皇帝上书。书、表之称仅时代不同,秦汉前谓之上书,秦汉后谓之上表。卷三十九。

启:启事、说明。对皇帝为上表,对上级为上启、启事。卷三十九。

弹事:弹劾、刺斥之意。卷四十。

笺:信,同笺。对上级所写之信为笺。卷四十。

奏记:与笺同,提出一件事情。卷四十。

书:书札、书信,与同辈、平等者之书信。卷四十一至卷四十三。

檄:公文多与军事有关者称檄,指自己正义、对方非正义。卷四十四。

对问:上级有问而对答。卷四十五。

设论:假设二人彼此辩论。卷四十五。

辞:如《归去来兮辞》。卷四十五。

序:卷四十五、卷四十六。

---

① 枚乘(? —公元前140):字叔,淮阴(今属江苏)人,西汉初期辞赋家。其代表作《七发》标志汉大赋体制的形成。

颂：歌功颂德，对事而言。卷四十七。

赞：同颂，对人而言。卷四十七。

符命：皇帝、天命，各置半符，相合以命。卷四十八。

史论：论事、论人。卷四十九、卷五十。

史述赞：篇末之赞文，散论。卷五十。

论：说理论事之文。卷五十一至卷五十五。

连珠：先举一例，一小段一小段连珠而下，每段之间无显在联系，内容均为论政治，为格言式。卷五十五。

箴：劝戒之文。卷五十六。

铭：器物之铭。卷五十六。

诔：追悼之文。卷五十六、卷五十七。

哀：皇家死人之哀文，即哀策。卷五十七、卷五十八。

碑：祭人、祭事，对一建筑立碑。卷五十八、卷五十九。

墓志：志者，记也。埋于坟中，与碑文记于坟外不同。卷五十九。

行状：行，行为；状，状态。写死者一生之行状，与传不同：刚死即写为行状，而传求真且写于死后。卷六十。

吊文：吊古人。卷六十。

祭文：置酒而祭，可祭亲人、友人。卷六十。

中国文学文体极多，唐以后又出现很多新文体，如：唐四六、宋四六、八股文等，多趋于形式主义。

附录

文话

文话(上)[①]

一

　　言中之物——实，内容；物外之言——文章美。

　　凡事物皆有美观、实用二义。由实用生出美观，即文化、文明。没有美观也成，然而非有不可。美观、实用，得其中庸之道即生活最高标准。

　　不作言之无物的文章。

　　所谓"选学妖孽，桐城谬种"（钱玄同《致陈独秀函》）者，以其过重美观，不重实用。美观、实用，二者皆是"雅洁"，殊途而同归。然流弊乃至于空泛，只重外表，不重内容，缺少言中之物。

　　"五四"以后，有些白话文缺少物外之言，而言中之物又日趋浅薄。实际说来，文章既无不成其为"物之言"，又无不成其为"言之物"。

　　鲁迅先生是诗人，故能有物外之言；是哲人，故能有言中之物。

────────

① 《文话》(上)系摘录 20 世纪 40 年代课堂笔记而成。

文章美包括：

（一）音节美（念），（二）文字美（思）。

声调，乃音节美（用口念）；字形，乃文字美（用目观）；合为文章美，即所谓物外之言。

文章美中音节美最重要，故学文需朗读、背诵。念的好坏可代表懂的深浅。

声调——音节美，念，用口念，用耳听，是口耳之学；字形——文字美，用目视，是眼目之学。合口与目更须以心思之，然后可成文章，可言创作、欣赏。

作风（style），文章美之显于外者也；文气，文章美之蕴于内者也。

文气、作风——物外之言，须读，欣赏。欣赏不是了解。如看花，不必知其名目、种类，而不妨碍我们欣赏。而有时欣赏所得之了解比了解之了解更了解。欣赏非了解，但其为了解或在寻常了解之上。文人所了解的有时为植物学家、科学家所不能了解的。

柳子厚山水游记之好，便因其看到了、了解了别人所未见到、未了解的东西。

天下没有纯美观无实用而能存在之事物，反之亦然。故美观越到家，实用成功也越大。

纯艺术品到最优美地步似无实用，然其与人生实有重要关系，能引起人优美、高尚情操，使之向前、向上，可以为堕落之预防剂，并不只美观而已。故天地间事物，实用中必有美观，美观中必有实用，文章中言中之物——内容，物外之言——文章美。

初学者先懂言中之物，后懂物外之言。读书：（一）茫然；（二）

了解（言中之物，内容）；（三）欣赏（物外之言，文章美）。

创作亦然：（一）茫然，（二）表达情意，（三）文章美之表现。第二步只是"是"，不是"美"。如唱戏，合板眼未必好。

内容——言中之物，须看，了解（看不能只一遍）。凡说理周密、思想深刻之文章，多不宜朗诵。

文章美，第一要以清楚为基础。如写字，首要横平竖直；作文，首要清楚。此虽非"美"而是"白"。（儒家所谓"白受采"，一切"采"是一切美德，而必先有"白"。）

散文之美者有时比诗更美，其美为诗所无。如《水经注》《洛阳伽蓝记》，皆写得好，虽不叶韵，音节甚美，字形亦美。

人皆以为写散文较诗易，实则不然。"人莫踬于山而踬于垤"（《淮南子·人间训》），写散文易于大胆，大步跑，易有漏洞。

二

要晓得作者文心，方才不致对作品曲解、误解。

从谂禅师（赵州禅师）云：有时将丈六金身（佛身）做一支草用，一支草做丈六金身用。

鲁迅先生颇能以一支草做丈六金身用，如《阿Ｑ正传》。《礼记》所谓：其称名也小，其取类也大。

将丈六金身做一支草用，唯太史公能之。如写《项羽本纪》项羽大破秦军于邯郸一段，不但锋棱俱出，简直风雷俱出，然不见太史公写时之慌乱困难。

不论诸子之说理，屈子之抒情，左氏、司马之记事，皆能以安闲写紧张。虽遇艰难复杂，皆能举重若轻。读时亦不可紧张，忽略古人用心。

文有痛快淋漓、蕴藉缠绵、晦涩艰深之分。

蕴藉不是半吞半吐，不是含糊，不是想做而不做，也不是做而不肯干，是适可而止。蕴藉是自然。痛快、晦涩皆是力，一用力放，一用力敛。

《左氏》《公羊》《谷梁》皆蕴藉，《世说新语》蕴藉，宋人笔记近之。

汉人文章使"力"。盖汉人注意事功，思想亦基于事实，是"力"的表现。总欲有所作为，向外的多。

魏文帝曹丕不是"力"，而是"韵"。

"力"与"韵"皆非思想。

"韵"盖与"感"有关。"感"有二种：一为感情，心灵的（灵、心）；一为感觉，肉体的（肉、物）。

佛说"六根"：眼、耳、鼻、舌、身、意。前五根属于肉，后一属于灵。"韵"与感觉、感情有关。

李陵《答苏武书》或谓为六朝人伪作，此不可信。即使非李陵，亦必汉人作。文气发煌，绝非魏晋以后人所能有。盖汉人为文，亦好大喜功也。

魏晋文章清新。与其谓为春天雨后草木发生，毋宁谓为北方秋天雨后晴明气象，天朗气清，天高气爽。

六朝文章成熟，尤其在技术方面（修辞）。

李陵《答苏武书》既非魏晋清新，又非六朝成熟，而颇有发煌之气。

美丽、简明，六朝文兼之。

简明乃美丽之本。

萧氏父子（梁武帝萧衍、昭明太子统、简文帝纲、元帝绎）中，昭明太子不及武帝衍，且不及简文帝纲。欲知末路文人情况，可读简文帝传及其文。简文帝没过过一天太平日子。

六朝短赋（小品赋）当以萧氏父子所作为佳。而昭明不及其两位贤弟。梁简文帝萧纲、梁元帝萧绎写声、色，真写得好。

六朝时人性命不保，生活困难。文人敏感，于此时读书真是"苦行"，而于"苦行"中能得"法喜"（禅悦）。别人视为苦，而为者自得其乐。

人在安乐中出生，不了解人生；人在苦行中出生，才能真正了解人生。

太平时文章，多叫嚣、夸大；六朝人文章静，一点叫嚣气没有。

六朝人字面华丽、整齐，而要于其中看出他的伤心来。

《世说新语》《水经注》《洛阳伽蓝记》，皆可看。《洛阳伽蓝记》漂亮中有沉痛，杨衒之写建筑、写佛教，实写亡国之痛，不可只以浮华视之。

若以叫嚣写沉痛感情，必非真伤心。

沈约《宋书》最可代表六朝作风。人皆谓六朝文章浮华，而沈约《宋书》虽不失六朝风格，然无浮华之病。

无论是弄文学还是艺术，皆须从六朝翻一个身，韵才长，格才高。

"气盛言宜"（韩愈《答李翊书》）之文在六朝并不难得。无论何代，只要略有修养，作者皆可做到。六朝长处不在此，当注意其涩。

后人的文章在"结实"方面，往往不及秦、汉、魏、晋。

文章尺幅有千里之势，尤其短篇要如此。公羊、谷梁短，左氏长，而读公羊、谷梁并不觉其短，全在顿挫，个个字锤炼而出。

文章一坑一块不成，成浆糊也不成。首先要清顺，而清顺又要有顿挫。首先要流利，然后始可求顿挫。

六朝文四字一读，改为六字句，便顿挫不足矣。

深刻的思想、锐敏的感觉，二者在文中有一样就有内容。

《左氏传》无中心思想。作史只是要真实生动，不要用自己的意见去征服人，只把事实点出，自然形成别人意见。

文学若从"写"说，只要内容不空虚，不管什么内容都好。如《石头记》，事情平常，而写得好，其中有"味"。《水浒》杀人放火，比《红楼》吃喝玩乐更不足法，不足为训，而《水浒》有时比《红楼》还好。若《红楼》算"能品"，则《水浒》可曰"神品"。《红楼》有时太细，乃有中之有，应有尽有；《水浒》用笔简，乃无中之有，余味不尽。《史》《汉》之区别亦在此。《汉书》写得兢兢业业，而《史记》不然，其高处亦在此，看似没写而其中有。

禅宗语录文章美，似《世说新语》。

一丘一壑虽小，伟大或不如泰山恒岳，而明秀过之。

胡适说理文条达畅茂，而抒情、写景不成。《归震川文集》浮浅，而条达畅茂。条达畅茂之文是富于音乐性的，而易成为滥调。

明末黄梨洲、顾亭林真了不得，能知能行。黄梨洲的《原君》《原臣》，在专制时代能有此思想，真不易。

《阅微草堂笔记》，腐。

《聊斋志异》，贫。不是无才气、无感觉、无功夫、无思想，而是小器。此盖与人品有关。

一切最高境界是无限，但做到无限的没有几个人。有能者亦有大小之别。司马迁《史记》上至帝王将相,下至游侠滑稽,《平准书》写日常生活。以文字论,《史记》不如《左氏》;以包容之广大论,《左氏》不如《史记》。晚明人在使用文字上近于无限,而内容、境界不成。

一个大诗人、大文人使用语言最自由而且完善。"赋诗必此诗,定知非诗人"(苏轼《书鄢陵王主簿所画折枝二首》其一),至少不是伟大诗人。一个文人要能用别人不敢用的字句。

我国文字愈来离语言愈远。《史记》与语言尚近,引用古书多所改削,其中多用汉当时俗语。大文人敢用口语中字句去写文,可是他用上去便成古典了。必得有这样本领,才配用俗语,才配用方言。由此点观之,凡作文最善于利用方言俗语的都是身上古典气极重的人。司马迁写《史记》雅洁之至,一切古典皆雅洁,一切美的基本条件便是洁白受采,"绘事后素"(《论语·八佾》)。洁,诚然不是艺术最高境界,但是艺术的起码功夫。一个大作家使用俗语用得雅洁,故能成为古典。不知文者,以为是大众化了;知文者看来,是古典。

三

"骈",唯中国有,刘师培《中古文学史》所谓"华夏所独"。

为文不可不会利用骈句,此乃中国文字特长,而不可用死。

散文是因果相生,纵的;骈文是并列的。骈,甲乙并立,无因果关系;散,因果相生。

骈句(parallel sentence),不一定是四六对句。骈句意思"对",句法不甚"对"。《礼记·礼运》:"货,恶其弃于地也,不必藏于己;力,恶其不出于身也,不必为己。"这是骈句,不是对句。

凡骈句多为警句(佳句),亦近于格言、座右铭。读书要看警句,必有与己相合者。对句则分量上差。

《典论·论文》："贫贱则慑于饥寒，富贵则流于逸乐。遂营目前之务，而遗千载之功。"此亦骈句，且字数较整齐。

《五代史·伶官传序》："夫祸患常积于忽微，而智勇多困于所溺。"欧氏此二句是骈句，近于格言，而非警句。人有所嗜，必为之累。佛无所溺，故曰"大雄、大勇、大智"。

格言是教训，没有感情，如"黎明即起，洒扫庭除"（朱用纯《朱氏家训》第一章）。警句有哲理，凡哲理多带有感情。格言没有感情，是干枯，不是严肃。《礼记》"货，恶其弃于地也，不必藏于己；力，恶其不出于身也，不必为己"二句，也许带有教训意味，然而又有些"劝"的意味。教训不必有感情；劝，要有感情色彩才能感动人心。古圣先贤悲天悯人之心，是多么大的感情。

骈散，即骈中带散。

上所举《典论·论文》"贫贱则慑于饥寒，富贵则流于逸乐"二句是骈；"遂营目前之务，而遗千载之功"二句是骈散。"遂营目前之务"是因，"而遗千载之功"是果。

"朝回日日典春衣，每日江头尽醉归。酒债寻常行处有，人生七十古来稀。"（杜甫《曲江二首》其二）此诗后二句不但"骈"，简直"对"，但是上下的，不是平行的；字句是平行，意思是上下，亦骈中带散。

义山诗《七月二十九日崇让宅宴作》："露如微霰下前池，风过回塘万竹悲。浮世本来多聚散，红蕖何事亦离披。""浮世"二句亦骈中带散。义山学老杜而比老杜还美，且美中有力。

骈散不在字数、句法，有似骈而非骈、似非骈而实骈者。

六朝的骈文与唐之"四六"不同,"四六"太匠气。而六朝末庾信已匠气,只注意骈,没有散了。其最大的毛病是好用代字,如写桃用"红雨",写柳用"灞岸"。始作俑者,其无后乎？用代字固不始于庾子山,而庾子山用得最多。

骈文成为"四六",实是骈文的堕落。

韩愈"文起八代之衰"(苏轼《潮州韩文公庙碑》),改骈为散,而如《原道》之"博爱之谓仁,行而宜之之谓义,由是而之焉之谓道",仍是骈。

柳子厚《种树郭橐驼传》"虽曰爱之,其实害之;虽曰忧之,其实仇之",不但骈,不但能把诗的情调融入散文,且能将诗的格律、形式融入散文。

韩、柳文实乃寓骈于散,寓散于骈;方散方骈,方骈方散;即骈即散,即散即骈。

文中排句整饬,散句流畅。为文用排句以壮其"势",用散句以畅其"气"。

散——流动,如水;骈——凝练,如石。只散不好,只骈亦不成,应骈散相间。大自然中无美过水与石者,而中国人最能欣赏水与石之美。

文中散句过多易于散漫。后人文章散漫,多因不会用骈句。

鲁迅、周作人的白话文都有骈句,而他们并非有意如此,一写便如此,且便该如此。

京剧中的"京白"不是京话,白话文不是白话。京话是散行,"京白"便有骈句、有锤炼了。

骈句成心也不成,须瓜熟蒂落,水到渠成,是人工而又要自然。

如空手入白刃，必须纯熟，稍一生疏，便害事不浅。然亦不可过熟，过熟易成滥调。

骈文不可用死。《儿女英雄传》，八股气，骈而不化。

句子不一定是骈句、偶句、排句，而只要整齐、凝练。整齐是形式，凝练是精神，我们要的是凝练。安如磐石，稳如泰山，垂绅正笏。然不可只看其形式，当以心眼观其精神，否则如泥胎木偶矣。

在文中排句以求凝练有二条件：一须有真知灼见，二须有成熟技术。二者缺一不可。否则不是凝练，是勉强。无技术，不能表现；无知见，则成滥调。

四

文章华丽易，苦辣难。

文章中《左氏传》《史记》《前汉书》，真好。

《左氏传》甜，而甜得有神韵，好。平常人甜，品易低下。

韵文有神韵，易；散文有神韵，难。欧阳修文章有时颇有神韵。其《伶官传序》"呜呼！盛衰之理，虽曰天命，岂非人事哉？……夫祸患常积于忽微，而智勇多困于所溺，岂独伶人也哉！"道理并不深，而有神韵，平淡而好。

Charming（媚人的、可爱的），日本译为爱娇。文章写甜了时可如此。

陶渊明文品高，不是甜，而有神韵。甜则易俗，甜俗，易为世人所喜。

《史记》是辣，尤其《项羽本纪》。辣不是神韵，是深刻。写《高祖本纪》，高祖虽成功，然处处表现其无赖；项羽虽是失败，而处处表现出是英雄。英雄多不是被英雄打倒，而是被无赖打倒。

《汉书》是苦，蓬荚菜，柳花菜。

近代人文章，周作人是甜，鲁迅先生是辣，而《彷徨》中《伤逝》一篇则近于苦矣。

"苍山负雪明烛天南望晚日照城郭汶水徂徕如画"——姚鼐《登泰山记》句。今课本点句或作："苍山负雪，明烛天南……"，非也。前句乃七字，"苍山负雪明烛天，南望晚日照城郭，汶水徂徕如画"。（盖汶水、徂徕，在泰山南。）不像散文的散文句，特别有劲。"南望"几句似词。而文中喜此句，涩，涩比滑好。

茶、咖啡、可可之香皆在涩。加糖不为减少苦味，为增加其涩味，可欣赏品尝。

李陵《答苏武书》太单调，只是气盛，"气盛则言之短长与声之高下者皆宜"（韩愈《答李翊书》），然此易成油滑，要有涩味。

五

文艺上的夸大不可太过，须有情操节制。否则任其自由，则如禅家所言"堕坑落堑"。

心上要有秤尺，然须闭门造车，出门合辙。

不要管观众，只要自本心称量而出，如此方为文学表现正路。尽可不管观众、听众，而无论如何总得有观众、听众，这是文艺上的"悲哀"。

自本心而出是闭门造车；《水浒》所谓"普天下伏侍看官"，元遗山《论诗绝句》末章所谓"老来留得诗千首，却被何人校短长"，是出门合辙。

文艺上的夸大是自本心称量而出，其人美恶未必如此，而在你心上是如此。

"乃知汉地多名姝，胡中无花可方比"（李白《于阗采花》），此是夸大，乃自太白心中称量而出，而我们听了承认，此夸大便成功了。

"咳唾落九天，随风成珠玉"（李白《妾薄命》），夸大到极点，而我们承认它，不讨厌。

利用想象与联想，创造出文艺上的夸大。

文艺上夸大可以，然要有情趣。放肆不是情趣，情趣多生自情操、节制。

六

描写有二种：

一为绘画的。如《左传》，似水墨画，有飘逸之致；如云龙，得其神气。然此须高手始能生动，否则易成模糊。

一为雕刻的。如《水经注》之写景，近于雕刻，形态清楚逼真。柳宗元山水游记出自《水经注》，故生动飘逸之致少，长处在清楚逼真。如《小石潭记》写鱼："潭中鱼可百许头，皆若空游无所依。日光下澈，影布石上，怡然不动。"又《小丘记》写石："其嵚然相累而下者，若牛马之饮于溪；其冲然角列而上者，若熊罴之登于山。"用雕刻的表现法写逼真的形态。用"若"字已有点笨，不如"日光下澈，影布石上，怡然不动"十二字。《袁家渴记》："每风自四山而下，振动大木，掩苒众草，纷红骇绿。""纷红骇绿"，不但不像文，且不像诗；像词，且为二等小词。真固真，而品不高。大概凡逼真的，品就不易高。《始得西山宴游记》之"萦青缭白"四字与"纷红骇绿"句法同，而此句比前句高得太多，"青""白"之色就比"红""绿"高，"萦""缭"又比"纷"
"骇"好，再加还有"外与天际，四外如一"。

绘画的，神品；雕刻的，能品。

《水浒》近于前者，《红楼》近于后者。

鲁迅先生受西洋作品影响，加以本人之刻峭，且曾学医，下笔如
解剖刀。

七

盈天地之间皆声、色也，与吾人"缘"最密切。若对声、色无亲密
感，不能做精密观察。如此则连普通人都不够，何能做文人？

感人显著，莫过于色；而感人之微妙，莫过于声。

外界动人者：声、色。动，缘于耳目。声自声，色自色，原与人无
关，而由于耳目，遂能动人。《赤壁赋》所谓"耳得之而为声，目遇之
而成色"。写声应使人如闻其声，写色应使人如见其色。能，则是成
功；否，则是失败。

《文选》卷四十有繁钦（休伯）《与魏文帝笺》，魏文帝有《答繁钦
书》，二书即讨论声、色，且为人之声、色，讨论歌女、艺伎、歌舞。文
人对声、色感觉特别锐敏。

平日谈话虽有音，亦有字，字有字义。乐则仅有音，以音之高
下、长短、疾徐表现灵魂的最高境界，此乃语言、文字所不能表现。

音乐可与灵魂交响。

八

文章可分为两类：

一类，为读诵（朗诵）的文章；一类，为玩味（欣赏）的文章。

前者念着好，而往往说理不周，是音乐的。

中国字方块、独体、单音，很难写成音乐性，而若于此中写出音乐性，便成功了。

文章发展到六朝，有音乐性，而是用骈。至韩愈文始能用散文写出音乐性。

六朝文是偏于音乐的，若更能值得人玩味，便是了不起的文章。如《洛阳伽蓝记》《水经注》。

陶渊明文章好，而切忌滑口读过，是玩味的；柳子厚文也是玩味的，不宜朗诵。

文章无论读诵（音乐）的，还是玩味（造型）的，没有一个好的造形是不会有很深意义的，不能动人。

九

文学艺术代表一国国民最高情绪之表现。情绪不如说情操。情绪人人可有，而情操必得道之人、有修养之人。情操非情绪，亦非西洋所谓个性，因个性乃听其自然之表现，而文学艺术最高的情操的表现非听其自然之表现。个性与生俱来，故曰"禀性难移"，或曰"三岁见老"。大艺术家所表现之个性绝与此不同，实为一种"禅"。以之：

第一，发掘自己（掘出灵魂深处）。然此仍但为原料（raw-material）。

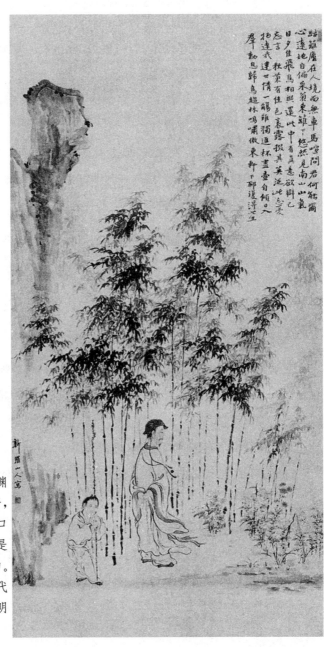

结庐在人境而无车马喧问君何能尔
心远地自偏采菊东篱下悠然见南山山气
日夕佳飞鸟相与还此中有真意欲辨已
忘言秋菊有佳色裛露掇其英泛此忘忧之
物远我遗世情一觞虽独进杯尽壶自倾日入
群动息归鸟趋林鸣啸傲东轩下聊复得此生

新罗山人写

>>>陶渊
明文章好,
切忌滑口
读过,而是
玩味的。
图为清代
华嵒《渊明
赏菊图》。

第二,完成自己。须自己用力始得。可是圣人绝非"自了汉",禹之三过其门而不入可见儒家精神;佛说"众生有一不成佛我誓不成佛";耶稣背十字架为世人赎罪,担荷人生罪过。

第三,表现自己。不表现,人如何能知是什么。用什么表现?为人类办一点事情即表现自己。

禅在表现上不成,在发掘、完成上有佛之精神,而少"众生有一不成佛我誓不成佛"之精神。近人在为学方面,多是发掘、完成两方面,不能踏实去干。必踏实去干,始能真有表现。

欲了解中国文学艺术,必须了解一点禅。

十

天地间文艺学术皆可分为二种:

(一) 形而上,精神,心;(二) 形而下,物质,物。

无论为哪一种,只要从人手中制出,必须有诗意,否则便失去存在之意义与价值。若一个人胸中一点诗意也没有,那么此人生活便俗到毫无价值与意义。

文学作品中多有诗的成分,如《左传》《庄子》。

声韵、格律,是狭义的诗;广义的诗,凡真实的作品皆是诗。音节之美,不关平仄。

作《汉书》的班固是一个诗人,至少是最了解诗(狭义的诗)的。《史》《汉》都是好的作品,不过司马迁比起班固来更为诗人气些,亦即司马迁比班固更富于诗人天才。班固是后天学者,吾人虽未见司马迁之诗,而《史记》中往往有诗之意境。《汉书》则不然。以读"文"的眼光视之,不及《史记》,诗味差,故不起劲。

　　司马迁即使没读过《三百篇》，也不害其为诗人。班固天才虽不
及马，而对《三百篇》之功夫深于马。马是诗人，班是学者，班固可以
当"学人"二字。《史记》之了不起在"纪传"，《汉书》之所以了不起在
"志"（如《地理志》《食货志》）。班天才或不及马，而在研究上真了
不起。

　　班固各"志"皆以《诗》解之，可见"诗"无处不在，班氏真通"诗"。
《食货志》谓《诗》为大师所采：孟春三月，行人振木铎，徇于路以采
诗，献之大师。（行人亦官名。）

　　王者←──大师←──行人←──民间。

　　《史记》是天才，不易学；《汉书》可以学而得。《汉书》有点"涩"，
此对"滑"而言。滑是病，其实涩亦病，而亦药，可以治滑。

　　涩与凝练有关，但凝练不等于涩。《汉书》比《史记》凝练，但不
生动，应既凝练又生动，宽猛相济，刚柔相济。

　　《史记》中"太史公曰"几句真结得好。如《项羽本纪》之结语，非
如此结不可。（有材料，亦要能整理。）

　　读《史记》注意其冲动，不是叫嚣。注意其短篇。

十一

　　魏文帝曹丕——中国文学批评与散文之开山大师。

　　人人未必天生有文人天才，然人人几乎可以修养成文人。魏文
帝天才不太高，而修养超过魏武、陈王。

　　曹氏父子，在诗，子桓、子建皆不及武帝；在文，武帝、子建不及
子桓。

　　文帝感觉锐敏、感情热烈而理智又非常发达。人欲成一伟大思

想家、文学家,此三条件必须具备。

《左传》《史记》虽是散文,而终究是史。杨恽《报孙会宗书》、李陵《答苏武书》、司马迁《报任少卿书》等,文章好,而其意不在"文"。真正第一个为文学而文学的开山宗师是魏文帝。天才虽浅,修养功深。

人与文均须有情操。情,情感;操,纪律中有活动,活动中有纪律,即所谓"操"。意志要能训练感情,可是不能无感情。如沈尹默先生论书诗句所言:"使笔如调生马驹。"(《论书诗》)

中国散文家中,古今无一人感觉如文帝之锐敏而情感又如此之热烈者。魏文帝用极冷静的理智驾驭(支配、管理)极热烈的情感,故有情操,有节奏。此需要天才,也需要修养。

文帝感情极热烈而又有情操。李陵做人、作文皆少情操;曹子建满腹怨望之气,让人读了不高兴;文帝能以冷静头脑驾驭热烈感情。而六朝多只有冷静头脑没有热烈感情,所写只是很漂亮的一些话,我们并不能受其感动。

魏文帝虽贵为天子,而真抱有寂寞心,真敏感,如清之纳兰性德。

《答苏武书》《报孙会宗书》《为幽州牧与彭宠书》诸篇,文章好,而其中皆有说理。魏文帝之《与吴质书》(五月十八日)只是抒情,虽散文而有诗之美,可称散文诗。

中国文字整齐、凝练,乃其特长。如四六骈体,真美,为外国文字所无。可是整齐、凝练,结果易走向死板,只余形式而无精神。

文帝之《与吴质书》虽整齐、凝练,而又有弹性,有生气,有生命。《答苏武书》《报孙会宗书》有弹性,少凝练。明清八股无弹性,无生气。鲁迅先生文章即整齐、凝练中有弹性，有生气。

魏文帝散文真是抒情诗，有天才，也有苦心。

文帝虽写散文而用写诗之谨严笔法。其用字切合，且叙述有层次。

《与吴质书》有层次，一步紧似一步，一步深似一步，绝非堆砌。此篇叙游部分，先屋内后屋外，先昼后夜，先学后游，由静而动，富有层次，可见其理智。用字亦可为吾人学文之模范教师。其用字之好，真如山阴道上，应接不暇，美不胜收。至写到夜间，真写得好，真是文学：

> 舆轮徐动，参从无声，清风夜起，悲笳微吟，乐往哀来，怆然伤怀。

必感觉锐敏、感情热烈之人始能写出。真是诗一般的散文，是抒情诗。文章写到这儿，不但响，且越来越高、越来越深、越来越远。高已好，深、远尤难。至"今果分别，各在一方。……每一念至，何时可言"，感情真烧起来。文帝真能操纵自己的感情，压便下去，提便起来，后之诗人有此功夫否？有此修养否？

抒情诗的散文是很好的文人的自白，可看出其生活及内心。

魏文帝《与吴质书》"清风夜起，悲笳微吟，乐往哀来，凄然伤怀"四句，比之李陵《答苏武书》"牧马悲鸣，吟啸成群，边声四起。长坐听之，不觉泪下"，先别其异同，然后可言优劣。李陵是扛枪杆的，是愤慨；文帝是沉静的，是敏感的。愤慨、沉静，汉魏两朝之文章分野即在此。

文帝有冷静头脑、敏锐感觉、热烈情感，文人条件俱备。

魏文帝《与吴质书》（二月三日）之开端："岁月易得，别来行复四年。三年不见,《东山》犹叹其远,况乃过之,思何可支!"——寒暄语亦韵长。

文人早熟——先衰,敏感——多悲。文帝亦然。

文帝善用对比(contrast)。长短、黑白、乐悲。信中"昔日游处"以下,先写乐,后写悲,才更悲。

信中"言中之物"——"徐陈应刘,一时俱逝","顷撰其遗文,都为一集"。"物外之言"——"一时俱逝"之后至"顷撰其遗文"之前一节是。"都为一集"之后,按言中之物,当接"现古今文人",中加之数句,亦物外之言。

此真是文之所以为"文",而非说理文字。

十二

史书中录人言语多有白话,如《史记》之"夥颐",《晋书》之"宁馨儿"。不用白话不能传出当日精神。故史书雅文亦用之。

《世说》中桓温过王敦墓,指曰:"可儿! 可儿!""可儿",亦当时口语,传神而不可译。"人""儿"古通;"可","一方明月可中庭"(刘禹锡《金陵五题·生公讲堂》),"客有可人期不来"(陈师道《绝句》)。*The Darling*(《可爱的人》)(契柯夫著,周岂明译),charming, darling,昵;中国"可"字似较西字 charming 大方,较硬。

伍子胥说"日暮途远,吾故倒行而逆施之"(《史记·伍子胥列传》),虽非道德君子,然敢作敢为,尚不失为"磊落英雄"。一篇《答苏武书》,李陵无一句如此。

《答苏武书》一方面是辩白,一方面是负气。辩白不足取,负气处尚可观。

杨恽（子幼）《报孙会宗书》，他明知全身免祸、明哲保身的道理而故犯，只是不甘心。

李陵只替自己说话，还没说明白；杨恽代天下人说话。

《论语·述而》："子曰：'富而可求也，虽执鞭之士，吾亦为之；如不可求，从吾所好。'"

陶渊明《饮酒》："纡辔诚可学，违己讵非迷。且共欢此饮，吾驾不可回。"

杨恽《报孙会宗书》："人生行乐耳，须富贵何时？"

杨恽与孔子"从吾所好"不同，孔子有吃苦忍辱精神，杨恽只是放纵。陶渊明真是儒家精神，比韩愈、杜甫通。陶渊明够圆通、冲淡了，而所说仍不及孔子缓和。陶究竟是诗人，孔子"从吾所好"是伟大哲人、诗人态度。

朱浮《为幽州牧与彭宠书》：首用两骈句——"智者顺时而谋，愚者逆理而动"——做大前提，再用故实以证明之。实则"智"为陪、为宾，"愚"为要、为主。结尾再以骈句结——"无为亲厚者所痛，而为见雠者所快"——仍好。此等文字少见，甚好。除"文"好外，言中之物亦好，可做格言。

文中"辽东白豕"一段，是神来之笔。

嵇康（叔夜）好锻。凡有思想、有感觉的人，其嗜好、其习惯皆是有意的、自觉的、象征的。世上许多事无法改善，硬得和铁一样，怎样能拿来放到火里烧一烧，用钳锤在砧子上凿一凿，炼得它软得如同面条一样，要它怎样便怎样，岂不痛快！

嵇叔夜是任性纵情，不愿受约束限制，不能勉强；而社会是束缚，是勉强。若一切任之亦可，而又知其不可，此叔夜之所以痛苦。

>> > 愤世嫉俗的人是世上不可少的。图为清代佚名《竹林七贤》。

俗云:打人别打脸,揭人别揭短。又云:西瓜皮打秃子,情理难容。

鲁迅先生有与嵇叔夜相似处,他们专拿西瓜皮打秃子的脸,所以到处是仇敌。

老杜写李白:"不见李生久,佯狂真可哀。世人皆欲杀,吾意独怜才。"(《不见》)其实李白尚不至如此,嵇叔夜才真是如此,就因为他爱说真话,好戳别人的纸老虎,揭人的短处。世上一般人都是讳疾忌医,你揭人的短,戳破人的虚伪,虽是求真,却行不通。这样人有四字送他:"愤世疾邪"。

愤世疾邪的人是世上不可少的。这与无聊的名士、狂人截然不同。后者骂世是自我出发,自命不凡,这种名士、文人要说杀就该杀,他们一不如意便使酒骂座,无以名之,只好名曰疯狗,既是疯狗,还是打杀为妙。

然要像嵇康、鲁迅他们,说真话,是社会的良医,世人欲杀,哀哉!

刘孝标《重答刘秣陵沼书》为六朝文,六朝文华丽不易蕴藉,而此篇收得真蕴藉,一点也不觉得秃,不觉其不足。

刘氏此文象征寂寞心,不然何必给死人写信?——活人已无一知己。

退之文不见得好,而有独到之处。"文起八代之衰"(苏轼《潮州韩文公庙碑》),此语至少有一部分是对的。

韩愈是革新,也是复古——日光之下没有新鲜事儿。凡革新之事,其中往往有复古精神。若只提倡革新,其中没有复古精神,是飘摇不定的;若只提倡复古,其中没有革新精神,是失败的。韩退之有革新精神,有复古意义。

柳子厚山水游记出自《水经注》而与《水经注》不同。《水经注》是自然而然,如生于旷野沃土之树木;柳氏游记是不自然的,如生于石罅瘠土中的树木,臃肿蜷曲;柳氏游记是受压迫的,如生于严厉暴虐父母膝下的子女;《水经注》条达畅茂,即如生于慈爱贤明父母之下的子女。生于石罅瘠土中之树木折枝偃抑,是病态的。《水经注》是健康的,柳子厚游记是病态的,何能滑口读过?

柳子厚游记有"萦青缭白"(《始得西山宴游记》)句,东坡诗有"山耶云耶远莫知"(《书王定国所藏烟江叠嶂图》),二者意境相近,而柳文高于苏诗远矣,融四字成一境界。

十三

人称鲁迅是"中国的契柯夫"。但契柯夫骂人时都是诗,无论何时,其作品中皆有温情;鲁迅先生不然,其作品中没有温情。

《呐喊》不能代表鲁迅先生的作风,可以代表的是《彷徨》。如《在酒楼上》,真是砍头扛枷,死不饶人,一凉到底。因为他是在压迫中活起来,所以有此作风,不但无温情,而且简直是冷酷,但他能写成诗。《伤逝》一篇最冷酷,最诗味。

《朝花夕拾》比《野草》更富于诗味——幼年的回忆。

我们研究诗人的心理,就看他的感觉和记忆。诗人都是感觉最锐敏而记忆最生动的,其记忆不是记账似的死板的记忆,是生动的、活起来的。

诗人之所以痛苦最大,亦在其感觉锐敏、记忆生动。

苦 隐

十四

吾人作文应如掘地及泉，自地心冒出。

杜牧之诗云："睫在眼前长不见，道非身外更何求。"(《登池州九峰楼寄张祜》)天外奇峰即眼前的山。常人"世眼观物"，近则迈越，远则不及。特出的人既能看到天外，又能看到眼前。文即须如此。

庄子云：化臭腐为神奇。(《庄子·知北游》)

要在平凡中发现神奇，又要在神奇中发现平凡。无论何种学问，皆当如此做，始非"世法"。在我身上发现人，在人身上发现我；而"世法"，人、我分别太清。

处世有时不可真。正如鲁迅《野草·立论》所写，小儿弥月，说小孩将来会死这真话的人，得到了大家合力的痛打。

而文人是表现性情的，必须真。诗人以不说强说、不笑强笑为苦。学文要助长真感情，才能有创作表现。

文章要有力的表现、动的姿态，但要"诚"。

凡诚的表现都好，只要不是故意自显，应是内心的要求，是"诗法"，不是"世法"。

西洋所说"生命的跳舞"(the dance of life)，即余所谓力的表现、动的姿态，东坡所谓"气象峥嵘"。跳舞是力，是动，而且有节奏、步伐；溜冰虽有技术而无节奏。有节奏即有纪律——情操。

前所说情操，情是热烈的；而操是节奏的，有纪律的，使热烈的情感合乎纪律，即最高的诗的境界。

力——内，动——外。内在的力(生命)，文字的技术(节奏)，二者缺一不可。

文章有风趣是好，然必须有真感觉、真思想。

"文章本天成，妙手偶得之。"此放翁《文章》诗句，诗不好，道理是。那么，瞎猫碰死老鼠吗？——死猫连死老鼠都碰不上。

文本无法，文成而法立。有法便是印板文字。

有法可学者必有弊，法未学成反学成其弊习。无法可学反要去学，方为真法。

左思《三都赋》十年而成。凡一部伟大作品，皆是"巧迟"，无"拙速"。

著作要巧迟，而练习要拙速，如此方不致视作畏途。

写字当注意长短、远近、俯仰、迎拒。写文章要心眼明澈，能摄能收。

文章要有过渡，连而不连，不连而连，然又须能断。摄与放，断与连，非二。不可死于句下。

宋人论诗眼，五言诗第三字，七言诗第五字，传神在此。散文亦然，亦须"眼"，而其"眼"无定。

功深养到，学养功深。

文话(中)①

一

文学是人生之影像。

文学照人生之镜,而比照相活。

文学比镜子高,能显影且能留影。

盖凡文学作品皆有生命。作品即作者之表现,作品中皆有作者之生命与精神,否则不能成功。假古董之不比真古董,即因假古董中无作者之生命。

文学不是口号、标语。

一种学问,总要和人之生命、生活(life)发生关系。凡讲学的若成为一种口号(或一集团),则即变为一种偶像,失去其原有之意义与生命。

凡一种学说成为一种学说时,已即其衰落时期。老子说"大道废"然后"有仁义"(《道德经》十八章)——顺言,庄子说"圣人不死,

---

① 《文话》(中)系摘录 20 世纪 40 年代、50 年代课堂笔记而成。

大盗不止"(《庄子·胠箧》)——反言。大道不衰,何来仁义?凡成一种学说即一种口号——有了口号就不成。

一切文学都是象征,用几句话象征一切。

写什么要是什么,而此外还要生出别的东西来。

文学作品不可浮漂,浮漂即由于空洞。

"诚",不论字意,一读其音便知。与其满腹钩心斗角而满口风花雪月,还不如就把他的钩心斗角写出来。"月黑杀人地,风高放火天"之所以好,便因其有力,诚。

中国作品缺少"心的探讨",乃因中国君子明于礼义而暗于知人心。散文中《左传》《史记》《世说》,小说中《红楼》《水浒》,尚有心的过程的探讨。

中国作品缺少"生的色彩",或因中国太温柔敦厚、太保险、太中庸(简直不中而庸了),缺少活的表现、力的表现。中国自上古至两汉是生与力的表现,六朝是文采风流。

在此大时代,写出东西后有"生的色彩",方能动人。

欲使生的色彩浓厚,(一)有"生的享乐",(二)有"生的憎恨",(三)有"生的欣赏"。在纸篇外更要有真生活的功夫,然后还要能欣赏。

不知自心,如何能知人心?名士十年"窝囊废",窝囊废,连"无赖贼"都算不上。孔子、释迦、耶稣皆是能认识自己的,故能了解人生。首须"返观"——认识自己,后是"外照"——了解人生。不能返观就不能外照,亦可说不能外照就不能返观,二者互为因果。物即心,心即物,内外一如,然后才能有真正受用、真正力量。文人的同情、憎恨皆从此一点出发,皆是内外一如。若是漠然则根本不能跟外物发生联系，便不能一如，连憎恨也无有了。

中国人好讲品格，然中国人讲究品格是白手，白得什么事全不做，所以中国知识阶层变成身不能挑担，手不能提篮。鲁迅先生说的，给你四斤担能挑么？三里路能走么？现在人只管手，而心脏了、烂了。我们讲品格，是讲心的品格，不是手的干净。

作品亦有品格，好书"天""地"都宽，宽绰有余。此是中国艺术文学的灵魂。

鲁迅先生生前印书，铅字间夹铅条。鲁迅先生富于近代精神，而他有中国传统美德。下棋亦有品格，棋品高的不但输了不急，赢了也不赶尽杀绝。"其争也君子"（《论语·八佾》），要强是要强，要好是要好，而心要宽绰。然而若转下去，便流于阿Q，差以毫厘，谬以千里。

二

一切文学作品都是不可无一、不可有二，虽然在创作之先必须学。

一个人有才而无学，只有先天性灵，而无后天修养，往往成为贫；瘟是被古人吓倒了。不用功不成，用功太过也不成。

后人之陈旧不出前人范围，盖俗所说"太阳底下没有新鲜的事"。不讲货，但注意"字号"，此文学之所以衰。

禅宗大师常言："见与师齐，减师半德；见过于师，方堪传授。"（百丈怀海禅师语）天地间无守成之事。"学如逆水行舟，不进则退。"学会师之说而不能行，愧对师。如师有十成，学师得之者不过七八成，再传则所得越来越少。

　　凡宗教皆是为得到调和。然此调和并非死亡、灭绝，更要紧的是"生"，活泼泼的。故佛是积极的，而非消极。佛虽曰"无生"，而非"不生"。"见过于师，方堪传授"，岂是消极？

　　看书眼快也好，上去便能抓住；但若慌，抓不住，忽略过去，便多少年也荒过去。一个读书人一点"书气"都没有，不好；念几本书处处显出我读过书，亦讨厌。

　　死人若不活在活人心里，是真死了；书若不在人心里活起来，也是死书，那就是陈旧了，成为臭文了，一点效力也没有了。我们读书，不是想记住几句话为谈话时壮自己门面。

　　鲁迅先生书简以为：读书不可只看摘句，如此不能得其全篇；又不能读其选本，如此则所得者乃选者所予之暗示。余之意见：一个好的选本等于一本著作，不怕偏，只要有中心思想。

　　人应该发掘自己的天才，发掘不出也要养成，尤其干才，是训练出来的。

　　天才差一点的人爱找"辙"，走着省劲儿。创造力薄弱的人即如此。有天才的人都是富于创造力的人，没有创造力的人是继承传统、习惯（继承别人是传统，自己养成是习惯），没有本领打破传统、习惯，或根本不曾想打破传统、习惯。

　　一个天才是最富创造力者，天才不可无一，不可有二，最不因循。小孩子好奇，即创造力之一种；而因循是麻醉剂，如鸦片、白面儿、海洛因，把多少有天才的人毒害了。鲁迅先生创造式的说话，很少使人听了爱听，其实是人的毛病太多。鲁迅先生明知道说什么让人爱听，可我偏不爱说。

　　魏文帝言："文以气为主。"（《典论·论文》）人禀天地之气以生，人有禀性即气，气与有生俱来，乃先天的。屈原之天才是气，不尽然在学。铁杵可磨成针，可是磨砖绝不成针，以其非做针的材料。先天缺陷，后天有的能弥补，有的不能补。先天若有禀气，后天能增长；若先天无，后天不能使之有。

三

吾人努力为文学，应有牧师传教之精神，牧师每每独自至荒僻之地传教。从事文学者，其有此精神乎？吾人必先于实际生活中确实锻炼，好好生活一下。极美丽的花朵，其肥料是极污秽之物。

近代青年不肯实际踏上人生之路，不肯亲历民间生活，而在大都市中梦想乡民生活，故近代文学难以发展。

青年不可心浮气粗，要心思周密，而心胸要开阔。着眼高，故开阔；着手低，故周密。对生活不钻进去，细处不到；不跳出来，大处不到。

人生最不美，最俗，然再没有比人生更有意义的了。抛开世俗眼光、狭隘心胸看人生，真是有意思。人生与大自然同样神秘，不及大自然美。

人生一切好的事情皆是不耐久的，人生所以值得留恋。努力，为将来而努力；留恋，对过去而留恋——此人生两大诗境。此两种境界皆是抓不住的，而又是最美的时期。无论古今中外写爱写得美的散文，他所写不是对过去的留恋，就是对将来的努力。可惜中国人写爱多是对过去的留恋。

茅盾有一文说，要有安定生活，才能有安定心情，而创作必要有安定心情。然则没有安定心情、安定生活便不能创作了么？不然，不然。没有安定生活，也要有安定心情。要提得起，要放得下。

现在作品多是浮光掠影，不禁拂拭，使人感觉不真实、不真切。不真实还不要紧，主要要使人感觉真切。如变戏法，不真实而真切，变"露"了倒很真实，可那不成。文学上是许人说假话的。但不要忘了，我们说瞎话是为了真。说谎是人情天理所允许，而不要忘了那是为了表现真。如诸子寓言、如佛说法、如耶稣讲道，都是说小故事，但都是表现真。现在文学不真实、不真切，撒谎都不完全。

能说极有趣的话的人是极冷静的人，最能写热闹文字的人是极寂寞的人。写热烈文字要有冷静头脑，寂寞心情，动中之静。或者说热烈的心情，冷静的头脑。因为这不是享受，是创作。只作者自己觉得热不行，须写出给人看。无论色彩浓淡、事情先后、音节高下，皆有关。

文章好坏要有风格，风格即神气，北京话叫"神儿"，说俗一点就叫"气味儿"。每个人有每个人的气味儿，每个人有每个人的人味儿，文章当然如此，也该有它的风格了。那么，文章的风格是一个人的气味儿。一个名词解释另一个名词不是一定完全符合，否则还要两个名词干嘛呢？风格有点儿像"气味儿"，旧时字典解字时好用"如字讲"三个字，若"如字讲"可以这样说，这大致不差了。

四

佛所谓"常"是"不灭"，又谓"如"是"不断"（含有动义）。佛于诸法不说断灭相，吾于文学亦然。

余之读禅，注重其与诗文相通处，苟谓学禅有得，所得亦不过佛经说理之细密、禅师用功之细密。赵州和尚说"唯二时粥饭是杂用心处",即孔门所谓"三月不违仁"(《雍也》)、"念兹在兹"(《尚书·大禹谟》)。吾人治学亦应有此功夫。今人之不能成大文人者,即因作诗文时始有诗文,否则无有。

读佛教书不但可为吾人学文、学道之参考,直可为榜样。其用功(力)之勤、用心之细,皆可为吾人之榜样。

禅宗讲究超宗越祖。故禅宗横行一世,气焰万丈,上至帝王,下至妇孺,皆尊信之。然禅宗亦有弊病。自六祖来,主张自性是佛,即心即佛,心即是佛,能悟则立地成佛。然即使能如此,又将如何?亦不过单为一"自了汉"而已。

看佛学禅宗书,不是希望明心见性,是希望取其勇猛精进的精神。细中之细是佛境界,故曰精进;儒为淡薄,没有勇猛精进,故较禅宗淡薄。

自佛教入中国后,影响有二:其一,是因果报应之说影响下层社会;同时,今之俗语亦尚有出自佛经者,如"异口同声"出《观普贤经》,"皆大欢喜"见《金刚经》,"五体投地"(《楞严经》)亦然。又其一,是佛家对士大夫阶层之影响。中国庄、列之说主虚无,任自然,其影响是六朝文人之超脱。唐代王、孟、韦、柳所表现的超脱精神,乃六朝而后多数文人精神。(后来文人成为无赖文人者,不是真超脱了。)

翻译佛经极能保存印度原文之音节与意义。佛经开头是"如是我闻",汉语"是"字承上,佛经"是"字启下。言"如是我闻"者,确为我所闻,且我闻与你闻不同,反正"我闻如是"。然不言"我闻如是",而言"如是我闻",盖印度之语法。

法菴松雪
雨峰道人羅聘畫

>>>读佛教
书不但可为
吾人学文、学
道之参考,其
用功之勤、用
心之细,皆可
为吾人之榜
样。图为清
代罗聘《达摩
读易图》。

南北朝秦鸠摩罗什所译《阿弥陀经》可一读,此乃小乘经,乃净土"四经"之一。我们不是把它当宗教书看,乃是将它当文学书看,真是散文诗。

自从译佛经,已开我国新语法,现在译洋文亦然。用外国句法创造中国句法,一面不失外国精神,一面替中国语文开一条新路。

佛家偈颂曰:"海中三神山,缥缈在天际。舟欲近之,风辄引之去。"(《掂黑豆集》卷首《拈颂佛祖机用言句》)写得很美,神话中美的幻想。此为美的象征,象征高的理想。

五

中国人欲读西洋作品,了解它,须下真功夫,因中西民族性之间有一大鸿沟;而西人学中国语言,第一关就难,中国人却有学外国语言的天才。中国字之变化甚多,一字多义。如"将",原为 future,而现在说"我将吃完",则为 present,在文言文中应作"方"。不能研究中国语言文学,不能了解中国民族性。

或曰:西方文字重在音,中国文字重在形(象征)。其实,欲了解中国文字之美,且要使用得生动、有生命,便须不但认其形,还须认其音。西洋字是只有音而无形,中国字则形、音二者兼而有之。

音节多关乎表现之技术,文学但有内容不行,需有表现的技术。

中国翻译西洋文学常失败,音节不同之故,西洋文字以音为主,中国文字以形为主;且一复音,一单音。中国字单音、单体,故易凝重而难跳脱。

学文学者对文学应有真切感觉、认识、了解,不可人云亦云。对用字亦应负责任。如谓某人"无恶不作",其言外意亦可解为某人善亦可为,不如说"无作不恶",如此则某人绝不能为善矣。"念兹在兹"一语亦如"无恶不作",易产生言外意。若余讲则是"无作不恶",语意更为清楚明白。文人须有明确之观察,锐敏之感觉。

找恰当的字,是理智,不是感情。

描写一物,不可自古人作品中求意象、词句,应自己从事物本身求得意象。吾人所见意象与古人不同,则所写的不必与古人同,写的应有自己看法。

六

适之先生有一口号:"不作言之无物的文字。"(《建设的文学革命论》)

胡先生乐观,然有时易陷于武断。说"言中有物",而什么是"物"呢?

言中之物,人所说,多不能得其真;而物外之言,禅宗大师说得,十个神倒有五双不知。言中之物,质言之,即作品的内容。物外之言,文也。言中之物,鱼;物外之言,熊掌,要取熊掌。

言中之物,内容:一觉、二情、三思,非是非善恶之谓。觉、情、思都有了,无所谓是非善恶。物外之言,一唱三叹,简言之,是韵。不求不得,求之不见得必得。

文学要有思想、感觉、感情,但只有这个还不成。要说得好。

文学作品好坏之比较,可就内容与外表两方面看。一种作品,内容读了以后令人活着有劲、有兴趣,这便是好的作品;当然还要外表——文辞表现得好、合适,即文辞与所描写之物及心中感情相合。但有外表没有内容,不成;但有内容没有外表,也不成,如人有灵有肉,不可或缺。叶天士说:"六脉平和,非仙即怪。"人只有肉无灵,不是真正的人;而若有灵无肉,亦非仙即怪,灵、肉二元,但必须调和为一元。如"孔子成《春秋》,而乱臣贼子惧"(《孟子·滕文公下》),但也必须有《左传》才行,《左传》是《春秋》的血肉,《春秋》是《左传》的灵魂,二者相得益彰。《春秋》一字之褒,荣于华衮;一字之贬,严于斧钺。

文学中最高境界往往是无意。《庄子·逍遥游》所谓"无用之为用"大矣,无意之为意深矣——意,将就不行,要有富裕。无意之为意深矣,愈玩味,愈无穷;愈咀嚼,味愈出。有意则意有尽,其味随意而尽。要意有尽而味无尽。

古有所谓"微言大义"之说(《汉书·艺文志》),"微"者,隐也,精微奥妙而有力量。要从字缝里面看出字来,字缝里的字即"微言大义"。作者的世界观及文章很深的意义,用精炼的语言表达,即"微言大义"也。写散文当有此。

七

中国民族德性上讲"谦",今欲将德性上的"谦"与文学上之"蕴藉"连在一起。中国古代民族安土重迁,人情厚重,不喜暴露发扬。楚辞《离骚》暴露发扬,那是南方作品,班固以为《离骚》"露才扬己",可见北边人之厚重,故德性重迁,不喜暴露。也不是说中国人厚重即美德,日本便轻浮浅薄,而日本的好处在进取,我们真佩服,也真惭愧。而中国人凡事谦逊,坏了就是安分守己、不求进取、苟安、腐败、灭亡,因果相生,有好有坏。现在日本自杀的自杀,但在台上的还真在干,在不可为之中还要干。中国是一盘散沙,若谁也不肯为国家民族负责任，只几个人干，也不成。中国人原是谦逊，再一退安分守己，再一退自私自利，再一退腐败灭亡了。我们能否在进取中不轻薄，在厚重中还要进取？

总之，德性是谦，文学是蕴藉含蓄。

近世是散文时代，已不是诗的时代，因为我们现在没有富裕的时间精力去安排词句，写东西只能急就，没有工夫酝酿，没有蕴藉。酝酿是事前功夫，酝酿便有含蓄。大作家是好整以暇，而我们到时候便不免快、乱。"巧迟不如拙速。"现在要练习速写（sketch），不像油画那么色彩浓厚，也不像水彩画那样色彩鲜明，也不像工笔画那么精细，但是有一个轮廓，传其神气。若能扩充，自然更好。

酝酿是"闲时置下忙时用"，速写是"兔起鹘落，稍纵即逝"（苏轼《文与可画筼筜谷偃竹记》），要个劲还得要个巧，劲与巧还是平时练好的本领。我们在现在的情势下，要养成此种眼光、手段。速写写得快，抓住神气写。现在是要如此，但酝酿的功夫还要用。创作上速写也要酝酿蕴藉的功夫。

创作需要酝酿。如托尔斯泰、但丁（Dante）、歌德（Goethe），其伟大著作皆经若干年始能完成。可是，没等成功，死了，怎么办？那也没办法。宁可不作，不可作了不好。所以我们想学文学，亦须注意身体。

中国文学神秘性不发达。

中国文学发源于黄河流域，水深土厚，有一分工作得一分收获。神秘偏于热带，如印度、希腊。西洋大作家的作品皆有神秘性在内，而带神秘色彩之作品并不一定为鬼神灵异妖怪。如中国《封神榜》之类，虽写鬼神而无神秘性；但丁《神曲》、歌德《浮士德》亦写鬼神灵怪,则有神秘性。中国作品缺少神秘色彩。

带神秘色彩的作品乃看到人生最深处。看到人生最深处可发现"灵",此种灵非肉眼所能见,带宗教性,而西洋有宗教信仰,看东西看得"神"。中国则少宗教信仰,近世佛教已衰,而宗教之文学又不发达。中国佛教虽有一时"煊赫",而表现在文学中的不是印度式极端的神秘,而是玄妙。

中国民族性若谓之重实际,而不及西洋人深,人生色彩不浓厚。中国作家不及西欧作家之能还人以人性,抓不到人生深处。若谓之富于幻想,又无但丁《神曲》及象征、浪漫的作品。而中国人若"玄"起来,西洋人不懂。

八

人或以为:文学不可说理。不然。不过,说理真难。

平常说理是想征服人,使人理屈词穷,这是最大的错误。因为别人不能心服,最不可使被教者有被征服的心理,故说理绝不可是征服人。以力服人,非心服也;即以理服人,也非心服也。如读《韩非子》,尽管理充足,不叫人爱。说理不该是征服,该是感化、感动;是说理而理中要有情。一受感动,有时没理也干,舍命陪君子,交情够。没理有情尚能动人,况情理兼至,必是心悦诚服。说理,不可征服,是感动。

文学虽不若道德,而文学之意义极与道德相近。唯文学中谈道德不是教训,是感动。

不好的作品坏人心术、堕人志气。坏人心术,以意义言;堕人志气,以气象言。文学应不堕人志气,使人读后非伤感、非愤慨、非激昂,伤感最没用。如《红楼》便是坏人心术,最糟是"黛玉葬花"一节,最堕人志气,真酸。见花落而哭,于花何补?于人何益?几时中国雅人没有黛玉葬花的习气,便有几分希望了。吸大烟者明知久烧是不好,而不抽不行;诗中伤感便如嗜好中的大烟,最害人而最不容易去掉。人大概如果不伤感便愤慨了,这也不好,这是"客气"。客气,不是真气。要做事,便当努力做事,愤慨是无用的。有理说理,有力办事,何必伤感?何必愤慨?

一个文学家不是没感情,而不是伤感,不是愤慨,但这样作品真少。

伤感、愤慨、激昂,人一如此,等于自杀;而若不如此,便消极了,也要不得;消极要不得,不消沉可也不要生气。有人说生气是你对你自己的一种惩罚。非伤感、非愤慨、非激昂,要泛出一种力来。

有力而非勉强。勉强是不能持久的,普通有力多是勉强,非真力。

王荆公云:"文章尤忌数悲哀。"(《李璋下第》)于此,恨不能起荆公于九原而问之:文忌悲哀,是否因悲哀不祥?先生莫不是写过这样文字而倒霉?其实是倒霉之人才写悲哀文字。不过,余之立意不在此。一个有为之士是不发牢骚的,不是挣扎便是蓄锐养精,何暇牢骚?

九

有书论西洋之文学艺术有两种美:一秀雅,一雄伟。实则秀雅即阴柔,雄伟即阳刚,亦即王静安先生所说优美与壮美。前者纯为美,后者则为力。但人有时于雄伟中亦有秀雅,壮美中亦有优美。

　　天地间一切现象没有不美的，唯在人善写与不善写耳。如活虎不可欣赏，而画为画便可欣赏。静安先生分境界为优美、壮美，壮美甚复杂，丑亦在其内。中国人有欣赏石头者，此种兴趣，恐西洋人不了解。（如西洋人剪庭树，不能欣赏大自然。）人谓石之美有"三要"：皱、瘦、透，然合此三点岂非丑、怪？凡人庭院中或书桌上所供之石，必为丑、怪，不丑、不怪，不成其美。

　　文章有文章美，亦有文章力。若说文章美为王道、仁政，你觉得它好，成；不觉得它好，也成。文章力则不然，力乃霸道，我不要好则已，我要叫你喊好，你非喊不可。某老外号"谢一口"，只卖一口，你听了，非喊好不可。

十

　　幽默有三种：

　　一种是讽刺。此种近于冷。

　　一种是爱抚。发现人类或社会之短处，但不揭破它，如父母之对子女，带着忠厚温情。人本来是不够理想的生物，上帝造人便有缺点。但有的人因有一点缺点反而更可爱了。

　　一种是游戏。此种既非刻薄，又非爱抚，只是智慧。

　　幽默固然可以，但不要成为起哄、耍贫嘴。

　　有的人非常忠厚，而说出话来真幽默，这样人可爱。一个人应该是认真的，但休息时要有孩子的天趣，是活泼泼的、幽默的。如人之饮食为解饥渴，而有时要喝咖啡、吃糖，这不是为了解饥渴，乃是生活的调剂。在某种情形下，滑稽、幽默、诙谐是需要，唯不可成为捣乱、拆烂污。

中国的笑话有许多是残忍的,如讥笑近视眼、瘸子。人多爱向有短处人开玩笑,这是不对的、残忍的。

十一

诗有诗学,文有文法。有文然后有法,而文不必依法作。

写作离不开联想、想象、幻想。文章应篇无闲句,句无闲字。然而长篇者下笔万言,滔滔不绝,仍能无闲句,无闲字,就是由于联想、想象、幻想。

锤炼,《文心雕龙》所谓:"捶字坚而难移,结响凝而不滞。"(《风骨》)"坚而难移",非随便找字写上,应如匠之锤铁;而捶字易流于死于句下,故又应注意"结响凝而不滞"。关于锤炼,陆机《文赋》谓:"考殿最于锱铢,定去留于毫芒。"《文心雕龙》所说是结果,《文赋》所说是手段。

近代的所谓描写,简直是上账式的,越写得多,越抓不住其意象。描写应用经济手段,在精不在多,须能以一二语抵人千百。

具体描写可使人如见——用"心眼"见,用"诗眼"见。

譬喻乃修辞格之一种,最富艺术性。

譬喻即为使人如见,加强读者感觉。如歇后语"小葱拌豆腐——一清二白",但言"一清二白",使人知而未见;若曰"小葱拌豆腐——一清二白",说时如令人亲见其清楚。

诗最忌平铺直叙。不仅诗,文亦忌平铺直叙。鲁迅先生白话文上下左右,龙跳虎卧,声东击西,指南打北;他人之文则如虫之蠕动。叙事文除《史记》外推《水浒传》,他小说叙事亦如虫之蠕动。

散文当有诗意。狭义的散文如果没有诗意,不能算是美的散文——鲁迅先生《朝花夕拾》简直就是诗——即使是周秦诸子的说理文章也具散文诗的意味，尤其一部《论语》；其后《史记》到汉末三国之文章皆具诗意。而写诗其中如无散文的技巧，也不能成为好诗。老杜诗有好多简直是散文。散文没有诗意，则将流于轻燥、公式；若诗不具散文技巧，则会疲软、萎靡。

十二

《道德经》云："吾言甚易知，甚易行。天下莫能知，莫能行。"（七十章）老子所谓"能"，当译为 would，肯义。"后其身而身先，外其身而身存"（《道德经》七章），不是不能，是不肯。老子云："水善利万物而不争。"（《道德经》八章）子贡所谓"君子恶居下流"（《论语·子张》），与老子所指非一，子贡在水上看出一个不应该，老子看出一个应该。老子是败中取胜，世人但欲身先身存，不肯后、外。

学道者贵在思多情少，即以理智压倒情感。然而不然。《论语》开首曰："学而时习之，不亦说乎？有朋自远方来，不亦乐乎？"（《学而》）曰"说"曰"乐"，岂非情感？《论语·雍也》又曰："一箪食，一瓢饮，在陋巷。人不堪其忧，回也不改其乐。"《论语·述而》则有曰："饭疏食，饮水，曲肱而枕之，乐亦在其中矣。"此曰"乐"，非情感而何？

佛经多以"如是我闻"开首，结尾则多有"欢喜奉行"四字，不管听者为人或非人，不管道行深浅，听者无不喜欢，无不奉行。"信"是理智，是意志，非纯粹情感。然"信"必出于"欢喜"，欢喜则为情感。

可见道不能离情感。

>> > 老子云："后其身而身先，外其身而身存。""水善利万物而不
争。"老子是败中取胜，世人但欲身先身存，不肯后、外。图为唐代周
昉《老子玩琴图》（明摹本）。

所有道最忌讳"知"，须要"悟"。想学游泳，只读游泳教科书绝不能会，须要到水里淹一淹，即因但"知"不行。知是旁观的，悟是亲身体验的。学佛须亲眼见佛，须是亲见始得，常人病在不亲，皆是旁观，"悟了同未悟"（提多迦尊者语）。

参——疑——悟。不参、不疑，不足以言学。大疑，大悟；小疑，小悟。悟了，"悟了同未悟"。先是疑，后是悟。山何以是山，水何以是水，如此是山，如此是水。

学佛在悟，学儒在行，三岁孩儿道得，八十老翁行不得。

十三

一部《论语》就是"平实"，易知易行，如问"仁"，曰"爱人"；问"知"，曰"知人"。

《论语》有"闻一以知十"（《公冶长》）、"举一而反三"（《述而》）之言，皆推而广之、扩而充之之意。

《左传》用虚字传神，摇曳生姿，而《左传》仍不如《论语》。

"见贤思齐焉，见不贤而内自省也"（《论语·里仁》），结得住，把得稳。《左传》尚可以摇曳生姿赞之，《论语》则不敢置一词矣。禅宗"丈夫自有冲天志，不向如来行处行"（真净克文禅师语）不是摇曳生姿，是气焰万丈，遇佛杀佛，遇祖杀祖，遇罗汉杀罗汉，不但不跟脚后跟，简直从头顶上迈过。气焰万丈，长人志气，而未免有点爆、火炽。孔子之"见贤思齐焉"精神，积极与禅宗同，而真平和，只言"齐"，"过之"之义在其中。

《论语·泰伯》篇曾子曰："可以托六尺之孤，可以寄百里之命，临大节而不可夺也。君子人与？君子人也。"读之，真可以唤起我们一股劲儿来，想挺起腰板干点什么。君子"可以讬六尺之孤，可以寄百里之命"，如此则君子并非"自了汉"，还可以兴，可以活。曾子又有言曰："士不可以不弘毅，任重而道远……"读之真可以增意气，开胸臆。

《史记·孔子世家》引《论语》往往改字，而以司马迁天才，一改就糟，就不是了。《论语·述而》曰："三人行，必有我师焉。"《史记》改为："三人行，必得我师。"是还是，而没味了。"士不可以不弘毅，任重而道远"若改为："士必弘毅，任重道远。"是还是，而没味了。

《论语·先进》篇中"子路、曾晳、冉有、公西华侍坐"章，以每个人说的话表现此人物的性格，正如《阿Q正传》中阿Q的话，《水浒传》中李逵的话。阿Q偷了静修庵的萝卜，被老尼姑抓住，阿Q说："我什么时候跳进你的园里来偷萝卜了？"还指着兜在大襟里的萝卜说："这是你的？你能叫得他答应你么？"李逵从梁山上下来接老娘，在山里老娘却被老虎吃了，李逵说："我千辛万苦背到这里，却把来与你吃了！"活画出阿Q、李逵的性格。

读经必须一个字一个字读，固然读书皆当如此，尤其经。先不用说不懂、不认识，用心稍微不到，小有轻重，便不是了。

孟子言"推恩足以保四海，不推恩无以保妻子"（《孟子·梁惠王上》），孔子所谓"仁"，即孟子所谓"推"。人我之间，常人只知有我，不知有人；物我之间，只知有物，忘记有我，皆不能"推"。

孟子不会讲哲理。孟子用"恩"字不好，只知有我，不知有人，势必至"不足以保妻子"。

一部《礼记》皆讲外在的礼，唯《中庸》篇讲内在思想。然则《中庸》一篇为《礼记》一书之灵魂，读《礼记》不读《大学》《中庸》，则只有躯壳,无灵魂。

孔子后,儒家思想分荀、孟两大派。《礼记》与荀子甚有关,尝抄荀子《劝学》篇二三百字之多,故《礼记》与《荀子》相近,此不得不承认。然就《中庸》考之,则又抄《孟子》。

孔门之学经意在行,且绝不大言欺人,重在"易行",其学必重"行",故取易知、易行。《中庸》不易知、不易行,是儒家思想,不是孔子思想。

孔子道理易知、易行,从来不说"莫能知,莫能行"(《道德经》七十章)。《中庸》不是孔子思想,而不能不承认其为儒家嫡传,亦犹禅宗之于佛。

十四

《廿五史》以文论,太史公第一。

史家须有"三长":史识、史才、史学。司马迁有此"三长",故成就《史记》。

太史公《项羽本纪》,可称立体描写,写人、写事皆生动,一字做多字用。

壮美必有生与力始能表现,如项王垓下之围,真壮。欲追求生的色彩、力的表现,必须有"事",即力即生。

写什么是什么,而又能超之,如此高则高矣,而生的色彩便不浓厚了,力的表现便不充分了,优美则有余,壮美则不足。

赋,富丽堂皇,金碧辉煌。

我们要接受过来为我们服务,取其精华,去其糟粕。学习它的茂密、疏朗,用于我们的文章。我们的时代是富丽堂皇、气魄宏伟的,而文字却常落后于现实。

汉赋多为赋物之作,"物"有"事"义,古汉语"物""事"义同。如《二京赋》即为赋物之作,非说理,非说情,客观色彩较浓厚,有关之事都写入,故曰铺张。

东汉傅毅《舞赋》,读时觉上古舞是使人精神向上的。

艺术有声音形象、造形形象、文字形象。前者如歌、如舞(昆曲,一句一舞姿),后者如文学作品。前两者更为普通。舞,"舞以尽意"。相传尧时阴气滞伏、阳气闭塞,使人舞蹈以达气。

《舞赋》有几句写得真好:"修仪操以显志兮,独驰思乎杳冥。在山峨峨,在水汤汤。与志迁化,容不虚生。"此句意思是修仪表以显扬己志,给美容以美的灵魂。故学道者在正心诚意。正者不俗,诚者不伪;不正则俗,不诚则伪。仪表不修,志不能扬;灵魂丑恶,仪表全丧。

《舞赋》之序,写明写作意图、对象,是作者思想露出的地方。(作者之写作由思想到文字,读者之阅读则由文字到思想。)序多直叙,亦有假借故事者,不似语体文一览无余,水清无大鱼。《舞赋》之序即是。

王粲《登楼赋》为抒情之赋,其抒情若《离骚》,但所抒为个人悲欢;晋朝陆机《文赋》是说理之赋。王、陆之赋,均类汉赋,但也均异于汉赋。"赋"之特点,或茂密,或疏朗。汉赋多是茂密,茂密表现在:多用生字,语句简省,致使句法残缺。王粲《登楼赋》转折多,疏朗。

中国诗人唯陶渊明既高且好,即其散文《桃花源记》一篇,亦真高、真好。

四声始于齐、梁，沈约所创。沈约为中国文学史承上启下之人物，值得注意。

十五

韩愈作文所谓"唯陈言之务去"（《答李翊书》），只限于修辞，至其取材、思想（意象），并无特殊，取材不见得好，思想也不见得高。

欧阳修在宋文学史上为一重镇。

宋代之文、诗、词三种文体，皆奠自六一。文，改骈为散；诗，清新；词，开苏、辛。

欧阳修之古文改骈为散，颇似唐之退之，名复古，实革新。欧阳修文章学韩退之，但又非退之。桐城派以为韩属阳刚，欧属阴柔，是也。欧文不似韩而好。

欧阳修散文树立下宋散文基础，连小型笔记《归田录》皆写得很好。后之写笔记者盖皆受其影响，比韩退之在唐更甚。此并非其诗文成就更大，乃因其官大。

东坡好为翻案文章，盖即因理智发达，如其"武王非圣人也"（《武王论》），然亦只是理智而非思想。思想是平日酝酿含蓄后经一番滤净、渗透功夫，东坡只是灵机一动。

稼轩《玉楼春》（有无一理谁差别）之小序云："乐令谓卫玠：人未尝梦捣齑、餐铁杵、乘车入鼠穴，以谓世无是事故也。余谓世无是事而有是理。乐所谓无，犹云有也。戏作数语以明之。"

稼轩此词小序真作得好。

"无是事而有是理"，此是通人语。文学就是一个理。梁山水泊未必有一百零八好汉，若有，便该如彼《水浒传》所写；"红楼"未必有大观园、有林黛玉，然若有，便该如彼《红楼梦》所写。此是理。又如《阿Q正传》，未必专写某人，无是事，有是理。

"无是事而有是理"，稼轩这位山东大兵，说出话来真通。而社会上的人都是半通半不通，有许多馊见解、馊主意，一知半解而自以为无所不解。

宋人诗似散文，而其短文、笔记、尺牍、题跋，是散文而似诗。

明"前后七子"有复古运动，提倡汉魏盛唐文学，如唐代韩愈之"非三代两汉之书不敢观"（《答李翊书》），而其创作离所提倡的标准甚远。

近代白话文鲁迅收拾得头紧脚紧，一笔一个花。即使打倒别人，打一百个跟头要有一百个花样，重复算我裁了。别人则毛躁。

鲁迅先生序跋好，说理深刻，表情沉痛，而字里行间一派诗情。

文话(下)①

一

　　文章中意、思、言三者之关系:"意授于思,言授于意",即:意生于思,言生于意,以图解则是:思——→意——→言。

　　一篇文章内容不过包括四个部分:说理、写景、抒情、纪事。

　　客观存在与人的理智之间,是以"感"(情)为媒介而联成一体的,即:

$$存在——→感(情)←——理智$$

$$媒介$$

　　说理文应该有三个要点(即三个步骤):谓何(说什么)? 为何(为什么)? 如何(怎么做)? (三个"何",也就是三个 W——what、why、how。)

　　所谓"恰到好处",即是"施朱则太赤,施粉则太白;增之一分则

---

　　① 《文话》(下)系摘录 20 世纪 50 年代课堂笔记而成。

太长，减之一分则太短。"要做到恰到好处，在客观上就必须向生活学习，在主观上，每个人都有天才，要紧的是如何发挥天才。

做任何事情都不能脱离生活，要向生活学习，连唱戏中的"跑龙套"亦是如此。程长庚是京剧的祖师爷，其子收徒，他教。相传他教戏时，一次唱《打金枝》，"跑龙套"的出来，前面的四个本是一边站两个，可是这回四个人一边站了三个，一边站了一个，他拉过来一个，可又过去一个。可见"跑龙套"不学习也要犯错误的。

二

一千五百年前，大史学家沈约提出作文有"三易"：一易，易识字——你写的文章用的字要容易认；二易，易知事——事即典故，要用人人皆知的典故；三易，易诵读——要好念、上口。写文章做不到"三易"，人读起来就会感到王国维《人间词话》中所谓的"隔"——雾里看花，亦如秦观词中句"雾失楼台"，虽然花、楼本都是好的。五千年前的《孙子兵法》上有句话"攻心为上"，写文章、说话亦当如此，方是"不隔"也。

旧时文学批评有两个词：一是"含蓄"，一是"简练"。含蓄不是半吞半吐；简练就是"增之一分太长，减之一分太短"，此即所谓"贵当"。旧时有个笑话，有诗人作了两句诗："况指搬玛假，肉头簪金真。"他解释说，"况"乃"二兄"（二哥），"指"是我二哥的指头，"搬"乃搬指（戴在拇指上拉弓用的），"玛"是说那搬指是玛瑙做的，"假"是说那不是真玛瑙；"肉"乃"内人"（妻子），"肉头簪金真"是说我妻子头上的簪子是真金的——这不叫含蓄、简练，这叫不通。

欲在艺术性上得到成功，重要之工具是语言。两千年前的古人说得好:"工欲善其事,必先利其器。"(《论语·卫灵公》)必须磨炼语言(教师亦是语言的艺术家),使之成为利器。古今中外文学大师皆是语言大师。

作家和语言专业的人,在语言上必须下番苦功夫。"在科学上面是没有平安的大路可走的,只有那在崎岖小路的攀登上不畏劳苦的人,有希望到达光辉的顶点。"(马克思《资本论·法文译本之序与跋》)

三

艺术夸张在文艺创作上,是有其最最严密的限度的。

家常烹饪在做鱼时,除了必要的佐料之外,还要加一点辣子,加一点糖,提一提鱼肉本身的鲜味。这糖和辣子少不得,少了,鲜味便提不出来;也多不得,多了,鲜味便被破坏了。毕竟加多少才是不多不少? 这要看做鱼人的手艺和是哪一种鱼,或是哪一种做法(如红烧、清蒸或干炸之类),有时要多加一点,有时要少加一点,既没有刻板的公式,也不是可以乱来的。艺术夸张之于文艺创作,也恰恰如此。

艺术夸张自有它的幻想性。三五岁的孩子也有他的幻想和夸张(纵然到不了艺术夸张的程度)。他幻想爸爸妈妈从外面回家时,给他带来蛋糕或巧克力糖,而这糖或糕之大则像桌面那么大,如此等等。三五岁的孩子的幻想和夸张止于如此之类而已。他不能再超过这个限度。你笑他幼稚么? 然而他还是只能如此。他的现实生活的阶段使他不能不如此。艺术夸张之在文艺创作,其有关于作家的现实生活,也恰恰如此。

　　中国有句老话："闭门造车，出门合辙。"闭门造车，出门是不能合辙的，假如造车的人一直是在闭门。闭门造车，出门绝对可以合辙的，这有一个先决条件，那就是：这个人事先曾经出门参考过许多车，学会了造车技术，量准了路上辙的宽度。车总是闭起门来造的，没见有谁在路上（辙的所在地）造过车。艺术夸张之在文艺创作，须要事先之准备，也恰恰如此。

　　艺术夸张是有现实性的，乃是作家或说话的人为帮助看的人、听的人了解得更明白而用的，是现实性，不是现实。雪花如"掌"、如"席"，可不能如"拳"、如"板"，此即因为"掌"与"席"对于雪片是有现实性的缘故。

　　艺术夸张必然有个限度，需有生活经验和体会，否则，不是"过"，就是"不及"。小泉八云（L. Hearn）所言"中古时期贵妇人身上佩戴着麝香"，"戴少了不香，戴多了就臭"——这就是限度。写英雄不能夸张得带了"神"性，成为"神仙"，就失去了现实性，所以夸张得小心。

　　决不单为描写事物的外部面貌而使用夸张。换言之，夸张外部面貌，同时即是体现了内部面貌；还要夸张作家热烈的爱与憎。单单描绘外部面貌时（其实，大作家很少这样做），要正确地尽量少用夸张，因为事物外表，目所共见，一不小心，便成笑柄。描绘内在面貌时，要正确地尽量使用夸张，这样才能深入而浅出，使那人物或事物的本质（善或恶、可爱或可憎、进步的与落后的）活灵活现地暴露在读者眼前，而且这样才能做到"鲜明的鼓舞人心的艺术概括"。

　　在譬喻的字句里，夸张之限度比较大；在叙述的文字里，其尺寸则比较严。写反面人物夸张的尺度则宽，写正面人物夸张的尺度则严。写散文夸张的尺度又严于诗的尺度。

"海上神山"，本就是抽象的，可以用它表示"可望而不可即"。"排山倒海"，本也是抽象的，可以用它形容一种气势。民间故事里讲，一个人为了说风大，就说"大风把我们家墙里头的井刮到墙外头去了"，这是具体事情，不能这样说。《世说新语》写王兰田急躁，仗剑赶蝇，着履踏卵，这种夸张，是文学的真实，是合乎艺术意义上的真实，但文学上的真实毕竟不是历史的真实。

古语有"望之如日，就之如云"，是赞美帝尧的话：老远看见了他，好像太阳般的威严；跟他接近起来，如云一般软软乎乎可亲。这个夸张好——"饰穷其要"，"心声锋起"（刘勰《文心雕龙·夸饰》），尽管尧是传说中的人物，有无其人尚是问题，但夸张得好。同样是赞扬伟人，最近一个老作家到苏联瞻仰斯大林遗容，他写："斯大林的伟大尸体工人大厦放不下了。"斯大林的精神是伟大的，事业是伟大的，他的"尸体"不会"伟大"（膨胀）到工人大厦都放不下。这种夸张不好——"夸过其理"，"名实两乖"（刘勰《文心雕龙·夸饰》）；而且"尸体"这个词儿也不好。

四

初唐刘知几《史通·浮词》（浮，多出来）篇有云："近代作者，溺于繁富"，以致"发言失中，加字不快"。"发言失中"，即出语过当，有偏差；"加字不快"，即用词表述有语病。（自六朝以后，将"快"字解成舒服，宋以后之小说多以"快"表健康。）

写东西新鲜而不老实不行，老实而不新鲜也不能动人，当然新鲜的与老实的结合最好。（说新鲜的不如说"正格"的[真的、正确的]。）"化腐朽为神奇"（《庄子·知北游》），做到这样非会辩证法不可，不只是修辞问题，而是哲学。

作家写景，若只把以前沿袭下来的许多词儿堆积在一起相沿用之而已，此是形式主义的用词儿。应是脑子里先有个形象，而后有字句。《人民日报》上曾有一篇《莫斯科的初春》，用了"妩媚迷人""明媚灿烂""灿烂多姿"……他脑子里是没有这样的形象的，只是堆叠文辞，是用词的重复、浪费。又说"好像诗情画意"，"诗情"是抽象的，"画意"亦不是具体的，怎么"好像"？还有"在黑海的胸膛上"，不合情理的拟人格。有人写"地下出土书籍""潮湿多水的江南"，"地下""潮湿"，都不合适。

文学作品的声音及形象本是两个问题，但在表现文章风骨上，非打成一片不可——声音、形象一个事儿。没有语言就没有文学作品，有语言才能有声音和形象。"白日依山尽"，一个"依"字把白日落下山的声音和形象都写了出来。如果不借助语言声音的力量，就不能发挥文学的力量。语言有声音有形象，重要的就在于语言有思想内容又有感情，没有思想和情感的语言，此即是西洋所谓"没有颜色的语言"。

形容词最好不用，就把当时情况、景物写出来就是最高手法了。

五

散文的语言需要加工。

散文当有诗意。狭义之散文如果没有诗意，不能算是美的散文——鲁迅先生的《朝花夕拾》简直就是诗——即使是周秦诸子的说理文章也具散文诗的意味，尤其一部《论语》。后来的《史记》到汉末三国之文章，都具诗意。而写诗，其中如无散文的技巧亦不能成为好诗，老杜的诗有好多简直是散文。散文没有诗意；则将流于轻燥、公式；若诗不具散文技巧，则会疲软萎靡。

有格言、警句，此是散文的特点。

曹丕《典论·论文》中"于学无所遗，于辞无所假"两句，此二句是相成相生的，其中包含着世界观。如此之句子，在哲学上叫做格言，在文学上叫做警句。格言如果不是警句，那不是文学的语言，警句如果不是格言，则不含有哲理性。如果没有格言、警句，这样的散文不会传之久远。

《论语》中格言很多，如："知之者不如好之者，好之者不如乐之者。"（《雍也》）"知之"是知有此道也，"好之"是好而未得也，"乐之"是有所得而乐之也。这道理可拿五谷譬之："知"者，知其可食也；"好"者，食而嗜之者也；"乐"者，嗜之而饱者也。"知"而不能"好"，则是知之未至也；"好"而未及于"乐"，则是好之未至也。此古之学者所以自强不息者欤！

《论语·里仁》中"造次必于是，颠沛必于是"；《韩非子》中"物莫能穿一盾，物莫能穿一矛"；《礼记·盘铭》中"苟日新，又日新，日日新"等，皆格言也。稼轩《临江仙》词云"六十三年无限事，从头悔恨难追。已知六十二年非。只应今日是，后日又寻思"；周遐寿（周作人）六十岁时有诗"读书四十年，如饮羼（搀）水酒。久之亦有得，一呷知好丑"，皆是《礼记·盘铭》之语意。

对于"闻道"哲学，《老子》说："上士闻道，勤而行之；中士闻道，若存若亡；下士闻道，大笑之。""上士"是用心之人，"勤"是努力，"行"是实行。"中士"是中等人，此种人最多；"若存若无"是马马虎虎。"下士"之"大笑",是说茫然无所知。老子此话也是格言。《老子》说"自知者明",又说"自胜者强",是说克服自己缺点者强。"自信"是从"自知"而来。此话也是格言。

南宋陆游有两句:"一身报国有万死,双鬓向人无再青。"(《夜泊水村》)过去的笔记中亦有这样几句话:"人生最流连者过去,最希冀者将来,最悠忽者现在。""流连",后来好多地方与"留恋"混用,念念不忘之意;"悠忽"就是马虎。此三句话说尽了大多数人的毛病,真是格言。我们不要留恋过去,虽然过去确可留恋;不要希冀将来,虽然将来确可希冀。我们要努力现在。

古人许多诗句后来成了谚语,渐渐不知谁作的了。如古小说中常见的"踏破铁鞋无觅处,得来全不费工夫";如"鸳鸯绣出从(任凭)君看,不把金针度(过、传)与人"。这两句取后句而为四字成语"金针度人",即尽心竭力教人,所谓"倾囊而出"也。

谚语,大部分是祖先传流下来的格言和警句。如:"跑了的是大鱼,死了的是好孩子"——这是人们的心理;正是另一句谚语所说:"凡所难求皆极好,即能如愿便平常"——人永远不满意于已得之成就。

外国有许多格言警句,非常好。如"生气是因旁人的愚蠢而加在自己身上的惩罚"。

六

由文学发展的规律看,"先韵后散"是文学创作发展的一条道路,所以最早的文学作品是"诗"和"歌",是人民大众的创作,哪怕没有文字记载,是以口头代代流传。

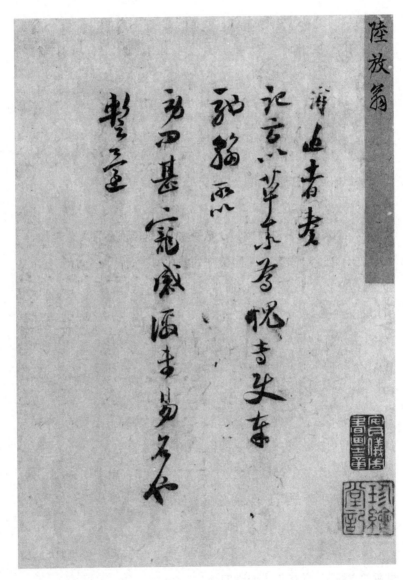

>>> 宋代陆游有两句："一身报国有万死,双鬓向人无再青。"过去的笔记中亦有这样几句话："人生最流连者过去,最希冀者将来,最悠忽者现在。"图为陆游手迹。

最早的记事之书是《书经》，就是所谓《尚书》。

古代有一种对答文学，自己作主来对答，即自己问再用自己的话回答。如《论语·阳货》篇："小子何莫学夫《诗》?《诗》，可以兴，可以观，可以群，可以怨；迩之事父，远之事君；多识于鸟兽草木之名。"此一段修辞优美，寓骈于散。

《论语·卫灵公》记载子贡问："有一言而可以终身行之者乎?"子曰："其恕乎! 己所不欲，勿施于人。"孔子"其恕乎"一语，乃如俗谚所说"三岁小孩道得，百岁老人行不得"。人总好怨天尤人，"怨天"是对自然，"尤人"是对别人，精神和心理不健康的人总是如此。孔子对子贡的答话"其恕乎"，传神处就在"其""乎"两个虚字上。又如"甚矣吾衰也"(《论语·述而》)，是"矣""也"两个虚字。《论语》中所用的虚字最好。《论语》是一本最好的文学读本，有很多地方像散文诗。

孟子有"不以文害辞，不以辞害志"(《孟子·万章上》)之语，此话是主观结合客观的。

孟子所谓"我善养吾浩然之气"(《孟子·公孙丑上》)的"养气"，是指自己的修养，然对于后来的论文很有关系。后世论文的文章中常提到"养气"，这"气"虽与孟子"养气"之"气"意思不同，但其出自孟子亦值得注意。孟子尚有"圣而不可知之之谓神"(《孟子·尽心下》)，此即后来论文中所谓"神"之来源。

荀子提及"文学"："人之于文学也，犹玉之于琢磨也。"(《大略》)此处之"文学"，盖指学术与学问。

文学作品有简单几句话恰当说明意思者，《论语》、鲁迅杂文是其例也；亦有长而华丽者，《孟子》《庄子》是其例也。

先秦诸子之文章多用比喻，如《庄子》尽说故事喻道理。语言大师们皆是善用比喻者。

七

《礼记》为儒家学派晚出者（即后来的，荀子之后的）所辑录的一部丛书，其中所表现者乃是最成熟的儒家哲学思想。余深以为此是儒家思想之结集。

先秦晚周时期，中国文化已经发展到相当程度。《礼记》所言之"礼"，如《曲礼》篇、《内则》篇（《曲礼》讲得详细，《内则》是讲家庭）以及《丧大记》等，皆是在实际生活中立下了许多清规戒律（"清规戒律"这词儿也是出自禅宗）。这是形式主义的，可是要向好里说，儒家对生活则是取一种严肃态度，此亦足见晚周中国文化已达相当程度。

《礼记·礼运篇》讲"大同"学说——两千多年前已有这样学说，还是了不起的。此篇开头，引有孔子解释"大同"之语："人不独亲其亲，不独子其子。"不但如此，孔子亦在此一段中谈到大同世界："货，恶其弃于地也，不必藏于己；力，恶其不出于身也，不必为己……是谓大同。"当然，这是空想的大同世界，说得好点儿是理想的。

八

汉时一切书籍皆谓之"文章"。班固《汉书·艺文志》说秦始皇"燔灭文章"，此"文章"即指一切书籍。但汉时单说"文"，有点儿与我们今天所谓"文学"意义相似。

汉代是辞赋盛行的时期。历来赋有三种：

说理之赋，如《荀子》之赋，与汉赋不同。

抒情之赋，以楚辞尤以《离骚》为代表。

汉赋，既不像说理之赋，亦不同于楚辞，而是具有独特风格的赋，它特别注重文学形式、修辞、辞藻，因此才称其为"辞赋"。

汉赋是汉代文人都下过功夫的文体，正像唐代文人之于诗、明清文人之于八股一样。汉代辞赋之盛衰，几乎和王朝的盛衰相终始。

扬雄是汉代辞赋家之一，他往上与司马相如并称"扬马"（其实应"马"在前），往下又有"扬班"之并称。扬雄对于赋下了两句很好的批语："诗人之赋丽以则，辞人之赋丽以淫。"（《法言·吾子》）"则"，有法则、有规矩；"淫"，过度、过分。以现代文学批评的话说，"则"是不过分地夸张，这是对的。

扬雄对辞赋是下过一番功夫的。有人问他如何能作好赋，他说："能读千赋，则善赋。"（桓谭《新论·道赋》）这如果不是最巧的招儿，至少是最可靠的招儿。扬雄所作辞赋亦有许多地方不能令人满意。譬如其《甘泉赋》写宫殿之宏伟言"鬼魅不能自逮兮，半长途而下颠"，这人怎么能上呢？故刘勰《文心雕龙》批评其"言峻极则颠坠于鬼神"，"验理则理无可验"，是与文理不合的。而其《羽猎赋》中又有句"鞭洛水之宓妃，饷屈原与彭胥"，刘勰《文心雕龙》又批评曰"娈彼洛神，既非罔两……而虚用滥形（动词），不其疏乎（那不差远了吗）"？扬雄辞赋虽有盛名，与班、马等并称，但修辞也多有不当呢！

扬雄多识奇字（古时有"载酒问字"之风气）。因其多识奇字，故作《法言》《太玄》时，能用艰深之字装饰起来，以显示其学问。

九

汉极讲究实际,汉人文章多带"论"字,如《盐铁论》《潜夫论》《王命论》,而以《论衡》尤为有名。

东汉大思想家王充,朴素的唯物论者,其所著《论衡》是一部批判之书,政治、社会、学术、文章,皆有涉及。

《论衡》最后一篇《自纪》等于今之自序。由汉至南北朝的著作家,常于自序(置书后)中写明一己之写作目的、动机与态度。王充《自纪》云:

> 夫文由语也……言以明志,言恐灭遗,故著之文字。文字与言同趋,何为犹当隐闭?……深覆典雅,指意难睹,唯赋颂耳。经传之文,贤圣之语,古今言殊,四方谈异也。……夫笔著者,欲其易晓而难为,不贵难知而易造。

此段文字可分以下四点论议:(一) 文章即是语言,其功用在表达思想感情——明志。(二) 汉赋于形式上只有文字功夫,内容空洞,是"深覆典雅,指意难睹"之文章——"浅文"。(三) 古书乃用当时口语写成,难懂不过是时代久远语言变化及方言不同之故也。如:《诗经》十五国风各有其语言特点;楚辞又不同《诗经》,因《诗经》是北方黄河一带作品,楚辞是南方语言。(四) 结论——要写易懂而难作之文章,不写难懂而易作之文章。

王充太没有想象力,所以既不能成为一大史学家,亦不能成为一大文学家。然如《史记》,司马迁越写刘邦成功、聪明,却越显得他无赖;而写项羽时,越写他的失败,却越觉得他可爱,这即是具有着充沛的想象力,这是极高的艺术手法。(好汉不打恶鬼,项羽对刘邦就是如此。)

十

曹丕是一个博学且努力于创作之人。

在中国文学史上,曹丕是第一个把文学看做专门事业(职业)而把文学之价值与地位抬得极高的人。

两汉以来,古文学各种形式差不多俱已完备。曹丕于韵文和散文两方面,皆有精湛的研究与完美的作品。曹丕不独留心于汉代文人所一致重视的文学形式,如其《典论·论文》所提及的奏议、书论、铭诔和诗赋之类;且注意到小说,据记载曾作有《列异传》《笑书》。

《三国志·曹丕传》提及的曹丕命文臣所编著之《皇览》,没有传下来。是书为中国丛书——百科全书——的第一部。《皇览》开头之后,宋代有《太平御览》,凡经史归之;有《太平广记》,凡小说归之。明朝有《永乐大典》,清朝有《古今图书集成》《四库全书》——此是魏文帝曹丕在文化上的“贡献”。

曹丕《典论·论文》提出文学上的新课题——“文体”问题和“文气”问题。

“文本同而末异,盖奏议宜雅,书论宜理,铭诔尚实,诗赋欲丽。”“奏议宜雅”,“奏议”,为臣者所上之表,“奏”说事,“议”讲理;“宜雅”,叙述平通、正达。“书论宜理”,文章成册为“书”,单篇为“论”;“宜理”,有条理、有道理。“铭诔尚实”,“铭”歌功颂德,“诔”哀悼死者;“尚实”,以真实为好。(针对东汉末文辞华丽、言过其实之文章而言。)“诗赋欲丽”,“铭诔”须要真实,“诗赋”则要华丽。文章因效用不同，体裁、表现手法亦自不同。"文本同而末异"，"唯通才能备其体"，说得很辩证。曹丕此数语，明确指出各种体裁皆有其特殊作用与风格、有其不同的修辞标准。后人对文体之区分，盖始于此。

"文以气为主，气之清浊有体，不可力强而致。譬诸音乐，曲度虽均，节奏同检，至于引气不齐，巧拙有素，虽在父兄，不能以移子弟。"音律是最具体之文气，文气是最自然之音律，所以曹丕斤斤于"气之清浊"。

曹丕是中国第一个写散文之人。

就散文极严格的意义而言，中国散文在曹丕之前是与哲、史结合在一起的，不是为文学而写散文，是为哲理而写散文，为历史而写散文。极严格的散文是从曹丕才开始的，但他不是为文学而文学、为散文而散文，他的散文中，有其世界观和哲学。车尔尼雪夫斯基说，就是唯美派的文人，也不能不表达他的思想；鲁迅也说过，没有无所谓而为的作品。而对于曹丕，鲁迅又说他是"为艺术而艺术"。此一点我不能同意，不能说曹丕是"唯美派"。任何作品都要表达思想，由生活产生思想，由思想产生逻辑推理。

曹丕散文，最大长处是谨严。（此一点，是曹植散文最大短处。）宽、深和严肃的生活使其好学而深思，加之以"忮刻"之性格（当然这是次要的），故能形成其散文上谨严（鲁迅先生名之为"清峻"）之风格。

曹植之散文"不能持论，理不胜辞"（《典论·论文》），有时一大段文字，用了许多字句、典故，气势好像非常之旺盛，可是细一分析，则发觉这"许多"也不过只是一点（内容有限）。这是浪费。究其原因，在于他不能扩大其生活范畴，换言之，总是把自己的生活局限在自己小集团的小圈子里。

如果说汉代文重形式，那么曹氏父子则是重内容。

汉末三国在历史上是个混战的时期，因曹氏父子为政治领袖，故不能专治文学，只能拨出一部分时间与精力用于文学上，故其所写一般都简短，只是把自己的意思表达出来就完了，故其风格清峻。

十一

陆机赋与汉赋不同，是赋的革新派的代表。

陆机赋传下来的不多，全部收在《文选》中，其赋每篇皆有序，序是散文的，赋是韵文的，皆是完美的艺术作品。

陆机《文赋》是一篇说理之赋，有很高的艺术性，看起来是画，读起来是音乐。实则，陆机所作赋以抒情居多，如其《叹逝赋》，此赋之性质虽不能与《文赋》这样说理赋相提并论，但在风格之优美和技巧之纯熟上，两篇却不无共同之点。

陆机《文赋》之学习，应注意篇中所使用之"代字"。代字是修辞学上的术语，即替代之字也。如"典坟"，本义是传说中的三皇、五帝之书，五典、三坟，《文赋》中用"典坟"替代一切好的、古代的经典著作。"清芬""林府"，亦代字也。理解此类字眼儿，需衍义之后来看。"衍义"者，推而远、扩而广也，即由此及彼，或谓引申之义也。似乎类若文学中的"象征"，"象征"很近比（譬）喻。《文赋》序中"述先士之盛藻"的"藻"，亦是代字。"藻"本是草，四千年前图案中常用的一种水草，初以之做图案，后用之做象征，"盛藻"，好文章。

陆机《文赋》谈及创作曾言"虽离方而遁员，期穷形而尽相"，此并非孟子所谓"不以规矩"（《孟子·离娄上》），而是说只有懂得规矩、能成方圆,即真正掌握了规律,才能灵活地"离方而遁员",达到"穷形而尽相"。这一境界,即是古人之所谓"受用"。不能正确使用"规矩",就不能"离方而遁员",更谈不上"穷形而尽相"。老杜有的诗句正是如此,它不合平仄,如"客子入门月皎皎,谁家捣练风凄凄"(《暮归》);"闻道杀人汉水上,妇女多在官军中"(《三绝句》其三),而不合律诗之"规矩"是为了"穷形而尽相"。

十二

刘勰是一位有思想的文学家。

《文心雕龙》五十篇,除去最末一篇《序志》说明作书之动机与目的,其余四十九篇皆"论文"之作。

《文心雕龙》所论杂文,与今之所谓杂文相差不多,但形式不同,刘勰将其分为三类:(一)对问,如宋玉《对楚王问》。(二)游戏之作,如扬雄《解嘲》(解释别人对他的嘲笑),一直到韩退之《进学解》(与扬雄《解嘲》性质相同),此种文体在游戏中有严肃的意义。(三)连珠,《昭明文选》中有,如陆机《演连珠》,一段一段的,类似拼盘、果盒。据说此种文体是扬雄所创。(三类中,第一类与第二类有联系。)

《文心雕龙》所论谐隐,"谐"即诙谐,笑话,带幽默性,如《史记·滑稽列传》,皆为谐。"隐"或作"讔",即谜语,由来已久,在《战国策》中即有了,不只好玩,且有意义。笑话不可取笑人的生理缺陷。今人王利器所编古代笑话集中有讥笑人生理缺陷者,不可取。

《文心雕龙》所论诏策,"诏",自上而下,由皇帝出者为诏;"策",策论,是写在竹板上的话。封建时代的文人是需要会造策的。策、简在质上同,在量上不同,一捆叫策,一篇为简,也是皇帝下的,有汉简、楚简。

《文心雕龙》所论檄移,檄文与移文性质相近,檄文是对敌人说的,讨伐之文。移文,有时类乎流传,移文亦是说敌人不好的文字,是内部文件。总之,是军队中的文书。

《文心雕龙》虽是一部探讨文学技术与形式的书,但五十篇中随处可看出作者对文章内容的看重。

十三

江淹《别赋》写得很好。

《别赋》"春草碧色,春水渌波。送君南浦,伤如之何",很是有名。今译:送你上船,春水无头,春草无边。我的伤心,也是这样无头无边。"春草碧色,春水渌波"是比兴,又是见景生情,真画出了一幅画来。如此,够得上"藻思绮合,清丽芊眠。炳若缛绣"(陆机《文赋》),而够不上"凄若繁弦"(陆机《文赋》)。

《别赋》下文又有一段:"秋露如珠,秋月如珪。明月白露,光阴往来。与子之别,思心徘徊。"真好!"露""珠""月""珪",有色有光,想你的心就像露、珠、月、珪一样,有光有影,有快乐有忧伤,真够得上"藻思绮合,清丽千眠,炳若缛绣"!但还够不上"凄若繁弦"。

鲁迅先生的《在酒楼上》第一段说"深冬雪后,风景凄清",够得上"凄若繁弦",但够不上"炳若缛绣"。其后写雪天眺望:"几株老梅竞斗雪开着满树的繁花,仿佛毫不以深冬为意;倒塌的亭子边还有一株山茶树,从暗绿的密叶里显出十几朵红花来,赫赫的在雪中明得如火,愤怒而且傲慢,如蔑视游人的甘心于远行。我这时又忽地想到这里积雪的滋润,著物不去,晶莹有光,不比朔雪的粉一般干,大风一吹,便飞得满空如烟雾。"此一段真够得上"藻思绮合,清丽千眠。炳若缛绣,凄若繁弦"。

从上古(文学史上的"上古")至汉魏这一时期,在诗文方面并不是不描写景物、不描写大自然,但那不是为了写景而写景,为了写大自然而写大自然,是为了写人事而写景的。凡写景时都结合着写人事,即结合写情。

至六朝,有作品专写景、专写大自然,而把人事抛开,把情放到次要的地位。写大自然、写景物至此时开始与写人事、写情分了家,这是中国文学史上前所未有的。在此之后,在写景的诗文中,最后也常写两句人事,然而这却成为诗文中次要的、附属的部分,恰恰与以前相反了。

十四

六朝文人的世界观不是道家哲学就是佛家哲学,有时不但脱离群众,甚至脱离生活(哪里真正脱离得了? 应该说是不密切。)所以六朝文人的世界观不是"入世"的,而是"出世"的。因此,他们特别喜欢大自然,而忘掉了人的作用。

有人说陶潜是道家思想,尽管他在当时社会不能不受点道家的影响,但其主流思想不是这个。他在作品中多引《论语》,他的儒家思想,应该是没有疑问的。至于讲佛家思想的作品,却是一篇也没有。

陶潜在当时由于"人微言轻",不被人重视,后来则了不起了。唐以后,陶、谢并称。

>> >"唐宋八大家"画像。

谢灵运是写景的作家，真所谓"窥情风景之上，钻貌草木之中"（刘勰《文心雕龙·物色》）的作家。在当时年代，陶是赶不上谢那样地被人重视。旧社会有的人"及身享名"，有的人生时不遇知音。

十五

骈文盛于六朝，在当时成为一种风气，无论写什么皆用骈文。及至刘勰《文心雕龙》，亦骈散兼用，骈句很多。

骈句、对句，中国语文之特点。骈句都有"开"有"合"，"开合"即矛盾的统一。

好的骈文简直就是无韵诗。但音律与旋律是互相影响、互相作用的，只有形象与声音配合起来才能动人。

中国方块字有它好的地方，形、音、义三者结合。描写形象若不能用语言的声音来表现，不能成为艺术形象。如《卫风·伯兮》有"其雨其雨，杲杲出日"一句，"杲杲为出日之容"（刘勰《文心雕龙·物色》），"杲"是会意字，"日"在"木"（树）上，太阳升起了，表示光明的意思；而"杲"字读音是 gǎo，"杲杲"表现出太阳直往上钻的形象。若把"日"与"木"倒个过儿——"杳"，太阳落到树底下去了，表示昏暗的意思；读 yǎo，也显得幽暗。

南朝齐梁时期文风之凋敝，李谔形容以"遗理存异，寻虚逐微"（《上隋高祖革文华书》），只知争胜于一字一句的工巧。文学作品离不开自然景物，但不能"不出月露之形"，"唯是风云之状"（《上隋高祖革文华书》）；写自然，要写得有思想、有气象。唐太宗李世民为唐三藏所译佛经作《圣教序》，其中有"积雪晨飞，途间失地，惊砂夕起，空外迷天"，"积雪晨飞"写塞外天寒，雪不溶化，风吹而起；"途间失地"说找不到人行大道;"惊砂夕起,空外迷天"是风卷狂沙,茫然无际。写得气象很大,写出了唐三藏西天取经的艰苦情形。(唐玄奘为什么叫唐三藏?佛教"三藏"包括经、律、论,精通此三者,则被称为"三藏"法师。)

历史上提出复古口号的,常常是为了革新。

初唐人继续着六朝尤其是南朝的骈丽文风。唐人提出"劣于汉魏近风骚"(杜甫《论诗绝句》),目的即是革新齐梁以来的诗风。开始写单行句子的、写真正散文的要算是韩愈,他极力攻击骈文,提出"非三代两汉之书不敢观"(《答李翊书》),其主张与实践,在文学发展史上起了很大作用。当然他也有复古色彩。寓骈于散之技巧,后世学的最好也要算是韩愈,再往后则是欧阳修、苏轼。韩愈文以气势取胜,逼迫于人,使人不得不读。如《原道》批佛老、道教,形式虽也为骈文,然较六朝之骈文多变化,生动。革新与复古,是他们的矛盾。我们必须将他们的复古抛开,掘发出其革新精神。复古者往往提出革新口号;革新者往往提出复古口号——刘勰便是如此,韩愈便是如此。

十六

禅宗里面有很多"教外别传"的学问。唐以后的学者,许多有名的诗人、文人差不多都对禅宗有研究。搞唐以后的文学史、思想史,应摸摸禅宗的"底"。

佛教是自外传进来的,而禅宗是土产。

佛经中有思想方法,说什么都有个"对立",佛所说的"绝对"是不能说的,凡说出来的都有个对面、反面。拿汉字来说,没有没反面的字，特别是形容词。不过，"可"字就没有反面的字，不仅中国，外国的"可"字也没有反面的字。除了绝对的境界之外，佛认为一切都有相对的一面。"空"的对立面是"色"。

禅宗里还有许多含义很深的生动的方言、寓言、语汇。如一位大师对徒弟说："依经说法（讲道理），三世佛冤；一字离经，即成魔说。"这简直是格言，因为它合辩证法。又如，在谈禅说法时，徒弟照师傅教给他的话一字不差地背诵着来回答，师傅一听，提起禅杖劈头打下去，大声责备说：不行！这是我说的，你说你自己的！徒弟经过反复思考，做了很正确的回答，师傅才表示满意。但假如第二天师傅又问这个问题，徒弟还照头一天所说的作答，师傅却又不满意了，申斥说：昨日是，今日不是！这段故事就它好的意义来说，禅宗思想是极反对教条、机械和公式化的。

禅宗常用民间俗语，如"强爷胜祖，才是好儿孙"，又如"好儿不吃分家饭，好女不穿嫁时衣"。禅宗大师还说："一日不做，一日不食。"在一千多年前的唐代能说出这样的话，是不容易的。

胡适说，禅宗是白话文学，这说法是对的。

不能以人废言。

后记

　　两年前的 5 月，父亲"讲坛实录"的上集《中国古典诗词感发》问世了。而今，又值一年中父亲最喜爱的 5 月初夏季节，他"讲坛实录"的中集《中国古典文心》又将与读者见面。对于前书，拙笔已絮絮过几千字的后记附于卷尾；对于新书，本以为没有什么话要说，及至书稿峻事、即将付梓，心底不免又涌出一些想要说的话，于是又有了这短篇后记。其实，名为"后记"，实是前书后记的"赘语"。

　　父亲的"燕园"弟子周汝昌，称自己的老师是一位讲授艺术大师。在父亲整整四十个冬春的讲坛生涯中，以讲授中国古典韵文为主，他当年的中国古典诗词讲授，如天香飘落，载誉教坛；父亲也讲授中国古典散文，尽管不及韵文之多，但他的弟子叶嘉莹同样记有详细的课堂笔记。《中国古典诗词感发》一书献给读者之后，责任编辑王炜烨先生即筹划出版一册顾随讲授中国古典散文的讲义，于是就有了现在的这本《中国古典文心》。"文以载道"，讲述"载道"的中国古典散文,同样显示出顾随作为一位讲授艺术大师的风采。

父亲讲授的中国古典散文,有数千字的煌煌大篇,也有几十字的精微小品。其中,严正者有政论史论、厚重者如陈述心曲、优美者富诗情画意……他讲授《论语》,着意于人格的修养与学业的提升;他讲授《文选》,着意于历史的思考与现实人生的观照;他讲授《文赋》,虽以散文创作为出发点,亦能从不同的视角,抉出其中真正的精微的命义与价值……学究式的千篇一律的文字、段落、篇章、主题等教条的讲法,在顾随的讲坛上,找不到一点踪影。他的讲述,时而典肃,时而诙谐,时而凝重,时而舒徐,引人思考又妙趣迭生。中国古典散文在他的讲述中,不仅挖掘出深邃的思想内蕴,也彰显出与中国古典诗歌一样的或雄浑或秀雅的艺术之美。但这一切,又全部依循着"一种学问,总要和人的生命、生活发生关系"的准则,既根植于现实的人生,更升华着现实的人生。听他的讲授——也应当说是读他的讲坛实录《中国古典文心》——能够给读者以思想的启迪、心灵的滋养、人格的完善、知识的增进以及艺术的享受。我想,《中国古典文心》一书,将与《中国古典诗词感发》并美于中国当代知识界及广大读者中。

没有叶嘉莹教授七十多年前精准翔实的听课记录与此后半个多世纪的精心存护,就不会有今天这部《中国古典文心》。还有一点我必须申明的是:这一部书稿,我所做的只是对叶嘉莹教授笔记的基础性的资料工作;使卷帙浩繁、初读使人一时难以把握讲授要领的笔记资料到这部《中国古典文心》的成书过程,则全由女棣献红一力承担。她带着内心对中国传统文化的珍爱与研读的功力,使这一册书得以顺利地递到读者手中。

　　父亲是"北大人"，他在北京大学、燕京大学读书、教书近二十年。在这里，他度过了自己的青春日月与壮岁年华，他的这一册"讲坛实录"仍由北京大学出版社出版，这真是一种缘分。父亲如在天有灵，定会再次感到无比的欣慰！

顾之京

2014 年初夏谨记于河北大学